[illegible]
[illegible]
[illegible]
[illegible]
[illegible] il n'aura qu'à se taire [illegible]
[illegible] le monde [illegible]
[illegible] Schnitzler.

LE PREMIER AMOUR

Né en Hongrie en 1900, Sándor Márai connaît dès ses premiers romans un immense succès. Antifasciste déclaré dans une Hongrie alliée à l'Allemagne nazie, il est pourtant mis au ban par le gouvernement communiste de l'après-guerre. En 1948, il s'exile et part pour les États-Unis où il mettra fin à ses jours en 1989. Depuis une dizaine d'années, il jouit dans le monde entier d'une réputation égale à celle de Zweig, Roth ou Schnitzler.

Paru dans Le Livre de Poche :

Les Braises
Les Confessions d'un bourgeois
La Conversation de Bolzano
Divorce à Buda
L'Héritage d'Esther
Libération
Mémoires de Hongrie
Métamorphoses d'un mariage
Paix à Ithaque
Les Révoltés
Un chien de caractère

SÁNDOR MÁRAI

Le Premier Amour

ROMAN TRADUIT DU HONGROIS PAR CATHERINE FAY

Ouvrage traduit avec le concours
du Centre national du Livre

ALBIN MICHEL

Titre original :

BEBI, VAGY AZ ELSŐ SZERELEM

ISBN : 978-2-253-12969-1 – 1re publication LGF

4 août

Cela fait deux jours que je suis à Virágfüred. J'occupe la même chambre qu'il y a vingt-huit ans. Cela n'a rien d'un signe du destin – la station thermale est presque vide. Cette chambre, je ne m'y retrouve pas par le simple fait du hasard ; j'ai pu la choisir à ma guise parmi les brochures publicitaires. L'ensemble de la station est formé d'une dizaine de villas, d'un restaurant et du logement de la direction. La villa que j'occupe s'appelle *Tivoli* – j'ai pu me souvenir de son nom grâce au carnet dans lequel je suis en train d'écrire. C'est d'ailleurs à ce même carnet que je dois également d'être ici, et même d'avoir pu, tout simplement, « partir en vacances ». Cela faisait vingt-huit ans que je n'avais pas bougé de Z*. Ou plutôt, ça m'était arrivé une fois. J'étais allé à Lőcs, un hiver, invité par un collègue muté là-bas, pour être le parrain d'un de ses enfants. Plus tard, j'avais bien regretté ce déplacement ; le collègue vivait à l'étroit, je dormais dans la salle à manger, et le matin, mes hôtes devaient donc traverser ma chambre ; j'avais, de plus, attrapé une indigestion en mangeant du rôti de sanglier auquel je n'étais pas habitué. Hormis cet épisode, je ne suis plus jamais reparti pour un séjour de longue durée. En été, j'ai l'habitude de me promener, ou bien je vais jouer aux quilles. Au fond, c'est extraordinaire de me retrouver ici. Il faut que je m'accoutume à l'idée que je suis à Virágfüred, au pied des Tátra, à trois heures de train rapide de Z*, et que je vais y rester trois semaines.

Suis-je heureux d'écrire dans ce cahier que je me trouve ici ? Je ne le fais pas, sans doute, sans une part de naïveté, mais cela me fait du bien. Cette chambre d'hôtel possède même un balcon, et c'est sur ce balcon que je me suis installé pour gribouiller. Je n'ai rien d'autre à faire. Il est maintenant quatre heures de l'après-midi, le soleil brille sur les sapins d'en face. À cette heure-ci, ma véranda est plongée dans l'ombre, et je me souviens qu'il y a vingt-huit ans aussi, j'étais assis au même endroit, chaque après-midi à la même heure, et que je gribouillais dans ce même cahier. Du balcon, on domine bien la forêt et toute la vallée. Au moment des fortes chaleurs, lorsque le soleil brûle les arbres, le souffle d'air apporte jusqu'ici des parfums de résine. J'aime particulièrement cette senteur. Le fait de la respirer à nouveau maintenant rappelle à mon souvenir l'été que j'ai passé ici, il y a vingt-huit ans. Cette époque me semble si proche ! L'impression vient aussi du fait que les lieux n'ont pas changé. La forêt est un peu plus fournie et plus sauvage que jadis, les habitations et les chambres plus délabrées. Mais ce sont les seuls changements. Le lit et l'armoire exhalent aujourd'hui le même relent de renfermé, ils sentent le moisi et la souris. Hier soir, je me suis souvenu qu'il y a vingt-huit ans, un tire-botte était posé sur la table de nuit ; je l'ai cherché dans toute la chambre, ce tire-botte, mais je ne l'ai trouvé nulle part. De nos jours, les curistes ne portent plus de bottes, probablement.

D'ailleurs, cette recherche du tire-botte m'a presque gâché la soirée. Aujourd'hui j'en ris, mais hier soir ça m'a contrarié. Je m'étais mis à fouiller l'armoire et les tiroirs sous le lavabo. Le tire-botte me manquait, pour des raisons incompréhensibles puisque je ne porte pas de bottes non plus. Il est vrai que cet objet peut être utile aussi pour ôter les chaussures. Pour le reste, la pièce n'est pas aménagée différemment, si je compare à mon souvenir. Je crois que même le miroir avec son cadre en bois de pin, au-dessus du lavabo, y était déjà. Même s'il a pris un ton verdâtre et perdu de son éclat. Quant au tableau accroché sur le mur – un groupe de chasseurs endormis, approchés par quelques biches peu farouches fourrageant dans leurs besaces –, il m'a mis en joie. C'est une gravure niaise, de mauvais goût, mais la revoir m'a fait plaisir.

En réalité, depuis quelques jours, tout se répète autour de moi, comme au travers d'un calque. C'est un peu comme si, un jour, j'avais découvert quelque chose que j'aurais ensuite oublié pendant vingt-huit ans, et que, décidé pour une fois à agir, je n'aurais rien trouvé de plus intelligent à faire que de renouveler une expérience passée. (J'écris « expérience » faute de trouver un terme plus précis ; je suis étonné, stupéfait de constater à quel point il est difficile, en général, d'écrire quoi que ce soit. C'est beaucoup plus difficile que de le raconter. J'écris lentement, avec difficulté, comme si je bégayais ; de longues minutes me sont nécessaires pour élaborer une seule phrase. Quand je songe à l'assurance et à la légèreté avec lesquelles je développais mes pensées il y a vingt-huit ans, je préfère en sourire ; à toute vitesse et sans le moindre *scrupulus*[1], comme un vrai professionnel.)

Hier soir, avant de m'endormir, j'ai relu cet ancien journal. J'ai eu du mal à trouver le sommeil, mais c'est peut-être dû aussi au changement, à l'air pur. C'est que je n'ai plus l'habitude de dormir ailleurs que dans ma chambre, rue du Bastion. Ce lit qui m'est étranger, cet air humide me plongent dans une sorte d'insécurité. Dans un premier temps, je m'en suis voulu d'éprouver ce genre d'impression, ça m'a fait songer à ce que ressentent les vieilles filles. Mais je sais que ce n'est pas pareil, que ce n'est pas de la lâcheté non plus, c'est quelque chose de très différent. Seulement je n'arrive pas à mettre un nom dessus.

Si j'écris, c'est aussi en partie pour faire passer le temps. Je dois avouer que depuis que je suis ici, les jours me paraissent particulièrement longs, je ne sais comment les occuper. C'est peut-être une erreur de n'avoir emporté aucune lecture ; mais à la maison,

1. En latin dans le texte, comme la plupart des mots en italiques. (*Toutes les notes sont de la traductrice.*)

j'ai perdu l'habitude de lire, et au moment de faire ma valise, je n'ai même pas songé qu'en plus de mon linge, quelques livres pourraient m'être utiles. En écrivant ceci, je suis un peu choqué, réalisant que ces trois dernières années, je n'ai pratiquement lu que des ouvrages spécialisés. Je me suis contenté de parcourir quelques journaux de la capitale, le soir, au cercle. Cela fait quatre ans que j'ai fermé mon compte chez le libraire. C'était après mon cinquantième anniversaire, alors que j'avais commencé à me laisser pousser la barbe, ayant congédié mon ancienne gouvernante et réorganisant ma vie à tous les niveaux. Aujourd'hui, avec le recul, j'ai le sentiment d'avoir agi à cette époque de manière inconsciente, comme si j'avais obéi à un ordre quasi compulsionnel. Et je me dis que ce que j'ai vécu alors a dû être un profond bouleversement, une sorte de crise. Mais sur le moment, je ne l'ai pas perçu comme tel. Les autres, mes connaissances ou mes collègues, avaient bien remarqué quelque chose, c'est vrai. La barbe, d'abord. Mais c'est une évidence, la barbe, ça vieillit toujours. Il arrivait aussi, parfois, même avant que je me laisse pousser cette barbe, qu'une personne que je n'avais pas vue depuis un ou deux mois m'arrête dans la rue et me demande : « Que t'arrive-t-il ? », ou bien : « Qu'est-ce qui ne va pas, monsieur le professeur ? »

À l'époque, je trouvais ces remarques plutôt désagréables. Je n'étais pas malade. Mon appétit était excellent. J'avais abandonné le cigare au profit de la pipe. Je ne vivais pas autrement qu'auparavant. Mon emploi du temps était le même et les gens que je fréquentais également. J'allais encore au cercle régulièrement ; tous les soirs, de huit heures et quart à dix heures et demie. Mes camarades de tarot étaient eux aussi les mêmes, le pauvre Klebinszky était encore vivant. Tous les après-midi, je faisais ma promenade, de cinq heures à sept heures. Je dois dire, sincèrement, que lorsque je me regardais dans la glace (ce qui n'est d'ailleurs pas dans mes habitudes, mais il m'arrivait, au moment de me raser, d'observer non seulement ma barbe mais aussi mon visage), je ne constatais pas le moindre changement. Je n'avais pas l'impression d'être plus vieux, plus laid ou plus malade que l'année précédente. Ce genre de transformation ne survient pas du jour au lendemain. Mes cheveux, certes, étaient clairsemés, mais ils l'étaient déjà quatre ans plus tôt. Et pourtant les gens constataient quelque chose en moi. Un changement, une dégradation… que jamais personne ne précisait. Moi, je ne leur demandais rien, je ne leur posais jamais de questions. Lorsqu'ils m'interrogeaient, je me montrais évasif, « je n'ai rien », « tout va bien ». Leurs remarques, c'est vrai, restaient anodines, distraites, plutôt des marques de politesse, du genre : « Tu n'as pas bien dormi ? » ou bien : « Tu es bien pâle, bois donc un petit verre de rouge ! » Tout le monde, en fait, constate ces changements bien plus rapidement que la personne concernée.

Quelques mois après mon cinquantième anniversaire, j'ai fini moi aussi par me rendre compte de quelque chose.

Le matin, il m'était devenu plus difficile de me sortir du lit. Pendant vingt-cinq années, été comme hiver, je m'étais levé à l'aube, à six heures du matin. Je ne me souviens pas avoir jamais dormi au-delà de cette heure. Je ne crois pas avoir jamais eu besoin d'un réveille-matin : je me réveillais à la minute précise, comme une machine. Ça n'est qu'une question de volonté. L'organisme, on peut le régler comme une horloge. Je me réveillais à six heures. À six heures et demie, je prenais déjà mon petit déjeuner, et je lisais le journal jusqu'à sept heures. Ensuite je me levais, je prenais mon carnet, j'aiguisais mon crayon – juste un peu, juste assez pour que la pointe me dure toute la journée. Encore aujourd'hui, je suis attentif à cela : aussi loin que je me souvienne, depuis que j'ai eu l'âge d'aller à l'école, j'ai aimé tailler mes crayons moi-même. S'y est associée une petite superstition distraite, quelque chose comme : si je parviens à tailler mon crayon correctement, ma journée sera bonne, mais si la mine vient à casser, alors ce jour-là, quelque chose de désagréable se produira. C'était une sottise, mais c'est devenu une habitude. Évidemment, quand on taille son crayon depuis des dizaines d'années, on acquiert une certaine habileté ; je ne me souviens pas avoir jamais, au cours de toutes ces années, cassé la mine de mon crayon. Il est vrai aussi que je n'ai jamais éprouvé non plus de désagrément majeur. Je ne me souviens ni de journées particulièrement « bonnes » ni de journées particulièrement « mauvaises ». Chaque journée était comme les autres.

Une fois mon crayon aiguisé, je prenais mon parapluie et mon chapeau, et à sept heures précises, je partais faire ma promenade d'une demi-heure autour du Bastion. Les hommes dans mon genre, d'âge mûr et célibataires, ont besoin d'habitudes précises s'ils ne veulent pas que les journées paraissent trop longues. Il faut savoir épuiser la journée, minute après minute, heure après heure, sinon le temps qui s'écoule sans but ne conduit qu'à la fatigue et à l'énervement. Se peut-il que je sois le seul à être ainsi ? Je ne crois pas. J'ai remarqué de semblables symptômes chez mes collègues, surtout chez ceux qui ne sont pas chargés de famille. Cette promenade avec mon parapluie, je sais bien que c'est comique. Au cercle, ils sont abonnés au *Fliegende Blätter*[1] : c'est ainsi qu'on y caricature les professeurs, le parapluie sous le bras. Je l'emporte avec moi, même quand il fait beau, c'est sans doute ce qui rend la chose comique. Mais moi, j'y suis habitué. Je préfère sortir avec un parapluie plutôt qu'avec une canne ; j'ai appris qu'il ne fallait pas se fier au temps, et que même une journée radieuse peut se révéler trompeuse. Une canne, s'il se met à pleuvoir, ça ne protège en rien, alors qu'un parapluie, ça rend les mêmes services qu'une canne, et ça permet en plus de parer à toute éventualité. C'est peut-être comique mais moi, je me suis habitué au parapluie. Je l'ai pris avec moi ici aussi. Hier encore je l'ai emporté pour ma promenade de l'après-midi ; il faisait un temps magnifique, mais lorsque vers cinq heures et demie j'ai pris le chemin du retour, une averse s'est brusquement déclarée, et mon bon vieux parapluie m'a

1. Revue satirique allemande. Márai a écrit un article sur la disparition de celle-ci en 1928.

protégé. Si je ne l'avais pas eu avec moi, à l'heure qu'il est, je serais peut-être au lit avec un rhume. Les jeunes, c'est sûr, trouvent ce genre de précaution ridicule.

Il n'y a pas à dire : avec l'âge, on devient balourd.

C'est à cette même époque – quelques mois, donc, après mon cinquantième anniversaire – qu'il m'arriva pour la première fois de dormir au-delà de six heures. En fait, je n'avais pas continué à dormir. Je m'étais réveillé à six heures, mais je ne m'étais pas levé aussitôt. J'étais resté couché peut-être une demi-heure dans mon lit, épuisé, dans un demi-sommeil. Et toute la semaine, ça avait été la même chose. Cette demi-heure de sommeil supplémentaire perturba tout mon emploi du temps. Il me fallut raccourcir ma promenade matinale, et plus tard, je finis même par y renoncer complètement. J'aurais bien voulu pouvoir résister au sommeil, je voulais me forcer à me lever. Mais mon organisme, cette mécanique précise, me lâchait, il exigeait de moi cette demi-heure de sommeil supplémentaire. Un ressort quelque part s'était détendu, la machine ne fonctionnait plus. Elle avait besoin de ce repos. Et je lui avais cédé.

Depuis, je dors une demi-heure de plus.

Et puis il y avait eu autre chose. Tout s'était un peu relâché. À deux reprises, coup sur coup, il m'était arrivé d'oublier mon carnet de notes à la maison. C'était très embêtant, parce que je ne pouvais pas faire cours sans ce carnet ; il avait fallu que j'envoie un de mes élèves, un certain Novák, chez moi pour le demander à ma gouvernante. C'était en ce Novák que j'avais le plus confiance. Un élève honnête, un boursier. Mais ce genre de situation (le carnet d'un professeur qui se retrouve dans les mains d'un de ses élèves) pourrait avoir des conséquences incalculables. Je pense aux conséquences pour la morale, ou pour la discipline. Les élèves pourraient prendre connaissance de leurs notes à l'avance : ceux qui se sentent sûrs d'eux travailleraient moins, et ceux dont les notes sont désespérément mauvaises ne seraient pas même tentés de sauver la situation. Un professeur doit veiller sur son carnet comme un commerçant sur son livre de comptes. Ce Novák, je le répète, était un boursier, et c'était à lui que je faisais le plus confiance. Les boursiers craignent d'attirer sur eux la colère du professeur. S'ils disent un mot de travers, ils risquent de perdre leur bourse. Je ne crois pas m'être trompé sur son compte. Je n'ai en tout cas rien remarqué dans l'attitude de mes élèves. J'aurais pu, c'est vrai, envoyer le concierge. Mais pour parler franchement, j'ai moins confiance en lui que dans Novák. Notre concierge est un ivrogne, hélas. Le directeur lui passe pas mal de choses, par compassion, parce qu'il est chargé de famille. Mais cela ne change rien au fait. Ce genre d'homme est capable de tout. Y compris de sonder les secrets contenus dans le carnet pour ensuite les négocier auprès des élèves.

C'est alors que je me suis rendu compte qu'il fallait faire des concessions. J'étais face à une force inconnue, troublante, c'était une intrusion plus forte que moi. Pendant longtemps, on ne comprend pas ce qui se passe. On se dit que c'est la vieillesse. Mais dans le cas présent, c'était incompréhensible. Parce que rien n'avait changé. Je n'étais pas malade. Je ne faisais pas d'excès. Hier, tout allait bien, et puis aujourd'hui, voilà que je me réveille avec une demi-heure de retard et que j'oublie mon carnet à la maison. Que s'est-il passé entre-temps ? À quel moment la chose s'est-elle produite ? Je ne me suis rendu compte de rien dans la journée. Est-ce que cela vous surprend pendant votre sommeil ? Et par où est-ce que ça se déclare ? Dans les jambes ? Dans la tête ? Les mains ? Les cheveux ? C'est insaisissable...

Il m'a donc fallu faire des concessions.

Le fait de me raser commença à me peser également. C'est alors que j'ai commencé à laisser pousser cette barbe grotesque. Il n'y a rien de bizarre à cela. À mon âge, un homme peut sans problème se laisser pousser la barbe. Bon nombre d'hommes mûrs portent la barbe dans notre ville. Le président du tribunal, par exemple. Généralement, les hommes qui ont une barbe sont ceux qui sont parvenus à des positions importantes. Considéré de ce point de vue, mon statut ne m'y autorise peut-être pas. Je ne suis qu'un modeste professeur de lycée. Même si, avec mes vingt-huit ans de service derrière moi, j'aurais pu accéder, depuis longtemps, au poste de directeur. D'ailleurs, je le serais déjà si j'avais accepté ma mutation pour une ville encore plus petite que celle-ci. Mais j'ai renoncé à cette nomination ; ce titre, je n'en ai plus besoin. J'aspire à une vie tranquille. Je me suis habitué à cette ville ; j'ai même le sentiment qu'elle pourrait être ma ville natale. Notre directeur est bien plus jeune que moi. Je suis le plus ancien parmi l'équipe des professeurs, qui compte bon nombre de jeunes gens… Ceux-là, c'est sûr, ne portent pas la barbe. Le directeur non plus. Ce sont tous des hommes à la page. Je crois qu'ils me méprisent un peu à cause de ma barbe, mais je leur pardonne. Ils me regardent avec condescendance. Lorsque j'avais leur âge pourtant, j'étais moi aussi un homme à la page et je ne portais pas de barbe.

Il n'est que six heures et je n'y vois déjà plus assez pour écrire. Il faut que j'aille chercher mes lunettes.

5 août

Je crois avoir bien fait, malgré tout, d'entreprendre ce voyage, en dépit des frais et des soucis du déplacement. Cela ne fait aucun doute, je suis peu familier des voyages. Les imaginer est beaucoup plus simple. Toutefois, m'arranger de certains détails s'est révélé plus difficile que je ne le pensais. Quelque chose, par exemple, à quoi je n'avais jamais pensé : les pourboires. Dès mon départ de la maison, avec la voiture qui m'emmenait à la gare, je me suis trouvé dans l'embarras à ce sujet. Non pas par mesquinerie, non, sincèrement je ne crois pas être chiche. Mais il m'a fallu en donner un au cocher, et ensuite au porteur également. Je ne suis plus habitué à ce genre de geste. Je crois que cela fait bien dix ans que je n'ai pas accordé de pourboire à quelqu'un que je ne connaissais pas. Si je n'en ai plus jamais octroyé à un inconnu, c'est simplement que je ne me suis plus jamais retrouvé dans une situation où il m'aurait fallu le faire.

Je ne fréquente pas le café, et au restaurant où je mange depuis trois ans, je sais très précisément que je dois donner vingt *fillér* au garçon de table et vingt *fillér* au serveur. Je crois que c'est bien suffisant. En tout cas, jusqu'ici, ni l'un ni l'autre ne m'a fait de réflexion. Et eux mis à part, je ne connais personne à qui je pourrais donner un pourboire. Ma logeuse a l'habitude d'en donner un à l'homme qui rentre le bois de chauffage ; je crois savoir que c'est quatre-vingts *fillér* et un verre de vin. Au nouvel an, je donne toujours deux *forint*[1] au concierge du lycée – bien qu'il ne le mérite pas parce que c'est un ivrogne. Mais ça aussi, c'est une habitude. Pour tout ce qui concerne le voyage, j'avais donc tout prévu sauf la question des pourboires. Je croyais que les quarante *fillér* au cocher étaient une somme correcte, mais comme je me suis rendu compte qu'il ne me remerciait pas, j'ai ajouté vingt autres *fillér*. J'en ai donné soixante aussi au porteur. J'ai voyagé en deuxième classe car je bénéficie d'une réduction sur les chemins de fer nationaux. J'ai fait le trajet tout seul dans mon compartiment. J'ignore s'il eût été convenable de gratifier le contrôleur d'un pourboire aussi. Depuis mon dernier voyage, les coutumes ont bien changé. Les compartiments sont différents de ceux dont je me souviens. Dans celui-ci, il y avait un éclairage électrique que l'on pouvait allumer ou éteindre. Peut-être aurait-il été plus convenable de donner un

1. *Forint* = florin – 1 *forint* = 100 *fillér*.

pourboire au contrôleur ? C'était un homme plutôt âgé. Pour beaucoup de choses de ce genre, je me sens démuni. Hier soir, avant de m'endormir, j'ai réfléchi au montant du pourboire qu'il me faudra donner au personnel lorsque je partirai d'ici dans trois semaines. Je crois qu'un *forint* par personne suffira. Ils sont trois. Ou peut-être deux *forint* ? Je tâcherai de me renseigner.

Hier déjà, j'ai mieux dormi. Je commence à m'habituer aussi à l'odeur du lit. Les draps sont un peu humides parce que, le soir, le brouillard descend sur la vallée. C'est pourquoi j'ai dormi avec mes dessous de flanelle ; je suis très content d'avoir emporté du linge en flanelle.

Avant de m'endormir, j'ai encore feuilleté ce carnet. Ce que j'ai écrit dans ce journal il y a vingt-huit ans se résume à bien peu de choses ; soixante-quatorze pages en tout. Certaines sont un peu confuses, j'ai le sentiment que ce n'est pas moi qui les ai écrites. Leur ton est étrange. Comme si je les avais simplement recopiées. Mon écriture aussi était différente, complètement différente. Beaucoup plus désordonnée, plus arrogante. À présent, j'écris avec des lettres bien rondes, lentement et sans ratures, alors que mon ancienne écriture était anguleuse et rapide, pleine de ratures et de corrections.

C'est donc ici que j'ai commencé à tenir ce journal, il y a vingt-huit ans. C'était la première année que je prenais des vacances en tant que jeune professeur. Je venais d'être nommé professeur adjoint à Z*. J'enseignais donc depuis un an. Nous, les anciens, nous appelons ces jeunes professeurs débutants des

« veaux[1] ». Ils n'ont pas beaucoup d'autorité. Ils viennent assister à nos cours, à nous, professeurs plus âgés. Je fais toujours très attention, pendant ces cours, à ne pas leur faire sentir la différence d'âge. Moi, j'en ai beaucoup souffert lorsque j'étais un « veau ». J'avais l'impression que le professeur en chaire en faisait un jeu avec les élèves et qu'ils se riaient tous de moi. Je crois d'ailleurs que c'était la réalité. J'avais beaucoup de mal aussi avec l'habillement ; mes vêtements étaient très pauvres – propres, mais pauvres. Les élèves se rendent bien compte de tout cela. Et j'en ai beaucoup souffert. Si maintenant je dois m'occuper d'un « veau », je me montre toujours d'une politesse excessive avec lui. J'exige de mes élèves qu'ils lui parlent avec respect. Je le fais asseoir à côté de moi sur l'estrade. Car je me souviens de ce que j'ai enduré. J'en retrouve d'ailleurs la trace dans ce journal.

Dès la première page, j'y écrivais que j'avais l'intention de postuler pour le grand prix de philologie de l'Académie. C'était là une déclaration sans conséquence puisque je n'ai jamais postulé à ce grand prix. D'ailleurs, je n'ai jamais postulé à aucun prix. Je sais aujourd'hui que mes connaissances en philologie n'ont jamais été suffisamment solides pour me permettre de prétendre au grand prix de l'Académie. Peut-être aurais-je pu concourir pour un prix plus modeste… Je ne sais pas. Aujourd'hui en tout cas, je ne pourrais plus concourir – je ne sais rien. C'est plutôt étrange si je tiens compte du fait que j'enseigne

1. Des novices, des « bleus ».

depuis vingt-huit ans. Je ne dis pas que je ne connais pas Horace. J'arrive à lire sans difficulté un texte latin moyen, même si je ne le connais pas. Et je me sens à l'aise avec Tacite, en particulier les chapitres que je fais lire depuis vingt-huit ans. C'est normal. Quant aux auteurs plus faciles, Cicéron ou bien Ovide, je les lis encore aujourd'hui avec plaisir. César, c'est déjà plus difficile. Devant des étrangers, je n'oserais pas me lancer dans César sans préparation. Bref, mon savoir en philologie est nul. Plus j'enseigne, et moins j'en sais. C'est comme si j'avais épuisé tout ce que je possédais. Est-ce possible ? Je ne crois pas. Je ne sais pas. Ce qui est certain, c'est qu'un élève de fin d'études suffisamment doué en sait plus que moi en philologie.

J'ai trouvé dans ce journal quelques traces de projets de jeunesse qu'il m'est déplaisant de relire à présent. Au détour d'une page, j'utilise le terme « fonder une famille ». Cette expression m'a causé un tel désagrément que je crois même – c'est ridicule à dire – en avoir rougi. Enfin, pour autant que je sois capable de rougir. Au fond de moi, j'ai eu l'impression que c'était une insulte. Ne serait-ce que les mots eux-mêmes. Ils ont quelque chose d'indécent, je crois qu'ils ne sont pas vrais. C'est trop recherché, ça ne donne pas le sens exact. On ne « fonde » pas une famille, on fonde un prix ou une institution. La famille, c'est autre chose. Il faut s'y prendre autrement, il ne faut pas la « fonder ». Peut-être est-il nécessaire d'user d'une certaine fermeté... Peut-être que si j'avais été autoritaire une fois dans ma vie, ça aurait marché. Mais autoritaire, je ne l'ai jamais été.

J'ai été lâche, c'est certain. Et il est indéniable que je n'ai pas fondé de famille.

Je trouve aussi dans ce journal la trace de l'histoire de J*. Je n'inscris ici qu'une initiale, celle de son prénom, car on ne sait jamais avec la chose écrite ; ça pourrait se retrouver entre les mains d'une tierce personne et ce serait fort gênant. Même si, au bout de vingt-huit ans, le souvenir a perdu de sa force, beaucoup perdu de sa force. Je ne pense plus qu'aujourd'hui cela porte à conséquence. Si mes calculs sont exacts, J* doit avoir maintenant cinquante ans et être déjà grand-mère. Elle en avait vingt-deux à l'époque. Dans ce journal, je mentionnais J* comme si je nourrissais alors un projet avec elle concernant la fondation d'une famille. Aujourd'hui, je peux dire la vérité, je ne ferai de tort à personne. Oui, sans aucun doute, je m'intéressais à J*. Je ne nie pas avoir fréquenté leur maison. Mon erreur fut peut-être d'y être allé plus souvent que la bienséance l'eût autorisé. J'ai dû leur rendre visite une dizaine de fois. Il est vrai que c'est le père de J*, avec lequel je jouais aux tarots, qui m'invitait. Je pouvais légitimement considérer que si j'étais invité, c'était pour jouer. À présent, par souci de vérité, je dois avouer que je n'y allais pas pour les cartes : incontestablement, c'est J* qui m'intéressait. Pour autant que je me souvienne, elle possédait un physique agréable et une jolie voix. Elle était toujours vêtue avec beaucoup de soin. Qui sait : si je n'avais pas commis de faux pas – ou l'erreur était-elle de leur fait ? – tout se serait passé différemment.

Je crois que je n'aurais pas dû leur envoyer ces fleurs. Mais dans ma jeunesse, j'étais tellement renfermé, tellement mutique qu'ils ont pu prendre ce bouquet pour une déclaration. Elle était là, l'erreur. Aujourd'hui, je persiste à dire que ce bouquet de fleurs n'a jamais tenu lieu d'engagement de ma part. J'en étais encore très loin !!! À cent mille lieues ! C'était tout simplement une petite attention qui répondait à leur invitation à déjeuner. C'était la troisième ou quatrième fois que je mangeais chez eux. Je voulais les remercier de leur amabilité. J'étais seul dans cette ville et je ne fréquentais personne, à part eux. Je pense que ce sont eux qui se sont trompés. Si seulement toute la famille ne s'était pas mise sur son trente et un… quand moi je ne portais qu'un simple costume gris. Je me suis rendu compte qu'ils ont été déçus en le voyant. Le père de J* avait un costume noir. Sa mère aussi était vêtue d'une robe de soie noire. Quant à J*, elle portait une robe blanche ; mon bouquet de fleurs, lui, trônait au milieu du salon dans un grand vase, seul sur un guéridon. Aucun doute : il était vraiment trop imposant. Je n'ai jamais su évaluer ce genre de chose. Encore aujourd'hui, je me souviens qu'il m'avait coûté deux *forint* ; pas étonnant qu'ils se soient mépris. Ce fut épouvantable ; lorsque J* vint à ma rencontre et me remercia pour les fleurs, je ne parvins qu'à balbutier quelques mots. Quant à son père, il dit : « Eh oui, la jeunesse… La jeunesse frivole… » Il plissa un œil, adressa un clin d'œil à sa femme et cela les fit tous rire. Le jeune frère de J* était présent aussi dans la pièce, un adolescent boutonneux que je trouvais insupportable. Il nous regardait en ricanant. J'ai compris instantanément que la famille s'était trompée sur mes intentions.

Le déjeuner se fit attendre longtemps. Ils avaient tous l'air étonné de me voir en costume gris. Nous étions assis au salon et nous attendions. D'abord ce fut la mère de J* qui sortit de la pièce. Puis ce fut le tour du vieux monsieur. L'adolescent resta le plus longtemps, nous regardant tour à tour, J* et moi, sans cesser de ricaner. Je me souviens de la transpiration qui envahit mon front. J'étais incapable de prononcer un seul mot. Je crois que s'ils ne m'avaient pas tous accueilli en vêtements noirs et J* en blanc, je me serais comporté de toute autre manière. Peut-être aurais-je même demandé sa main pendant le déjeuner. Mais là, je m'en souviens parfaitement, je fus saisi d'une sorte de grande colère. Je ne m'étais pas préparé à ce genre de chose : j'étais embarrassé. Une fois resté seul avec J*, je regardai par la fenêtre. Aujourd'hui encore, je me souviens des doubles rideaux : ils étaient marron et un peu poussiéreux. J'avais la gorge sèche et je n'osais plus avaler ma salive.

Je me tus pendant tout le déjeuner. Après la viande, eux aussi se tinrent cois. Le père ne m'adressa pas la parole. J* sortit après le plat de viande et lorsqu'elle revint, ses yeux étaient rouges. Je n'osai pas regarder mes hôtes. Je repris deux fois de la viande, bien qu'elle ne fût pas bonne, mais c'était juste pour ne pas être obligé de parler ; a posteriori, ils ont certainement mal interprété cela aussi. Ils ont dû croire que je n'allais chez eux que pour m'empiffrer, sans aucune intention sérieuse. J'aurais eu du mal, plus tard, à m'expliquer. En réalité, je n'ai jamais accordé une grande importance à la nourriture. En arrivant au dessert, les membres de la famille s'étaient remis à converser à voix basse entre eux, comme si je n'étais pas là. Je me souviens qu'il y avait du melon. Lorsque je suis parti, je n'ai même pas pu prendre congé de la mère. Elle est sortie de la pièce, évitant ainsi les adieux. En guise de viatique, J* m'a dit : « Que Dieu soit avec vous. » Sa voix était enrouée. Plus tard, je l'ai rencontrée plusieurs fois dans la rue et je lui ai toujours adressé un profond salut. Mais plus jamais je ne suis retourné chez eux. Je ne suis pas d'un naturel sociable. Plus jamais je n'ai mis les pieds dans une maison où il y avait une fille à marier. J'ai préféré m'inscrire au cercle. Dieu sait, peut-être était-ce aussi une erreur.

Quoi qu'il en soit, cela m'a fait du bien d'éclaircir cette histoire. Vu de si loin, il m'apparaît clairement à présent que je n'ai pas commis de faute majeure. Certes, je me suis trompé sur la taille du bouquet ; mais c'est pardonnable. À part ça, je n'ai jamais, ni en acte ni en parole, rien fait qui ait pu autoriser la famille de J* à formuler des exigences à mon égard. Je peux à présent l'affirmer sincèrement et honnêtement, sans causer de tort à personne.

J'ai toujours été un peu renfermé. Il y a certaines choses qui me gênent et m'énervent au plus haut point. L'intimité des corps m'épouvante. Certes, je comprends le rapprochement des corps dans l'amour mais je ne peux, par contre, me résoudre à l'idée que l'on puisse faire sa toilette devant une femme. Oui, cela, je ne l'accepte pas, au point que si j'en entends parler, si j'en suis témoin, ou si, simplement, cette idée me traverse l'esprit, j'éprouve une forte gêne.

D'ailleurs, ce que je viens d'écrire me trouble encore aujourd'hui, mais autrement. En effet, la chose écrite, presque palpable, produit un autre effet que la réalité. Si une pensée impudique ne laisse pas de trace dans la vie courante, elle devient à moitié vraie dès lors qu'elle est écrite. Quelque chose m'attire dans l'écriture et me pousse à noter tout ce qui vient au fil de ma plume. Ce journal m'apaise. Je suis seul et je n'ai rien d'autre à faire. Admettons que j'écrive mes mémoires. À mon âge, chacun peut l'envisager. Il est vrai que dans mon cas, cela risque de tenir en peu de pages. En effet, il ne s'est rien passé dans ma vie. C'est à l'évidence un choix et non pas la « fatalité ». Je ne crois pas à la fatalité. L'homme fabrique lui-même sa vie. Si je pouvais la recommencer, peut-être agirais-je autrement. Oui, très certainement, j'agirais autrement. J'ai été lâche et indolent. Ce qui ne mène nulle part. C'est drôle que je l'écrive ainsi ; il est trop tard à présent. Je suis enfermé dans mon âge, mon apparence extérieure et pour ainsi dire, je suis esclave des circonstances et de mon mode de vie.

Cependant, la situation particulière dans laquelle je me trouve, c'est-à-dire le fait d'être parti en vacances, devrait me redonner confiance. Mais je ne sais même pas au juste où j'en suis. Ce n'est peut-être qu'un feu de paille. Ou le symptôme d'une névrose. Oui, sûrement : un de ces symptômes névrotiques de la vieillesse.

Tout a commencé au cercle, avec cette affiche où l'on voyait un transatlantique.

C'est idiot ; mais ces placards publicitaires sont tellement bien faits ! Je crois que tout le monde se laisse piéger une fois dans sa vie. Peut-être que si j'étais riche et libre, je ne serais pas ici aujourd'hui, à Virágfüred, sur le balcon de la Villa Tivoli, à trois heures de Z*, mais à bord d'un grand bateau. Comme celui que j'ai vu sur l'affiche. Sur le pont, assis dans un transat et emmitouflé de couvertures, un homme d'un certain âge, barbu, coiffé d'une casquette de voyage, fume la pipe… Des jeunes femmes et des messieurs arpentent la coursive. On voit la rambarde blanche, les ceintures de sauvetage avec le nom du bateau peint dessus – un nom aux consonances étrangères, particulièrement attirant : « *Vera Cruz* ». Certains mots étrangers ont un fort pouvoir d'attraction. Sur l'affiche, on voit aussi une bande de mer verte et deux mouettes. Je crois que cette publicité était vraiment très réussie. Si je me souviens bien, on pouvait aller au Brésil avec ce navire. Le Brésil, c'est comme si je disais : l'au-delà. Hors d'atteinte. Mon souhait est-il d'y aller ? Non, parce que je ne sais pas comment c'est là-bas. *Ignoti nulla cupido*[1]. Et pourtant, si j'avais de l'argent, si je n'étais pas celui que je suis, peut-être aujourd'hui serais-je en train de naviguer… sur ce bateau… vers le Brésil. Maintenant je peux en rire. Mais à ce moment-là… Il devait être neuf heures du soir. Il m'est pénible d'y

1. Ce que nous ne connaissons pas, nous n'en avons pas le désir.

repenser. Les examens du baccalauréat avaient occupé toute la journée. Le délégué du ministère avait cherché noise au professeur d'histoire. Ce dernier est un jeune collègue, vraiment tout jeune, sorti de l'université depuis peu. Il est abonné à des journaux et collabore à une revue scientifique radicale... J'ai déjà vu ce genre, je connais tout ça. Ce collègue passe pour avoir une vision exagérément radicale. Et aussi pour envisager l'histoire sous l'angle du « matérialisme historique »... c'est lui-même qui l'a dit un jour. Le pauvre. Le directeur qui n'est pas une personne bornée m'en a parlé une fois. Pas du matérialisme historique, mais du jeune collègue. Il a fait un signe de la main et il a dit : « Il faut le laisser tranquille. » Après une pause, il a continué : « Il va finir par s'y faire. » Cela m'a beaucoup surpris : cette dernière remarque m'a rapproché de cet homme, le directeur. Je me souviens : nous nous sommes regardés et nous avons échangé un sourire contraint. Puis il s'est raclé la gorge. Je lui ai donné raison : le jeune collègue s'y ferait. Moi aussi, je m'y suis fait. Le directeur aussi s'y est fait. Nous sommes de tristes chevaux de retour : sans doute parce que nous ne méritons pas autre chose. Nous ne sommes pas prêts à la compétition ; nous ne sommes pas doués pour ça. Nous sommes des haridelles, les haridelles de la nation. Le délégué du ministère avait eu vent de certaines rumeurs. Le baccalauréat avait été orageux, le jeune collègue avait souffert, je l'ai bien remarqué à son comportement. Mais il commence à s'accommoder ; ça n'a pas pris longtemps : à peine un an. C'est avec humilité qu'il répondait aux questions et qu'il en posait. Le soir nous sommes montés ensemble au cercle. Il faisait une chaleur intense. Il est monté devant moi dans l'escalier, moi je me suis arrêté devant le placard publicitaire. Ils avaient dû l'installer dans l'après-midi. J'étais très fatigué.

Je ressentis d'abord une forte surprise devant une telle affiche : comment était-elle parvenue jusqu'à notre ville ? Dans quel but, ici précisément ? Qui pourrait bien s'embarquer d'ici pour le Brésil ? Cela me fit sourire. Puis je regardai mécaniquement l'affiche. J'examinai le dessin, chaque ligne, chaque détail. Je me souviens d'avoir fait une chose incongrue et embarrassante sans pouvoir y résister : je me suis penché sur l'affiche colorée pour la humer de près. Elle sentait le frais, une odeur d'imprimerie, inconnue, mais à cet instant précis, il me sembla respirer la mer, comme si les effluves crus et forts de cette peinture ressemblaient à ceux de la mer. Je n'ai pas la moindre idée de l'odeur que peut avoir la mer. Salée, à ce qu'on dit. Cette forte senteur m'émut et m'attira tellement qu'elle me força à me pencher vers le papier, si près que mon nez le touchait presque. J'étais au bord du vertige, sur le point de m'évanouir. J'ai dû appuyer ma main sur le mur pour ne pas tomber. (Mais je le fis presque sans m'en rendre compte. Bien sûr, la chaleur excessive et l'excitation de la journée passée y étaient pour quelque chose.) Combien de temps suis-je resté planté ainsi ? Une minute ? Dix minutes ? Je ne sais pas. D'un seul coup, je me suis rendu compte que des larmes coulaient de mes yeux. Il faut que je sois précis, que je note exactement la façon dont ça s'est passé. Je dois spécifier que *je ne pleurais pas,* mais que *des larmes coulaient de mes yeux.* Bien sûr, si quelqu'un m'avait vu, il aurait facilement cru que je pleurais. En effet, ce que je faisais ressemblait ostensiblement à des pleurs : des larmes coulaient de mes yeux, ma poitrine se soulevait et je crois même avoir perçu un son ressemblant à un sanglot. Il faut reconnaître qu'un spectateur aurait facilement pu se méprendre et penser que je pleurais pour une raison quelconque. Cela dit, cette supposition, vu mon âge et ma position, est parfaitement absurde et ridicule... On ne pleure pas sans raison. Et même s'il y en a une, on prend sur soi. Je ne me souviens pas avoir jamais pleuré. Même quand ma pauvre mère est morte, je suis resté fort. Non, c'est autre chose qui m'est arrivé : mes larmes coulaient. Mon corps, ma tête, mes yeux pleuraient. Ils ont lâché un instant. J'ai cru que j'allais m'évanouir. J'ai plaqué mes mains sur mes yeux. Les larmes ont continué à ruisseler entre mes doigts. Ce qui m'a fait revenir à moi fut quelqu'un qui me touchait l'épaule. Je n'aurais jamais pensé qu'une chose pareille puisse m'arriver. Le jeune collègue, le professeur d'histoire, se tenait derrière moi. Il n'avait pas l'air étonné, il se contentait de sourire. Il me dit : « Il faut que tu te reposes. » Puis : « Tiens, tiens. » Et finalement : « C'est la crise des taupes. » Je n'ai pas compris tout de suite ce qu'il voulait dire. Il ne m'a donné aucune explication mais sa voix ne contenait aucune moquerie. Il me regardait d'un air amical, aujourd'hui j'ai l'impression que c'était comme s'il m'avait regardé avec amour. Je crois que c'est ainsi qu'on fait quand on contemple quelqu'un avec amour. Je n'ai pas le souvenir qu'une autre personne m'ait jamais regardé ainsi, ni moi d'ailleurs, d'avoir jamais porté un tel regard sur qui que ce soit. Sauf peut-être, loin, très loin, dans les premières années de mon enfance : ma mère ? Ou un camarade ? À un certain âge, les petits garçons peuvent avoir ces yeux compréhensifs. Mon collègue m'a pris par le bras et nous avons lentement gravi l'escalier. Nous n'avons pas échangé une seule parole. Il ne m'a rien demandé. Nous avons lu les journaux. Lorsque nous nous sommes séparés, il m'a dit : « Excuse-moi, mais je vais te donner un conseil : tu devrais partir en voyage. Prendre des vacances. »

Cette nuit-là, je me suis endormi rapidement, exténué. C'était la fin de l'année scolaire, la chaleur était tenace, je n'avais plus rien à faire au lycée. Le lendemain, je suis resté au lit jusqu'à midi. Pour la première fois de ma vie, je suis resté au lit jusqu'à midi.

Au cours de cette matinée, allongé dans mon lit, je me suis rendu compte que j'étais seul. Pas une âme, pas un seul être au monde que j'aimerais, avec qui je partagerais quelque chose. Il se peut que d'autres soient pareils à moi. Ce matin-là, je crois que j'avais de la fièvre. Ce cahier s'est alors rappelé à ma mémoire et je l'ai retrouvé en bas de la bibliothèque, au milieu de mes vieux livres. Je l'ai relu deux jours durant, sans mettre le nez dehors. J'ai aussi songé à appeler un médecin. Mais je n'ai jamais été malade et une étrange répugnance m'empêche, par pudeur ou par lâcheté, de discuter des choses du corps avec un étranger. Cela fait longtemps, peut-être quinze ans, que je vis totalement seul. Je n'ai d'intimité avec aucune de mes relations. Le langage que j'utilise pour communiquer avec les autres est limité, convenu. Salut, mes hommages. Beau temps. La vie est chère. Eh bien, ça alors ! Vous venez au cercle ? Cet élève fait des progrès. Je ne peux pas recommander ce garçon : il est négligent. L'addition. Au revoir. Je t'en prie. En y regardant de plus près, je pourrais compter le nombre de mots que je prononce à haute voix en un an.

Je ne suis pas parti tout de suite. Il m'a fallu trois semaines pour me décider. Au début, j'ai espéré que ça allait passer… cette nervosité. Je faisais de longues promenades. Z* est une très jolie ville en été, on dirait une station balnéaire. Je connais tous les arbres sur la promenade du Bastion, des marronniers, certains d'entre eux, je les ai connus jeunes pousses. À présent, ils ont vieilli et sont devenus de grands arbres majestueux. J'aime aussi beaucoup le quartier, le chemin à travers la forêt qui va vers Kóród. J'espérais que ça allait passer, cette nervosité, si je marchais davantage, si je vivais plus sainement. Mais ça ne passait pas. Au contraire, c'était pire. Il y avait des nuits où je ne fermais pas l'œil. J'avais mal à la tête, à un point précis à l'arrière du crâne, une douleur installée là de façon permanente jusqu'à aujourd'hui. Si, de nos jours, un médecin me demandait de lui décrire mes symptômes, j'en serais incapable. Je n'ai mal nulle part. J'ai de l'appétit, du moins au moment de passer à table. Mais à la troisième bouchée, je suis rassasié, comme si finalement manger m'ennuyait. Mon organisme réclame de la nourriture mais pas mes papilles. Parfois j'ai l'impression que ça irait mieux si je buvais du vin. À une certaine époque, j'en buvais régulièrement. Pas beaucoup : vingt centilitres au repas et de trente à quarante centilitres après dîner, au cercle. Puis j'ai arrêté d'en boire pendant des années, j'en ai perdu le goût pendant longtemps. Cela ne me venait même pas à l'esprit. Mais à ce moment-là, j'ai pensé que du vin, peut-être... Mais ce n'était pas le vin qui me manquait, ce n'était pas ça non plus. Après en avoir bu, mes nerfs ne se calmaient pas.

Je ne sais vraiment pas ce que c'est, cette nervosité.

À un moment, j'ai pensé qu'un soir, je pourrais rendre visite à la maison de madame Hajnik. Ça aussi, je le note, parce que je veux tout écrire : j'espère que je me sentirai plus léger si je consigne tout de façon précise. Cela dit, il n'y a rien là de bien méchant. Il y a quelques années, j'étais un visiteur régulier de la maison de madame Hajnik. C'est une maison triste, comme toujours ce genre d'établissement. Triste et désolée. Les collègues y vont aussi, ainsi que les officiers. C'est la maison des messieurs. Un soir, j'ai fini par m'y rendre, chez madame Hajnik. Mais mon état de nerfs ne s'est pas apaisé pour autant. C'est pourquoi je n'y suis plus retourné.

C'est un peu comme la soif, cette nervosité. Ou comme lorsqu'on a froid et qu'on n'arrive à se réchauffer nulle part. Ou comme l'insomnie. Ou encore comme la faim. Je ne sais pas. Parfois, il y a des jours où je ne ressens rien, comme si la chose se terrait quelque part. Puis de façon inattendue, ça me reprend. J'ai observé que parfois mes mains se mettent à trembler. Ou encore j'ai l'impression que ma bouche est envahie par la salive. Parfois ça dure des heures. À la fin de la troisième semaine, j'ai fini par me décider à partir.

Depuis cinq jours que je suis ici, je n'ai pas l'impression que mon énervement se soit calmé.

7 août

J'ai compté le nombre de participants à cette villégiature : nous ne sommes que trente-six, et pourtant c'est la pleine saison. Le gérant m'a confié sa crainte de faire faillite. Le pauvre, il est désespéré. Il y a trois ans qu'il dirige cette station thermale. Je l'aiderais volontiers si je pouvais. Je tâche de le soutenir à ma manière, par exemple en commandant chaque jour au déjeuner trente centilitres de vin blanc, le plus cher ; cela dit, non seulement il est mauvais mais je n'en ai même pas envie. La nourriture n'est pas fameuse non plus. Hier, le foie de veau avait une drôle d'odeur. Mais je ne l'ai pas renvoyé, pas plus que le vin, qui pourtant était bouchonné. Je laisse la carafe sur la table et tous les midis, j'en commande une nouvelle.

Je ne comprends pas pourquoi nous sommes si peu nombreux. Le gérant prétend que la station n'est plus à la mode. C'est possible ; je ne connais plus les endroits en vogue. Il est vrai qu'ici, tout est à l'ancienne. Il n'y a pas de lumière électrique. La salle à manger est éclairée par des lampes à pétrole et les chambres à la bougie. C'est peut-être ce qui fait fuir les gens ; moi, ça m'est égal.

Ce sont plutôt des familles que je rencontre dans la salle à manger, des mères avec trois, quatre enfants. Nous ne sommes que trois à être seuls ; nous sommes assis à part, chacun à une table séparée. L'une des trois est une dame un peu âgée, aux cheveux gris, qui lit des romans pendant le repas. Le deuxième est un monsieur d'âge moyen que je n'ai pas observé de près. Et le troisième, c'est moi.

J'ai décidé que l'après-midi, je ne bougerais pas de mon balcon pendant quelques jours. Je me suis fait monter une chaise longue et je reste allongé au soleil.

10 août

Aujourd'hui, c'est dimanche. Le curé est venu de la localité voisine et il a dit la messe pour les hôtes de la station. Sur la colline derrière les villas, il y a une petite chapelle, presque à l'abandon, sans même une sacristie. L'autre jour, en me promenant, je suis passé devant et j'ai jeté un œil à travers la porte grillagée. La chapelle est délabrée et moisie, comme toute la station. On voit bien que tout ici touche à sa fin. Le gérant m'a confié hier que c'était son dernier été à la station : l'an prochain, il va quitter les lieux. Il veut ouvrir un cinéma à Szeged, dont il est originaire.

Les journées se ressemblent tellement ici que c'est uniquement au son des cloches que j'ai su que c'était dimanche. Quand je suis descendu pour le petit déjeuner, la salle à manger était déjà complètement vide, à l'exception du monsieur seul qui, installé à ma table, lisait un journal. Je n'ai pas voulu le déranger ni lui faire comprendre que manifestement il s'était assis par erreur à ma place. Donc je suis allé m'installer à la table voisine. Lorsqu'on m'a apporté mon café, le monsieur a levé les yeux de son journal et m'a reconnu.

« Excusez-moi, dit-il, j'ai pris votre place. »

Je l'ai prié de ne pas se déranger. Nous sommes restés ainsi. Lorsque j'ai allumé ma pipe, il s'est mis à bavarder. Il m'a proposé son journal, dont je n'ai pas voulu parce que ce n'est pas celui que j'ai l'habitude de lire régulièrement. Celui qu'il lisait a la réputation d'être progressiste. Cela ne me regarde en rien mais il n'empêche, je l'ai remarqué. Puis il a désigné la salle de la main et, en souriant, il m'a dit :

« Le troupeau est parti à la messe. Il ne reste plus que nous deux, les brebis galeuses. »

Il a dit ça en plaisantant mais la familiarité et le ton ironique de ces paroles m'ont causé une sensation désagréable. Je l'ai mieux observé. C'est un homme brun au visage boutonneux, très pâle. Il doit avoir dans les trente-cinq ans. Il est vêtu de noir, comme s'il portait le deuil. Sa cravate est élimée et son col, d'une propreté douteuse. Il est certain qu'il y a quelque chose de négligé dans sa mise. Ses cheveux noirs sont épais et gras et une mèche mal peignée lui retombe sur le front. Son visage pâle et marqué est luisant, comme s'il était gras, lui aussi. Il est mince et ses mains sont tout à fait maigres. Ses ongles ne sont pas nets non plus. Sa personne tout entière évoque la saleté. Sa bouche est remarquablement gonflée et rouge, presque rouge sang. Ses orbites sont profondément enfoncées sous le front : ses yeux sont particuliers, singulièrement brillants et agités. Il arbore un perpétuel sourire un peu ironique comme s'il était embarrassé pour une raison quelconque et qu'il masquait son trouble derrière ce sourire moqueur. Ses cheveux sont striés de gris au-dessus de la tempe, ou plutôt de blanc, une rayure large d'un doigt. Il parle vite d'une voix très rauque. Son débit est si rapide, sa voix si enrouée et si sourde qu'il faut faire un effort pour le comprendre.

Je ne lui ai pas répondu.

Cela ne l'a pas gêné.

« Après tout, pourquoi pas ? a-t-il continué. Ça ne doit pas être si mal, une messe dominicale au calme en plein milieu de la forêt, avec l'odeur des fleurs et des bougies, non ? Il faudrait y aller. »

S'il n'avait pas dit ça aussi vite et d'une voix si éraillée, et surtout s'il n'avait pas ricané de surcroît, peut-être aurais-je entamé une conversation avec lui. Mais tel quel, il y avait dans sa remarque quelque chose de déplaisant et de malsain. Entre-temps, la cloche a sonné. Pour être honnête, je n'avais pas eu l'intention d'aller à la messe. Ce n'est pas que je manque de religion, mais j'y vais rarement. À présent que j'ai noté ceci, je sens que j'ai écrit quelque chose de convenu et d'artificiel qui a échappé automatiquement à ma plume : « ce n'est pas que je manque de religion ». Soudain, je me rends compte que je n'en ai pas la moindre idée : suis-je ou ne suis-je pas sans religion ? Je n'y ai jamais réfléchi. Il me semble

– même si cela paraît complètement ridicule – que le problème est tout nouveau en ce qui me concerne, celui de savoir si oui ou non, je suis religieux. Il se peut que je le sois. Je ne ressens aucune hostilité envers la religion. Je serais plutôt enclin à suivre ses commandements... mais je crois qu'en fait je ne les suis pas. Jamais je ne vais communier ni me confesser. Je fréquente rarement l'église, sauf quand je dois accompagner mes élèves à l'occasion des grandes fêtes. Si un prêtre me pressait de questions, je crois que mes réponses ne le satisferaient pas. Je n'y peux rien. Il faudrait que j'y réfléchisse.

L'odeur des fleurs et des bougies... je n'aime pas qu'on prononce ainsi de telles paroles. Et qui plus est, en ricanant. Je lui ai répondu une vague formule évasive et je suis parti. En allant vers la chapelle, j'avais le sentiment que le convive solitaire était toujours assis à la même place, à ma table, et qu'il se demandait si j'allais ou non assister à la messe. De la fenêtre de la salle à manger, on voit la chapelle et le chemin qui y mène. Je sentais son regard dans mon dos. J'aurais bien eu envie de faire demi-tour. En marchant sur le sentier caillouteux, j'ai décidé que puisque c'était comme ça, j'irais à la messe. L'odeur des fleurs et des bougies, c'est ce qu'il avait dit. Un homme déplaisant, un drôle d'oiseau ! Il ne dégage pas une impression de santé. Il se peut qu'il ait un problème, il est peut-être très malade, c'est de là que lui vient ce rictus confus. Je n'arrive pas à imaginer ce qu'il fait comme métier. Je ne crois pas qu'il soit dans l'enseignement. Il doit plutôt travailler de façon indépendante. Je n'en sais rien. Lorsque je suis arrivé devant la chapelle, j'étais très énervé. C'était horripilant qu'il m'observe : en effet, j'étais persuadé qu'il me regardait et se demandait si j'allais entrer ou pas. Si j'entrais, il allait sûrement hausser les épaules et se dire qu'il était la seule brebis galeuse maintenant. En quoi cela me regarde-t-il, ce qu'il pense ? J'étais à cran et ça m'a contrarié. Quand je suis arrivé devant la chapelle, par la porte ouverte j'ai justement entendu la clochette de l'enfant de chœur – ça fait longtemps que je n'ai pas assisté à la messe. Je me souviens de la première phrase prononcée par l'officiant : *Introibo ad altarem Dei... ad Deum, qui laetificat juventutem meam.* Je vais vers Dieu qui égaie ma jeunesse. Ma jeunesse ? À une certaine époque, je servais souvent la messe. J'ai encore dans les narines l'odeur des offices en hiver. Un mélange de cire, d'encens et de vin de messe. Ça doit bien faire quarante ans. Pensant à tout cela, je me suis retrouvé devant la porte. Il aurait alors fallu passer le seuil. La petite chapelle était pleine. Le curé en était à l'évangile, il était debout à gauche de l'autel, je le voyais de la porte. J'étais déjà prêt à poser le pied sur la première marche. Tant pis, je voulais quand même y aller. Et puis brusquement, j'ai bifurqué vers la droite, vers la forêt. La manière dont ce type m'observait m'a contrarié et le fait d'être épié m'a horripilé. Je ne suis pas allé à la messe, par agacement. Et pourtant ce n'est pas comme si j'avais eu honte d'entrer à l'église parce qu'il me regardait. Sottise. De quoi aurais-je eu honte à ses yeux ? Non, c'est simplement parce que je me sentais observé.

Plus tard, sur le chemin de la forêt, j'ai pensé que dans ce genre de situation, un bon chrétien serait au contraire allé à la messe. Il se peut que je ne sois pas un bon chrétien.

11 août

J'ai eu l'occasion de revoir cet homme exceptionnellement mal élevé au petit déjeuner. Non seulement il est bavard et parle à toute vitesse mais de plus il est impertinent. Il m'a encore adressé la parole aujourd'hui, sans aucun préambule. Il m'a salué comme si nous nous connaissions depuis longtemps et s'est installé illico à ma table. Il m'a de nouveau offert son journal. Il a entamé la conversation ainsi :

« Dommage que vous n'ayez pas assisté à la messe hier. Elle était très belle. J'y suis allé et je ne l'ai pas regretté. »

Il m'a tellement embarrassé que je n'ai pas réussi immédiatement à lui clouer le bec. Que pourrait-on regretter en allant à la messe ? Mais une attitude aussi fâcheuse me désarçonne complètement. Jamais je n'ai rencontré quelqu'un d'aussi impertinent et familier. Je suis désarmé face à lui. Je ne veux pas le vexer : dans le fond, il ne m'a rien fait de mal. Il y a des gens bizarres sur terre. Je n'arrive pas à m'imaginer une situation de danger ou d'angoisse où je me permettrais de m'adresser à quelqu'un comme le fait cet homme.

« Pendant que vous grimpiez sur le chemin, continua-t-il, je vous ai regardé de la fenêtre. Comment se fait-il que vous marchiez si lentement ? Quelque chose qui ne va pas ? Pourtant vous n'êtes pas si vieux. Eh oui, ça doit être ça la bonne vie provinciale : on s'économise, on conserve ses forces. » Il a encore ricané. « J'ai parié que vous iriez à la messe. C'était juste un pari avec moi-même, comme j'en ai l'habitude. J'ai le *Blick*[1] pour ce genre de choses. J'ai pensé : ce monsieur voulait peut-être aller à la messe. Maintenant il sait que je le regarde. Il se dit qu'il va y aller malgré tout. Et vous, vous avez pensé, qu'est-ce que ça peut bien me faire qu'il m'observe ? Un type inconnu qui se mêle de savoir si je vais ou non assister à la messe. Pas vrai ? Et puis d'ailleurs, il est envahissant. N'est-ce pas ce que vous avez pensé ? Allez, avouez !....

– Je n'ai absolument rien à vous avouer », ai-je répliqué d'un ton sec.

Je reconnais que j'ai été grossier. Mais son bavardage m'était insupportable. Juste après avoir prononcé ces paroles, je me suis senti un peu mal ; en fin de compte, ce type ne m'a rien fait. Il jacasse et il se permet d'être familier : c'est sa nature. Il n'y peut rien. Il a peut-être un problème. Il est peut-être malade ou malheureux. Que savons-nous l'un de l'autre ? Rien, rien du tout.

J'ai eu pitié de lui. Tout de suite, dès que je l'ai remis à sa place, il s'est tu, il est devenu humble. Il a commencé à cligner de ses yeux noirs et brillants, il

1. Regard, coup d'œil.

m'a regardé par en dessous. Il a continué à ricaner, mais avec gêne, en se forçant.

« Je vous en prie, dit-il, je ne voulais pas vous fâcher. Loin de moi... Je vous demande pardon, si c'est ce que vous croyez... Il n'était nullement dans mes intentions de vexer monsieur le professeur. Je voulais simplement bavarder. »

Il a prononcé cette dernière phrase presque timidement, tout à fait différemment des autres. Il souriait d'un air embarrassé, confus. À dire vrai, à ce moment, j'aurais eu envie de me lever et de le rassurer en lui disant que je n'étais pas blessé. Toutefois, dominé par ma propre méchanceté et cédant au charme d'une fierté médiocre, je n'ai pu prononcer ces mots salvateurs. Finalement, je crois qu'au fond de moi, j'ai été surpris par le résultat de mon intervention et par le fait qu'une seule phrase énergique ait suffi à faire taire cet homme. Cela ne m'est pas arrivé très souvent, de clouer ainsi le bec à quelqu'un. Pour autant que je me souvienne, la plupart du temps, je suis celui qui se tait. Et maintenant, au lieu de lui tendre la main, j'ai enfoncé le clou :

« Vous ne m'avez pas vexé. Pour qui vous prenez-vous ? C'est ridicule. Et d'où savez-vous que je suis professeur ? Qui vous a autorisé à vous renseigner sur moi ? »

Il se peut que j'aie élevé la voix. Il s'est levé de table, comme pour s'incliner avant de partir – mais il est resté un instant debout, à moitié penché. À la vue de son visage, toute ma colère s'est évanouie. Il était mortellement pâle. J'ai remarqué à ce moment-là que son pantalon faisait des poches aux genoux et que les poignets de sa chemise étaient en lambeaux. Son col était vieux de quelques jours et sa cravate effilochée et luisante de graisse. Son regard était si las, au-delà de la tristesse, que je n'ai pu le soutenir. J'ai détourné la tête. Puis il m'a dit, avec l'humilité contrainte d'un domestique :

« C'est le gérant qui m'a dit que vous étiez professeur. Veuillez me pardonner si je vous ai dérangé. Vraiment, je ne voulais que bavarder. Pardon. Cela ne se renouvellera pas. Si monsieur le professeur le permet, voici ma carte. »

Il a sorti un portefeuille rouge et usé à l'intérieur duquel il s'est mis à fouiller nerveusement de ses doigts grisâtres. Puis il m'a tendu une carte longue et étroite. Je me suis levé aussi pour la prendre. Je crois que mis à part son effronterie, cet homme n'a pas beaucoup d'expérience dans l'art de lier connaissance. Nous étions tous les deux gênés. C'est comme si son impertinence s'était volatilisée. Cette fois, c'est moi qui me suis comporté en rustre. J'ai pris sa carte, mais je ne l'ai pas remercié. Je me suis contenté de m'incliner et de marmonner mon nom. Il s'est également incliné et s'est éloigné immédiatement.

À mon tour de le regarder par la fenêtre. Il a une sorte de balancement dans la démarche et son pas n'est pas assuré. Il est allé vers la maison « Vilma », la troisième à partir de « Tivoli ». Puis j'ai lu sa carte de visite :

ÁGOSTON TIMÁR
Secrétaire
Budapest

Il habite la capitale. Quel genre de secrétaire est-il ? Je vais demander au gérant.

12 août

J'ai demandé au gérant. Je me suis rendu compte qu'il n'avait pas une opinion particulièrement bonne de cet hôte. Il m'a appris que monsieur Timár était déjà venu à Virágfüred l'an dernier, sur ordre de la Faculté. Il a un problème au larynx et c'est pourquoi il parle d'une voix aussi rauque. J'ai appris en même temps qu'un petit incident avait eu lieu avec lui l'an dernier. Monsieur Timár n'avait pas pu quitter les lieux à temps parce que son argent n'était pas arrivé. Il était resté dix jours de plus que prévu et il avait vécu à crédit. Son argent avait fini par arriver, mais il n'y en avait pas assez, en tout cas pas suffisamment pour régler le prix de son séjour. Le gérant l'avait laissé partir, ne pouvant rien faire d'autre. Cela dit, deux mois plus tard, il avait envoyé ce qu'il devait. Pas de Budapest, mais de Vienne. Il est revenu cet été, mais le gérant ne sait rien de lui. Cela fait deux semaines qu'il est ici et qu'il paye correctement. Son bagage est insignifiant, a continué le gérant, mais cela l'ennuie de lui demander de l'argent d'avance. Pauvre diable, a-t-il dit. Puis il a ajouté : Mais bon, il y a des gens comme ça ici. Moi aussi, je suis un pauvre diable.

Je n'en sais pas beaucoup plus. Quel genre de secrétaire peut-il être ? Celui d'un comte ou celui d'un parti politique ? C'est possible qu'en ce moment il n'ait pas de travail. Oui, assurément, c'est un pauvre diable. Moi aussi d'ailleurs. Il est vrai que j'ai un revenu et un peu d'argent de côté. Juste avant de partir en voyage, je suis passé à la banque et j'ai appris que je possédais six mille quatre cents *forint*, intérêts compris. Ça m'a pris vingt-huit ans pour mettre cette somme de côté. C'est tout, mais on ne peut pas vivre sans une petite réserve.

À présent, je regrette un peu d'avoir blessé monsieur Timár. Je ne l'ai pas vu aujourd'hui, ni au petit déjeuner, ni au déjeuner. Peut-être prend-il ses repas dans sa chambre. Ou il se peut qu'il soit parti faire une excursion.

J'estime que cela ne me regarde en rien, qu'il aille et vienne à sa guise, je ne veux plus m'en occuper dorénavant. Je n'ai rien à voir avec lui. Je ne suis pas venu ici pour m'inquiéter du sort de monsieur le secrétaire Timár.

J'ai le sentiment de me reposer de façon bizarre. Comme si j'avais quelque chose d'urgent à faire et que cette chose urgente était le repos en soi. Sans doute n'est-ce pas ainsi qu'il faut faire. S'il y avait un médecin ici, je lui demanderais conseil ; or il n'y en a pas. Une station thermale sans médecin ! C'est vraiment un endroit arriéré qui n'a pas suivi le progrès du monde. Si jamais je tombais malade, il faudrait faire venir en voiture le docteur de Poprád.

Le soir, j'ai le sentiment d'être plus fatigué qu'avant mon départ. Je suis épuisé, et malgré cela, je dors mal. Je me réveille à nouveau très tôt, vers six heures du matin, mais je n'ai aucune envie de me lever. Je me force au repos et je reste au lit. Ce matin, je me suis réveillé vraiment tôt, j'ai allumé la bougie et regardé l'heure : il était cinq heures. Quand j'ai ouvert les volets, j'ai vu qu'il faisait déjà jour mais la brume stagnait sur toute la vallée. Le brouillard ne me fait pas de bien. Je me suis recouché. Je suis resté allongé comme ça pendant une heure et j'ai attendu que la brume se lève. Elle a commencé à se dissiper vers six heures et à monter vers la colline. Alors je me suis habillé et je suis allé faire un tour à pied. J'ai longé le chemin au bord de la forêt jusqu'au vieux moulin. Je n'ai rencontré personne. La terre était humide. Une telle promenade matinale a le don de m'apaiser plus que tout. J'ai écouté longtemps le chant des oiseaux. Il était huit heures quand je suis arrivé à la salle à manger et le soleil était déjà chaud.

Je ne comprends pas au juste pourquoi ce malheureux n'est pas descendu prendre son petit déjeuner. Pourvu qu'il ne soit pas vexé ! Ce serait idiot. Je n'aimerais pas blesser quiconque.

15 août

Cela fait plusieurs jours que je vis dans une quasi-immobilité. J'ai même été trop paresseux pour écrire dans ce cahier. D'ailleurs il n'y a rien à écrire. Qu'est-ce que je pourrais bien noter ? Que mon état ne s'est pas amélioré – et que je suis incapable de dire pourquoi ? Je ne sais même pas formuler ce qui ne va pas. Je ne me sens pas tout à fait dans mon assiette, voilà tout. Les quelques signes dus à l'âge qui me semblent significatifs, je les oublie aussitôt. D'ailleurs, depuis quelque temps, j'oublie tout. Ce que je préfère, c'est rester assis sans rien faire sur mon balcon et ne penser à rien. Parfois je m'endors. Je fais une courte promenade le matin et le soir, c'est tout. Même pour les repas, je descends à contrecœur. La nourriture est de pire en pire. J'ai appris qu'ils ne faisaient venir la viande que deux fois par semaine de Poprád. C'est pourquoi elle ne peut être fraîche, ça se sent. Elle n'est pas vraiment avariée, seulement douteuse. Je mange plutôt des légumes.

Hier et avant-hier, j'ai rêvé. Je n'en ai pas l'habitude, mais quand cela m'arrive, je ne m'en souviens pas. Sauf d'un rêve, un seul, qui revient de temps en temps. Parfois, il revient toutes les nuits pendant une semaine. Après, pendant des années, rien. C'est un rêve abominable. Le lendemain, je me sens toujours fatigué et faible. Je crois qu'il y a dans la vie de chacun un de ces rêves récurrents. Voici le mien :

Ma mère est assise à une table à tiroirs, devant un miroir, et elle se coiffe. Dans mon rêve, ma mère a toujours trente ans ; je dois en avoir à peu près huit ou neuf. Nous sommes dans une sorte de chambre, ma mère et moi, et il est tôt, le matin. Je me rappelle vaguement les objets de la chambre : ça doit être une pièce de l'appartement que mes parents avaient loué à Nagykanizsa, quand mon père avait été affecté comme préposé à la régie des tabacs de cette ville. Le mobilier est très simple mais non dénué de charme ; il est constitué des meubles que ma mère a reçus en dot. Je me souviens d'un vaisselier, d'une table à tiroirs, d'une psyché et de trois chaises au dos sculpté. Ma mère est assise en peignoir devant le miroir et elle coiffe sa chevelure châtain, un peu terne. Ses cheveux sont déployés et le peigne au bout de sa main va et vient le long des mèches. Je suis agenouillé à côté de la table à tiroirs et je pleure, je gémis et je supplie ma mère qui veut me punir pour quelque chose. Sur la table est posée la baguette en jonc épais qu'elle a l'habitude d'utiliser pour me corriger. Je ne me souviens plus de la nature de la faute pour laquelle ma mère veut me punir. En tout cas, je pleurniche et gémis sur un ton à fendre le cœur, et je crie : « Maman, ne me frappez pas !... Je vous en prie, maman !... Je vous promets, je ne le ferai plus !... Oh, oh, petite maman !... Je vous en prie, ne me frappez pas !... » Tandis que je crie ainsi, en gémissant et avec la chair de poule tellement j'ai peur, ma mère ne me regarde même pas, elle continue à se peigner, à se regarder dans la glace, elle arbore un sourire d'une étrange gaieté et parle sans arrêt : « Crie, mon fils, crie donc. Tu peux supplier autant que tu veux ! Je vais peigner mes cheveux à présent, mon fils, et toi, pendant ce temps, tu vas rester à genoux. Quand j'en aurai terminé avec mes cheveux, alors je te corrigerai comme jamais avec cette baguette. Et on va te déculotter, mon garçon, pour que ça fasse encore plus mal. Et t'attacher les mains dans le dos aussi pour t'empêcher de gigoter. Tu comprends ? Je suis bientôt prête, mon fils. En attendant tu restes ici, à genoux. La punition va arriver tout de suite. Tu connais cette baguette ? Elle va bientôt te corriger, mon garçon. Tu as peur, hein ?

Elle fait mal, cette trique ? Attends encore un peu, que je tresse mes cheveux. Là. À l'autre natte maintenant. Pendant ce temps, reste à genoux et continue à supplier, mon fils. Tu sais bien que cela ne sert à rien. Je vais t'attacher les mains et baisser ta culotte. Tu vas prendre une raclée terrible, comme tu n'en as jamais eu. Cette fois, c'est sur ta peau nue que tu vas recevoir les coups… » Ma mère parle sans discontinuer et pendant ce temps, elle peigne ses cheveux avec une lenteur remarquable, ce n'est pas moi qu'elle regarde mais son reflet dans le miroir, et elle continue à sourire gaiement. Ma peur augmente. Je joins les mains et la conjure de ne pas me battre, pas cette fois. Mon visage est baigné de larmes et de sueur. Dans le rêve, la pulsation de la peur et de la menace se fait plus forte, et ce qui m'est le plus pénible c'est le fait que ma mère sourit si gaiement. Pourquoi ce sourire ? Qu'est-ce qui la réjouit ? En général, voilà comment se termine le rêve : au moment où je crois que je ne vais plus supporter cette attente et cette peur, ma mère arrête de se coiffer, rejette ses cheveux en arrière, se lève, sa main s'empare de la baguette et, en riant avec bonheur, elle dit : « Et maintenant, mon garçon, va chercher la corde, que je t'attache les mains. – Ma petite maman ! » crié-je encore une fois en me jetant à ses pieds. Elle lève la baguette… mais je me réveille toujours avant le premier coup.

Je ne me souviens d'aucun autre rêve que celui-ci. Il revient tous les ans, absolument identique, cependant – me semble-t-il – chaque fois de façon un peu plus aiguë, plus précise, plus réaliste ; mais l'essentiel du rêve ne change pas. C'est mon seul et unique rêve. À présent, je l'ai fait deux fois de suite, hier et avant-hier. Je ne comprends pas pourquoi ce rêve me poursuit. C'est vrai que ma pauvre défunte mère nous frappait beaucoup ; mon petit frère aussi, mais surtout moi. Elle était persuadée que le meilleur principe éducatif consiste à battre les enfants et comme elle voulait notre bien, elle nous flanquait de nombreuses et énergiques raclées. Mais la scène du rêve, à l'état de veille je n'en ai aucun souvenir conscient. Je ne me rappelle plus quand elle s'est produite. Cependant le rêve est tellement clair et net qu'il n'y a aucun doute : la scène a certainement eu lieu.

En ce qui me concerne, avec les élèves, ma méthode pédagogique exclut le recours au châtiment physique. En tout cas, je n'ai jamais frappé un enfant : je ne suis pas du tout persuadé que cela serve à quoi que ce soit. Je sais qu'il y a des gens qui croient que c'est utile. Possible.

Après le rêve, en général, je me réveille épuisé et en nage. Il me reste un goût amer et saumâtre dans la bouche, qui ne me quitte pas de la journée. Ces jours-là, je me sens malade et je suis extrêmement irritable. Ces deux nuits avec le rêve récurrent m'ont tellement exténué que je ne suis même pas allé me promener. Je ne descends à la station que pour les repas.

Je remarque que cela fait deux jours que je n'ai pas vu le secrétaire, ce monsieur Timár. Il est peut-être parti.

16 août

Non, il est toujours là, mais il ne sort pas de sa chambre. C'est le gérant qui me l'a dit. Il a ajouté qu'il ne croyait pas que ce pensionnaire soit malade ; mais de temps en temps, sans aucune raison particulière ni apparente, il a coutume de rester dans sa chambre pendant quelques jours et de s'y faire apporter ses repas. Cela ne cause au gérant que des soucis et des ennuis. Drôle de bonhomme : pourquoi garde-t-il la chambre s'il n'est pas malade ? C'est une supposition ridicule, mais il m'est venu à l'esprit que j'avais peut-être joué un rôle dans cet éloignement des derniers jours. La dernière fois où j'ai vu le secrétaire en bas, c'était le matin où nous avons eu cet échange dont, à vrai dire, je n'arrive pas à me souvenir de façon très précise. Se pourrait-il qu'il souhaite ne pas me rencontrer ? Peut-être. Si tel était le cas, je me sentirais dans l'obligation de lui expliquer que je ne lui en veux pas. Pourquoi lui en voudrais-je d'ailleurs ? Parce qu'il s'est montré familier ? Maintenant, avec le recul, j'ai l'impression que cet homme est peut-être très seul, et que, sentant en moi la même solitude, il a appelé au secours. Quand je pense à lui, ses paroles me reviennent : *je voulais simplement bavarder*. Pour être tout à fait honnête, je regrette un peu de ne pas le voir. Pourtant, ce n'est pas que je trouve sa personnalité particulièrement sympathique. Elle a quelque chose d'excessivement négligé – il se peut qu'il en soit de même à l'intérieur, c'est ce que je sens. Mais il n'y a aucun doute :

c'est un solitaire. Et moi aussi. Ici, je ressens ma solitude encore plus qu'à Z*, et de façon plus déprimante. Elle me fait presque souffrir.

Aujourd'hui je veux noter deux choses. Prendre conscience de la première des deux m'a surpris ; quant à l'autre, c'est une attitude inhabituelle chez moi que j'ai remarquée. Ce qui m'a étonné au milieu des grands sapins est le fait que la Nature ne m'intéresse plus ces temps-ci. (Je mets une majuscule à nature, parce que c'est mon habitude.) Tous les jours, je me promène quelques heures en plein air, comme je l'ai fait toute ma vie. Quand je profère que la Nature ne m'intéresse pas, je ne m'exprime pas assez précisément. Je pourrais dire aussi qu'elle « ne me satisfait pas », ou qu'elle « me laisse froid », mais si je veux être encore plus précis et si je puis utiliser une tournure proche de la métaphore, je dirais qu'elle « n'étanche pas ma soif ». Pour moi, cette définition est claire et elle contient l'idée du manque. Ce n'est pas comme si j'avais vraiment soif, bien sûr ; on arrive à étancher la soif, on peut faire taire le manque ou apaiser les besoins du corps et les désirs de l'âme. Le manque qui est en moi maintenant, je n'arrive pas à le combler. Je m'en rends compte lorsque parfois je me dirige vers la station avec l'intention d'entamer une conversation avec le gérant ou de lier connaissance avec certains des convives et que, une fois arrivé devant la terrasse, je sais déjà que ce n'est pas ça dont j'ai besoin, que ce ne sont pas les gens qui me manquent, ou alors, pas ceux-là. Dans ces moments-là, je passe mon chemin et je regagne ma chambre ou je monte dans la forêt. Mais elle ne me calme pas non plus. Je marche presque distraitement, je ne prête même pas attention à la Nature, comme si je pensais constamment à quelque chose qui me prive du reste – comment est-ce possible ? Il y a là-haut sur la crête une grande prairie dont l'herbe est déjà un peu roussie et d'où on voit la frontière, la chaîne des sommets enneigés à l'horizon et en bas, le fleuve et deux villages. C'est une vue imposante, presque excessive, presque trop prodigue : seule la Nature peut offrir un panorama à ce point majestueux. Je me souviens d'un temps où je grimpais ici et j'étais heureux, je contemplais le paysage pendant des heures dans un contentement muet. Maintenant il me laisse froid, comme si je ne le connaissais pas, comme si c'était une image. Il est vrai que je l'ai beaucoup regardé, ce paysage, mais peut-on se lasser de la vision de la Nature ? D'ailleurs, la Nature est-elle vraiment visible ? Je demeure étranger à ce spectacle. Cette atmosphère particulière, paisible, je ne la ressens plus. Je contemple ce paysage sublime avec un sentiment proche de l'insatisfaction, voire de l'hostilité. Il y a là quelque chose de comique. Si je le considère de l'extérieur, cela me fait sourire : un être minuscule au sein des immensités neigeuses, au-dessus de la forêt et au sommet des rochers ; un homme insatisfait et critique. Mais en réalité, les montagnes ont beau être grandioses, je ne me sens pas minuscule. En tout cas, pas maintenant. Je ne suis plus envahi par l'humilité satisfaite de ma propre petitesse. Rien ne me satisfait. Et même si j'en éprouve une certaine honte, je dois noter que je me sens aussi grand que les montagnes, que le paysage tout entier que j'ai sous les yeux. Et je m'étonne de ne pas être rassasié par ce que je vois ; comme s'il y avait en moi aussi la même profondeur et le même abîme. *Natura abhorret vacuum*[1]. Il y a du vide en moi, dont je commence parfois à éprouver l'horreur.

La deuxième chose que j'ai remarquée est plus simple. Je ne suis pas particulièrement attiré par les enfants, au sens habituel, aimable du terme. Je n'ai pas l'habitude de me joindre à eux pour jouer et bavarder ni de les attirer vers moi, comme beaucoup le font. Pour moi, les enfants représentent trop une matière à mettre en forme ; je la connais, cela fait vingt-huit ans que je la travaille. Je me suis toujours efforcé de rester un bon maître. Mes élèves ne m'ont peut-être jamais particulièrement aimé ; mais ils n'ont pas eu peur de moi non plus, je crois qu'ils m'ont plutôt respecté comme quelqu'un qui les comprenait. Je n'ai jamais joué au camarade avec des enfants. Je suis trop lourdaud et maladroit. À chaque fois que j'ai essayé ce jeu-là, ils m'ont accueilli en étranger et à contrecœur. Il y a beaucoup d'enfants ici, à la station. À présent, voici ce que j'ai remarqué : il m'est impossible de passer à côté d'eux sans dire un mot ; il faut que je m'arrête et ça me fait plaisir d'échanger quelques paroles avec eux. Ou de leur effleurer les cheveux. Et je me suis rendu compte que les enfants eux-mêmes se montraient plus amicaux. L'autre jour, j'étais assis sur un banc et l'un d'entre eux m'est grimpé sur les genoux. Cela ne m'était encore jamais arrivé. Plus tard, la mère du

1. La nature a horreur du vide.

petit, une jeune femme, est venue s'asseoir et a commencé à bavarder. Là-dessus, j'ai pris congé parce que je n'aime pas bavarder avec des dames.

Cette soif, cette inquiétude, cette tristesse ne me quittent pas, excepté pendant les quelques heures où j'écris ces notes. C'est comme si je me sentais plus léger en notant tout sincèrement.

20 août

Journées vides. Vides et lentes. En plus, deux jours de pluie, brouillard humide au-dessus de la forêt et de la vallée. Longues heures passées sur mon balcon, dans la brume moite, sous des couvertures.

Un après-midi, je me suis endormi sur ma chaise longue sur le balcon. J'ai dormi longtemps, la nuit tombait quand je me suis réveillé. J'ai pris froid dans ce brouillard humide. Moi aussi je garde la chambre aujourd'hui, j'éternue et je bois du thé avec du rhum.

J'ai peut-être de la fièvre. Ma seule envie serait de dormir. Mais ce soir, je vais descendre pour le dîner. Cette chambre est froide et triste. Les meubles qui sentent le moisi m'affectent désagréablement. La famille bruyante qui habitait à l'étage est partie. Maintenant, je suis seul à loger à ce niveau. C'est une sensation déplaisante. Je n'ai même pas de sonnette dans la pièce. Je crois que la nuit, aucune servante ne dort dans cette villa. Une vieille femme vient tous les matins, elle apporte de l'eau, cire les chaussures et fait les lits. Elle revient vers neuf heures du soir, défait les lits et c'est tout. Pendant la journée, il n'y a personne ici. La nuit non plus. Triste état de fait. Si j'avais besoin de quelqu'un la nuit, je serais obligé d'aller à pied jusqu'au restaurant.

Ce matin, je me suis dit que j'allais rentrer chez moi.

Je n'ai peut-être pas de température ; je suis sans doute seulement très fatigué. Je suis même trop paresseux pour écrire. Aujourd'hui, j'ai pensé que je devrais envoyer une carte postale au directeur et sa famille. Les gens s'attendent à ce genre de choses de la part de quelqu'un qui part un peu loin. Ce soir, je vais écrire quelques cartes. À présent, je préférerais dormir ; mais j'ai tellement dormi ces deux derniers jours que le sommeil me fuit.

Ma jambe me lance. C'est à cause du brouillard. S'il ne se lève pas d'ici demain matin, je vais annoncer au gérant que je m'en vais. À part ça, si l'air n'était pas aussi malsain, ce lieu serait beau. Un tel silence règne sur la station qu'on dirait que tout le monde est parti. La maison que j'habite est vide, spectrale. Quand je marche dans la chambre, le plancher résonne et j'entends l'écho de mes propres pas. Cette nuit, à la lueur de la bougie, allongé sans réussir à trouver le sommeil, je n'entendais rien d'autre que le vent mugir dans la forêt. La brume avait envahi la pièce et la lueur de la bougie la traversait à peine. Je me suis senti si seul, si loin de tout ce qui participe des rapports humains, de l'amitié. Je m'entendais respirer. J'aurais bien eu envie de me lever et de descendre à la station, parmi les autres hommes, de réveiller quelqu'un pour causer. Mais il était déjà tard, minuit passé. Qui aurais-je pu réveiller ? Le gérant ? Il ne m'intéresse pas. Je ne connais personne. Monsieur Timár m'est venu à l'esprit. Je ne sais même pas s'il est encore là.

Ce soir, je vais descendre pour le dîner.

Tout ça n'est rien, ce n'est pas important. Aujourd'hui je suis apathique et très fatigué. Cela me fait presque du bien de regarder ce brouillard dans lequel tout se tait. On dirait que je vieillis tout de même. Étrange, comme ce genre de chose arrive, sans même qu'on s'en rende compte.

Je n'ai encore reçu aucun courrier. Ma gouvernante pourrait m'écrire. La pauvre, elle était dans tous ses états quand je suis parti. Elle est déjà âgée, plus que moi. Plus de soixante ans. Pauvre mère Márta ! Heureusement que je pense à elle ; je vais lui rapporter un cadeau. Il est vrai qu'ici il n'y a rien. Je serai obligé de lui acheter quelque chose à Z* en rentrant, entre la gare et mon appartement. Pieux mensonge, mais je n'y peux rien.

Ma jambe me lance. Je n'ai même aucun goût à fumer ma pipe, le tabac est humide.

22 août

Pluie et brouillard. Et mon comportement irresponsable d'hier soir ! J'aurais pu me contrôler un peu plus. Maintenant j'ai mal à la tête et la gueule de bois, et je ne peux même pas aller me promener parce qu'il pleut des cordes. Si seulement j'avais un livre à lire. Les journaux ne m'intéressent pas. D'ailleurs ils sont tous vieux de plusieurs jours, bien que cela importe peu. Je trépigne, réduit à l'impuissance, dans cette cage. Les draps sont insupportablement humides. Depuis longtemps je n'ai pas eu aussi mal au crâne qu'aujourd'hui. Cela ne me surprend guère : dès mon arrivée, j'avais remarqué que le vin servi par le gérant était de mauvaise qualité. Je ne dis pas qu'il est aigre mais il sent le tonneau. Je m'y connais jusqu'à un certain point en vin, en tout cas en vin blanc. Le vin d'ici est de deuxième choix et conservé sans précaution. C'est par compassion que j'en ai bu ; en réalité, jusqu'alors, je n'en buvais pas, je me contentais d'en commander.

Hier soir, j'en ai bu.

Après le dîner, quand ils ont débarrassé les tables, je suis resté assis. J'ai fait apporter une lampe à pétrole et six décilitres de vin blanc. J'ai tout de suite commencé avec six décilitres. Je suis toujours un peu excessif lorsque, très rarement, je m'éloigne de mes habitudes. La lumière de la lampe à pétrole m'a fait du bien après les nuits passées à la lueur de la bougie. Dehors, un vent fort soufflait et il tombait une pluie fine. Une dame jouait du piano ; je n'ai pas d'oreille mais il m'a paru que l'instrument n'était pas parfait. Certains sons restaient muets ; le gérant a reconnu qu'il manquait quelques cordes. Deux groupes de gens, des relations de cure, n'étaient pas encore allés se coucher ce soir-là : par ce mauvais temps, personne n'avait envie de regagner sa chambre humide. Les hommes buvaient du vin, les dames jouaient à des jeux de société. Des jeux particulièrement niais. Cela dit, peut-être que tous les jeux sont aussi simplets. Les enfants se sont vite fatigués et ont fini par s'endormir sur les tables. Vers onze heures, les dames se sont retirées avec leur progéniture. Seul un ingénieur est resté avec son épouse et la dame qui jouait des mélodies hongroises au piano. C'est une femme d'âge moyen assez agréable à regarder, à l'aspect un peu mélancolique. Je crois qu'elle est célibataire parce qu'on l'appelle Mademoiselle. Elle doit être institutrice ou receveuse des Postes ou employée de banque. Elle a joué du piano de façon assez plaisante. La musique m'enchante toujours, elle m'apaise. Vers onze heures, j'avais déjà bu les six décilitres de vin.

Le gérant a proposé de faire du feu dans le grand poêle de fonte si la société désirait veiller. Mais les autres partaient déjà. Le vin m'avait agréablement réchauffé. J'ai protesté que ce n'était pas la peine de chauffer pour moi. J'ai commandé trois autres décilitres de vin, et j'ai demandé au gérant de fermer les fenêtres de la véranda.

Les trois décilitres, je les ai bus lentement. Le vin était atroce. Le gérant ne l'a même pas nié ; il n'en commanderait pas un nouveau tonneau. De toute façon, dans deux semaines, il allait fermer la station et partir à Szeged. Je comprends bien qu'on ne puisse exiger de lui qu'il rachète un autre vin. C'est ma faute si j'ai bu, le gérant ne m'a pas forcé.

Je suis resté assis une demi-heure, à fumer ma pipe en silence. Le garçon somnolait dans un coin. Pour la première fois depuis deux semaines, je me suis senti plus léger, plus calme. En fait, ç'a été mon premier bon moment dans cet endroit. Le vin y était pour quelque chose. On s'y habitue : à force de le boire, il devient supportable. Aujourd'hui, évidemment, j'ai l'impression qu'on me fend la tête.

Vers onze heures et demie, monsieur Timár est arrivé. Il est entré assez bruyamment. Il s'est arrêté dans l'embrasure de la porte qu'il avait ouverte avec fracas, et quand il m'a aperçu, il a soulevé son chapeau. Le courant d'air a presque soufflé la lampe. Il s'est approché d'un pas hésitant.

Je me suis levé immédiatement quand je l'ai vu. Je dois avouer que cela fait longtemps que je n'avais pas été si heureux de voir quelqu'un.

« Je vous en prie, asseyez-vous, lui ai-je dit. Je vous en prie. » Je l'ai invité par deux fois. Ce n'est pas lui qui m'a fait l'offre. Cette fois, c'était moi qui me montrais familier.

Je dois avouer que c'est avec une certaine réticence qu'il s'est installé à ma table. Comme si nous avions échangé nos rôles. C'est moi qui ai commencé à parler. J'avais l'impression que les mots avaient du mal à sortir et que je bégayais ; mon manque d'habitude de la boisson me nouait la langue. Je commençais à sentir une sorte d'ivresse pesante dans ma tête. Les dernières fois que j'ai eu cette sensation de griserie, c'était au club, il y a longtemps. Le sang me montait à la tête et je parlais lentement et plus fort que d'ordinaire.

Les vêtements du secrétaire étaient trempés. De la vapeur s'échappait de son costume. Il est resté assis sans rien dire à côté de moi pendant un moment en me fixant de ses yeux attentifs et brillants. Ce regard particulier ne m'a pas agacé à ce moment-là. J'avais peur qu'il ne se lève et s'en aille. Pour lui parler, j'ai détourné la tête afin d'éviter son regard. Je lui aurais volontiers donné quelque chose pour qu'il ne parte pas, je l'aurais même imploré s'il en avait manifesté la velléité.

« La dernière fois, lui dis-je, nous nous sommes mal compris ! Je n'avais nullement l'intention… »

Je balbutiais piteusement. Il ne m'a pas répondu tout de suite. Lorsqu'il a compris ce dont il était question, il a eu un large sourire satisfait. En toute autre occasion, ce genre de sourire m'aurait mis en colère. Il exprimait une sorte de contentement de soi et de supériorité. Le secrétaire s'est penché en avant et a écouté presque avidement, comme s'il recevait des félicitations ou goûtait le plaisir d'une revanche :

« Comment ? » dit-il tout bas de sa voix rauque.

Ce diable faisait semblant de ne pas avoir compris. J'étais trop engagé maintenant, il me fallait réitérer mes excuses. Pendant ce temps, je pensais : alors, tu te venges, canaille, mais qu'y puis-je ? Je n'allais pas le laisser partir. Je ne sais pas ce que j'aurais fait pour qu'il ne parte pas. Je me sentais terriblement seul dans mon ivresse naissante.

Quelque chose m'attirait vers cet homme.

« Je vous en prie », me dit-il plus tard, après que je me fus excusé pour la deuxième fois. Et il a fait un signe de la main, comme quelqu'un qui a compris et pardonné, froidement et poliment, puis il s'est adossé à sa chaise, d'un mouvement presque élégant. La classe avec laquelle cet homme à l'aspect sale et hirsute a accepté mes excuses m'a véritablement surpris.

Parce que c'est ce que j'ai fait. En utilisant des mots sans équivoque. J'ai demandé pardon à ce type, cet individu sorti on ne sait d'où. Avec le recul, c'est un peu incompréhensible. Mais sur le moment ça paraissait naturel. Je devais déjà être ivre. Et j'ai commandé du vin à nouveau, encore six décilitres.

Je ne l'ai pas quitté des yeux. Il a allumé une cigarette. Moi, je ne savais plus quoi dire, je me suis tu. Lui non plus ne parlait pas. Nous avons bu deux verres de vin. J'attendais de voir ce qu'il allait faire. Il n'a pas bougé. Il est resté recroquevillé sur sa chaise, pensif et frissonnant. Pauvre type, ses vêtements étaient mouillés. Et sans aucune transition, il a dit :

« Voilà ce dont il était question : si vous n'aviez pas su que je vous regardais, vous seriez sans aucun doute entré dans l'église. Ce genre de chose est banal, mais moi, ça m'intéresse. Cela m'a quasiment tout de suite donné la clé de votre personnalité. (Il prononçait "couasiment".) Je me suis réjoui de ce que ma théorie se vérifiait. Il m'a suffi de vous regarder et j'ai vu que je ne m'étais pas trompé. Ce genre de chose fait passer le temps. Ça m'amuse. C'est le moins cher des divertissements et ce n'est pas complètement inutile. »

Il a dit tout cela comme s'il lui fallait terminer une phrase commencée la semaine précédente. C'est un homme qui a de la constance. Je me souviens clairement de ses paroles. C'est maintenant, après coup, que je les trouve insolentes et même, dans un certain sens, indécentes. Mais sur le moment, je ne me suis pas fâché. Ça m'a laissé froid. Ça m'intéressait même au point que je guettais ce qu'il allait dire. Il s'en est aperçu.

Mais il parlait si bas, sa voix était si enrouée que je devais me pencher pour saisir le sens de toutes ses paroles. Il chuchotait de cette voix rauque. Il se forçait pour parler et c'était pénible à entendre.

« Qu'avez-vous ? lui demandai-je.

– Le larynx », répondit-il de façon presque inaudible, et il se toucha brièvement le cou.

En disant cela, il eut un rictus mais cette fois assez désemparé, exprimant plutôt une sorte de désarroi.

« Vous avez pris froid ?

– Cachexie, dit-il avec le même sourire. Que peut-on y faire ? Tout le monde a un problème ou un autre. Vous aussi. Moi, c'est le larynx. Ça pourrait être pire. On peut s'en tirer. Question d'argent ; hélas, chez moi, c'est le problème le plus important. Pour ainsi dire, j'ai tout ce qu'il me faut, sauf de l'argent. Quant à votre cas, monsieur le professeur... vous aussi, vous avez certainement quelque chose car personne n'est épargné.

– Moi, j'ai des élancements à la jambe », dis-je avec commisération.

Il était mortellement pâle sous la lumière de la lampe et ses grands yeux noirs brillaient d'une lueur trouble. Il avait peut-être de la fièvre. J'étais sûr qu'il avait les mains moites. Il martelait sans cesse la table de ses longs doigts jaunes. Quand il portait son verre à sa bouche, sa main tremblait.

« Vous venez d'être malade ? lui ai-je demandé.

– Non. Je suis simplement resté allongé dans ma chambre. Cela m'arrive quelquefois. La dernière fois, c'était à Berlin, où j'ai gardé la chambre quinze jours sans interruption. Je n'étais pas malade. Seulement quelquefois je n'en peux plus. Il y a plusieurs choses que je ne supporte pas – entre autres ma façon de sourire, et puis cette voix cachectique avec laquelle je m'adresse aux gens. Dites-moi, vous la supportez, ma voix ? Moi, elle m'énerve. Ce n'est pas la mienne, c'est comme si quelqu'un d'autre était dissimulé à l'intérieur de mon corps et se mettait à parler. Parfois, je pense que ma voix pourrait être claire si elle passait par un autre larynx, pure comme celle d'un ténor. Vous comprenez ? Je ne suis pas comme les autres. Quand j'ai une crise, je fuis la compagnie des hommes. Vous savez, tout de même, il reste toujours un peu de pudeur, même chez le dernier des hommes. On ne gâche pas volontiers la fête, le bal des gens en bonne santé. En tout cas, moi, je suis content de ne pas provoquer de gêne. Au fond, je suis pudique, comme tous les malades. Vous aussi, monsieur le professeur, vous êtes malade, ne le niez pas. C'est ce qui m'a attiré vers vous quand je vous ai vu.

– Je ne suis pas malade, me suis-je écrié.

– Ne vous défendez pas. » Nous avons trinqué. « De toute façon, ça ne sert à rien de le nier. Ceux qui sont en bonne santé le sentent et nous fuient. Ces choses-là surgissent sans même qu'on s'en rende compte. La maladie, le doute ou la solitude. Et cette pudeur. Elle est très forte en moi ; si forte que je ne parlerais volontiers que d'elle. J'aimerais tout expliquer, tout mettre au clair : qu'est-ce qui s'est passé ? D'où cela vient-il ? Pourquoi ? Peut-être, si j'arrivais à me justifier, me pardonneraient-ils, les membres de cette autre société : les gens beaux, jeunes, en bonne santé ? Finalement, ils sont les seuls à avoir raison. Il y a en nous quelque chose d'infectieux. Ce n'est ni le larynx, ni le doute : c'est la solitude qui est contagieuse. Les personnes saines et belles s'en défendent, à leur manière. Vous voyez ? C'est là que réside le plus grand secret : la façon dont quelqu'un s'abîme et reste seul. Il parle dans le vide, on n'entend pas sa voix. On ne le comprend pas. Il prend les mêmes chemins que les autres… mais il n'arrive nulle part. Il marche toujours en rond, toujours autour de lui-même. Il y a quelque chose de destructeur en lui. Un troupeau de moutons ne supporterait pas un tel compagnon : ils l'excluraient du groupe. Mais ce n'est pas l'essentiel. Ce qui importe est de savoir quelle faute de tels hommes ont commise ? Où ? Quand ? Nous vivons les uns à côté des autres ; tenez, supposons deux personnes, X* et Y*. Au départ, X* et Y* démarrent avec les mêmes chances. Ils sont tous les deux en bonne santé, ça, c'est essentiel. Ils sont tous les deux pareillement riches ou pauvres. Le problème n'est pas là. L'un est blond, l'autre brun. Chacun a deux mains, deux jambes, des muscles sains, une propension au bien et au mal. Supposons qu'en apparence ils évoluent au même rythme. Pour un observateur objectif, ils semblent atteindre des résultats similaires. Mais à trente-quarante ans, la maladie a déjà miné X*. Son chemin s'est écarté des autres hommes. Il reste seul. Il ne s'intéresse à rien. Il ne fait confiance en personne. Pendant ce temps, Y* célèbre Dieu ou l'humanité, le juste ordre des choses ou les bienfaits de ce monde. Vous connaissez peut-être ces deux affiches qui vont toujours de pair : l'une représente Jean Lebon : son visage déborde de santé, sa jeune épouse aux joues rosées par la chaleur du four pétrit une appétissante miche de pain que Jean rompt pour ses enfants blonds. Par la porte ouverte, on aperçoit des champs bien labourés, des gerbes dorées sous le soleil ardent. Bref, l'image du foyer heureux. L'autre affiche expose la cabane de Jean Poivrot. La paille pend à travers le plafond, un maigre poisson est posé sur l'assiette de Jean, l'ivrogne, et des enfants à moitié débiles somnolent au coin du feu. Une femme tuberculeuse est vautrée sur le lit. Voilà – mais ce que ne nous dit pas l'affiche, c'est pourquoi Jean Poivrot boit. Juste pour la boisson, pour l'ivresse ? Bien sûr que non, évidemment. Nous le savons, nous. Vous aussi, comme moi, n'est-ce pas ? Pourquoi buvez-vous là, à l'instant, cette infâme piquette ? Vous, un homme si convenable ? Parce que vous êtes malade et que l'alcool agit sur vous comme un médicament, voilà la raison. Mais qu'est-ce qui vous a rendu malade ? Qu'est-ce qui ne va pas, pour vous, pour moi ? Où et quand a commencé le problème ? Voilà la vraie question, monsieur…

– Mais d'où sortez-vous que je suis malade ? l'interrompis-je.

– Ah, laissez donc. Je ne suis pas doté de rayons X. Vous croyez qu'il faut un talent spécial pour percevoir la solitude d'un homme ? Je ne parle pas de la solitude érigée en mode de vie, du magnifique isolement dans une tour d'ivoire : avec une absence aussi subtile, on reste encore au cœur de la communauté des hommes… Dans la tour d'ivoire, il y a sans doute une trappe secrète conduisant à un tunnel que le seigneur des lieux peut emprunter pour descendre en ville. Mais je me fiche de tout ça, ça ne m'intéresse pas. Le seigneur de la tour choisit sa propre solitude. C'est son blason, cela sied à son profil. Ce qui m'intéresse, c'est l'autre solitude : celle qui est comme la gale, qui se lit dans le regard, se trahit dans la démarche et les mouvements, qui marque la peau. Celle que chacun – femme, enfant, garçon de café – perçoit. Et qui les fait immédiatement reculer car, pour eux, celui qui en est atteint est dangereux. Le pauvre, il ne peut exister qu'en dehors du troupeau. Pourquoi ? Par peur de la contagion ; il vit seul. Vous comprenez ? Ab-so-lu-ment seul. Sans femme, sans enfants, sans amis, sans serviteur. Dieu l'a craché de sa bouche. Cet homme, c'est vous, c'est moi. Que s'est-il passé, quelle faute avons-nous commise ? » Il a appelé alors le serveur : « Monsieur Kudlák ! »

Le garçon s'est levé et dirigé d'un pas fatigué vers notre table. J'ai pris peur. Le secrétaire m'a demandé de sa voix avinée et rauque :

« Vous voulez une confirmation ?… »

Je ne savais pas ce qu'il voulait me démontrer. Allait-il demander au serveur si lui aussi voyait en nous ce qu'il venait de décrire ? J'ai fait un signe de la tête, comme quelqu'un de convaincu, comme pour lui dire qu'il avait certes raison mais que toute démonstration était superflue. Nous avons commandé une autre carafe de vin. Il s'est penché très près de moi et m'a dit à l'oreille :

« Monsieur Kudlák vous a repéré aussi. Les enfants aussi. Et toutes les femmes. Sur moi aussi, ils voient. Ils me tolèrent mais ne me laissent pas approcher.

– Mais, monsieur Timár », je commençais à m'énerver, « je vous en prie, que voient-ils donc, pour l'amour de Dieu ? Que voient-ils sur moi ? Moi, oui, bien sûr, je suis *nervozus*. En plus, je suis insomniaque. Mais c'est normal à mon âge. Que peuvent-ils bien voir sur moi ? Que je suis *nervozus* ? Et après ? »

Il s'est passé la main sur le front, s'est redressé et c'est comme s'il avait repris sa maîtrise de lui-même en esquissant ce geste. Il est devenu calme et raisonnable. L'étincelle fiévreuse avait quitté son regard.

« Rien, répondit-il. On bavarde. Vous savez, on cause. De quoi peuvent parler deux personnes ? De politique ? D'art ? Imaginez deux Noirs qui se rencontrent dans une grande ville où ne vivent que des Blancs. Beaucoup de Blancs : trois-quatre millions. Des hommes, des femmes, des enfants, tous blancs. De quoi vont parler ces deux-là ? Je suis prêt à parier à cent contre un : du problème noir. Du fait que la veille, dans le train, un Blanc est sorti du compartiment parce qu'il y était installé, lui, un Noir. Du fait qu'il a adressé la parole à une femme dans une rue peu fréquentée et qu'elle est partie en courant… mais non, c'est idiot, où ai-je pris que notre nègre se risque à aborder une Blanche dans cette ville ? Oser faire ça ? Plutôt mourir de faim. N'est-ce pas de cela qu'ils parlent ? Et de : pourquoi c'est comme ça ?

Qui leur a fait ça ? Dieu ? Mais quel péché ont-ils commis ? Aucun.

– Vous exagérez, lui ai-je dit. Je ne ressens pas ce que vous décrivez. »

En prononçant ces paroles, j'ai eu honte. Il ne m'a même pas regardé, il s'est contenté de faire un signe en l'air. Il devenait difficile à comprendre.

« J'ai trente-six ans, continua-t-il, très à l'aise. Ce n'est pas beaucoup, mais assez pour ne plus croire aux miracles. Il n'y a pas de miracles, un point, c'est tout. Si je sens la solitude sur quelqu'un, la grande, la vraie, la solitude coupable… »

Il a accentué ces derniers mots et pour la première fois au cours de notre conversation, il m'a regardé dans les yeux.

« Coupable ? lui ai-je demandé, interloqué.

– Coupable, soutint-il obstinément, enfin, je veux dire coupable dans un sens plus abstrait… oui… d'une faute dont on n'est peut-être pas responsable. C'est bien de cela qu'il s'agit : cela dépend-il de nous ou de ce qui nous est simplement arrivé ? Vous comprenez ? Sommes-nous les victimes ou les auteurs du crime ? Je ne le sais pas encore tout à fait précisément. Malgré tout, je qualifie cette solitude de coupable. Je la perçois chez les gens. Et pour ça, on n'a pas besoin d'avoir un regard perçant. Au bout d'un certain temps, ça saute aux yeux. » Il a ajouté, avec un rictus : « Elle s'accompagne de symptômes identifiables, comme n'importe quelle maladie. Elle possède des degrés. Mais laissons cela. Coupable ? Peut-être parce que… comment dire pour que vous compreniez ? Je possède une théorie là-dessus. Tous ceux qui sont loin des gens sont coupables.

– Des gens ? » ai-je répété mécaniquement. Je ne l'ai plus contredit. De toute façon, il commençait à se conduire bizarrement.

« Je vous en prie, essayez de comprendre, continua-t-il, comme je vous le dis. Ne mêlez pas la politique à tout ça. Je ne suis pas un agitateur, je suis secrétaire. Oui, ce que je disais, quelqu'un qui est loin des gens. Qui n'a pas les mêmes sensations qu'eux. Tout le temps, à chaque heure, à chaque minute. Dites-moi : que pouvons-nous y faire ? Je ne pense pas qu'aux riches. Cette maladie n'a rien à voir avec la position sociale du malade. Par exemple, moi… que puis-je faire ? Celui qui a les mêmes sentiments que les autres est heureux. Il sait pourquoi il vit. Moi je ne sais pas. Je ne sens pas comme eux. Ici, à l'intérieur de moi, vous savez, il n'y a que le vide. Pas le néant, parce que le néant, ça questionne encore… mais il n'y a pas de réponse. Il existe pourtant deux chemins, deux remèdes. »

Sa tête est tombée sur sa poitrine. Il a fixé l'espace devant lui. Je n'ai pas osé le déranger.

« L'un d'entre eux est l'amour. L'autre, c'est Dieu. Deux remèdes et je n'ai accès à aucun des deux. »

Je n'ai pas de souvenir très clair du reste de notre conversation. Mais je crois que nous sommes restés longtemps ensemble. À la fin, nous nous sommes mis à parler tous les deux en même temps, lui avec sa voix encore plus éraillée, et moi, très fort. Le garçon s'était endormi. Je me souviens que nous sommes rentrés sous une pluie battante. Toute la nuit, le vent a soufflé en rafales. Maintenant, j'ai très mal à la tête et j'ai un peu honte. Je paierais cher pour oublier cette soirée. Le souvenir que j'en garde est comme celui d'une nuit de débauche. Comme quoi il existe une forme de débauche qui n'a rien à voir avec le corps, mais qui est peut-être pire.

24 août

Je ne l'ai pas vu hier ; peut-être que lui aussi, il regrette cette soirée. Cette sensation ne me quitte pas, cette gueule de bois singulière : j'ai toujours l'impression d'avoir participé à quelque orgie indigne. Je n'ai rencontré mon nouvel ami nulle part. Certes, je ne le cherche pas non plus. Le temps commence à s'éclaircir mais les chemins sont encore détrempés.

26 août

Aujourd'hui, encore une journée de soleil et de chaleur sèche et persistante. Cependant on dirait que la canicule est terminée : ça ressemble plutôt au début de l'automne. Hier et ce matin, j'ai arpenté la forêt pendant des heures.

J'ai rencontré Ágoston Timár vers midi, devant la chapelle, en train de discuter avec le prêtre. Quand il m'a aperçu, je me suis arrêté et je l'ai salué. Ils m'ont répondu tous les deux ; le curé gravement et poliment, et Timár, froidement, comme si j'étais un étranger, un inconnu. Le geste retenu avec lequel il a soulevé son chapeau m'a donné l'impression qu'il se demandait qui je pouvais bien être. Drôle de type. Il doit être très pauvre, très malheureux. Le prêtre et lui m'ont laissé partir sans m'adresser la parole. Cela m'a fait sourire. Pour la première fois depuis des jours, je me suis senti léger ; peut-être parce que le temps s'est amélioré. Je me suis assis sur un banc au soleil. C'est la période que je préfère, entre deux saisons, ce temps ensoleillé et calme qui annonce l'automne. J'ai réfléchi à Timár. Pourquoi n'est-il pas venu vers moi ? Pourquoi a-t-il agi comme s'il ne me connaissait pas ? Pauvre bouffon...

Hier après-midi, j'ai emporté un plaid et je me suis allongé sur le pré d'où on voit toute la vallée, la frontière et les montagnes enneigées. L'herbe est déjà sèche à cause de la chaleur. J'ai vu flotter dans le ciel la première nuée de fils de la Vierge. L'air était si pur que j'entendais les cloches du village au loin. On enterrait quelqu'un. Plus tard, j'ai aperçu tout en bas la procession, serpent noir minuscule derrière le corbillard. Je suis resté allongé sur le plaid jusqu'au coucher du soleil. Ce sont mes heures les plus légères depuis des semaines. J'ai contemplé les nuages qui se dirigeaient vers les sommets enneigés. Depuis des années mon esprit n'avait pas fonctionné si clairement et si facilement. Je ne pensais même pas : des images allaient et venaient en moi. Des images de mon enfance, de mes relations. Mes années de jeunesse. Les visions étaient très nettes. Le geste de mon père quand il bourrait sa pipe. Le visage d'un camarade d'université qui m'a initié au péché de la chair. La façon particulière dont J* penchait la tête quand, froidement, elle me saluait parfois dans la rue. Les figures de quelques étudiants, leurs cheveux bruns ou blonds d'il y a vingt-cinq ans. Tous perdus, tous disparus… Je me suis revu parmi eux, jeune et imberbe. Et plus tard, comme dit monsieur Timár, la solitude. Je n'étais plus parmi les autres, mais à côté d'eux. Eux non plus ne se précipitent plus vers moi : ils font tous un pas de côté. Et c'est ainsi, dans un demi-sommeil, que la plupart des figures de ma vie ont défilé à côté de moi. J'étais seul, quel que soit l'endroit où mon regard se tournait.

Soudain le visage de monsieur Timár m'est venu à l'esprit. Au moment où il se rapprochait du mien en murmurant de sa voix éraillée : « … la solitude coupable… » Qu'est-ce qu'il veut dire par là ? Pourquoi coupable ? Il devrait plutôt parler de malheur que de culpabilité. Je ne me sens pas « acteur » de ma solitude, comme il le prétend ; je me vois plutôt en « victime ».

J'ai entendu sa voix rauque et déplaisante, elle a surgi entre les images fuyantes de ma rêverie. *Celui qui n'a pas de compassion envers les autres*… Qu'est-ce que ça signifie ? Moi, je n'aurais pas de compassion envers mon prochain ?

J'ai fermé mes paupières pour mieux me concentrer. À ce moment où j'écris, je suis parfois obligé de m'arrêter pour clarifier ma pensée. J'ai l'impression fugace que je commence à entrevoir quelque chose. Comme si un point douloureux était là : le début de la vérité peut-être. Il faudrait l'attraper, la développer, la poursuivre par tous les moyens. Mais je ne peux pas, je n'y arrive pas… je suis incapable de réfléchir. Pour un court instant je crois que c'est simple, qu'il suffit de vouloir l'exprimer et que tout de suite, tout ira bien. C'est une chose très simple, contenue peut-être dans un seul mot, je l'ai, comme on dit, « sur le bout de la langue ». Ça veut sortir, mais je suis bloqué. Comme dans les rêves, parfois. Ma langue sait ce que mon cerveau ignore obstinément. Je fais des efforts, je cherche mais je ne le trouve pas. Toutes mes pensées reviennent à cette perte mais elles sont l'obstacle que le mot aimerait franchir.

Cette pensée particulière qui tourne en rond me travaille. Je n'ai pas pour coutume de réfléchir. Et voilà que maintenant je veux penser de toutes mes forces, de tous mes nerfs, de tout mon être. Je sens que si je laisse échapper cette impression confuse, si je ne vais pas plus loin, je resterai toujours dans l'obscurité. La trace de ce mot perdu constitue la base et la source de cette inquiétude, de cet état d'indignité. De quoi peut-il s'agir ? Par où commencer ? Par quel moyen y parvenir ? Il y a une méthode pour tout. Et moi je ne sais plus rien.

J'ai la sensation que mon cerveau est comme une mécanique rouillée qui se met lentement en route, très lentement, en gémissant et en grinçant. Des années que je n'avais pas eu conscience de ma capacité à penser.

Ce malheureux a dit que j'étais malade. C'est vrai. Il semblerait que ça se voit. Il n'est pas le seul à l'avoir remarqué. C'est une maladie silencieuse et je ne fais de mal à personne. Timár prétend qu'elle est « contagieuse » et que la décence exige que celui qui en est atteint se retire. Eh bien, c'est ce que j'ai fait. Effectivement, j'ai senti comme une compulsion à partir, c'est vrai.

Lui, il aimerait savoir à quel moment un être humain se défait. Où se trouve exactement le point de rupture ?... Moi aussi, je suis à la recherche de ce moment précis. Je crois que ce n'est pas grand-chose. Ce n'est peut-être qu'un geste ou un mot qu'il faudrait que je crie haut et fort, et tout rentrerait dans l'ordre.

Mais là, dans l'instant, je souffre. Je ne connais pas d'autre terme pour décrire mon état. Je souffre.

D'une certaine manière, tous les mots me paraissent vides de sens. Quelquefois j'ai l'impression qu'ils ont perdu leur contenu. Les mots que ma bouche prononce ressemblent à du fer-blanc. Ils n'ont aucun goût, aucune couleur. Des mots vides, sans couleur.

Qu'est-ce qui pourrait leur donner un sens ?

Impossible de continuer à vivre ainsi. Il me faut revenir sur tout. Trouver l'erreur ; suis-je coupable ou victime ? Il faut que je mette ça au clair. Je ne peux vraiment pas vivre parmi les hommes si les mots que j'utilise sont morts. C'est difficile à expliquer – il faut que je procède lentement, avec méthode, sinon c'est comme si j'étouffais sous le poids – mais je crois qu'il suffirait que je trouve un seul lien qui donne du sens à un seul mot pour qu'immédiatement toute la chaîne s'illumine, exactement comme cela se produit dans une connexion électrique. L'électricité est une chose extraordinaire. Le professeur de physique m'a expliqué que c'est un mystère parce que nous ne connaissons pas sa véritable nature, nous n'en observons que les effets. De telles merveilles existent. En ce qui me concerne, on dirait que toutes les lampes se sont éteintes. Peut-être suffirait-il de brancher le courant.

Pour le moment, je suis hors de moi, retranché de ce que je suis, de mon âge, de ma situation. Je me vois comme un étranger. Je pense à des choses auxquelles je pensais jadis, il y a si longtemps que je ne me souviens même plus quand exactement.

Une force me contraint à penser à des faits, à des gens qui ne viennent ni d'hier ni d'avant-hier mais d'un monde très ancien, perdu. C'est comme si j'avais oublié les événements de ces dix, vingt dernières années. Comme si toute une série d'images s'était effacée. Des choses et des êtres d'une époque révolue, incroyablement ancienne, se projettent devant moi. Datant d'il y a cinquante ans. De mon enfance.

Ces images tourbillonnent. Je n'arrive pas à en saisir une en particulier : elles sont claires et précises mais elles disparaissent aussitôt.

Timár a dit qu'il y avait deux remèdes. L'un d'entre eux est l'amour. L'autre, Dieu. J'ai tenté de partir de là. Mais pour moi, ces deux mots ne font pas que le courant passe. Les lampes ne s'allument pas. J'ai beau les répéter cent fois : je ne sens rien, je n'entends rien. Deux substantifs. Amour. Dieu. Deux abstractions.

C'est très étrange : il y a probablement sur terre des millions et des millions d'êtres humains pour qui le simple fait de prononcer le mot « amour » remplit leur corps et leur âme de bonheur, de joie de vivre. Qui se mettent à rayonner d'une bienheureuse certitude en prononçant le nom de Dieu. Je peux toujours proférer ces deux mots, cela ne me fait rien. Je peux les répéter jusqu'à ce que ma bouche se fatigue et que je me mette à bégayer ; j'alterne : amour. Dieu, Dieu, amour. Rien. Ils restent lettre morte. Le courant ne passe pas. Même en les écrivant, ils ne s'illuminent pas.

Toutefois, je ne crois pas être un homme sans religion. Par ailleurs, je ne suis pas non plus amoureux. De toute façon, je n'aime pas ce mot. Pour moi, il ne correspond à rien. Je ne crois pas suffisamment en Dieu pour que le mot « Dieu » prenne sens. Je ne comprends pas : jamais je n'ai nié l'existence de Dieu. Tout bien réfléchi, je n'ai jamais non plus affirmé son existence. Maintenant, après avoir écrit ce qui précède, je me rends compte que la façon dont Dieu a vécu en moi ressemble à la manière dont on pense à une loi. Ou à l'idée de nation. De patrie. De monarque. Nous les reconnaissons car ce sont des puissances avérées, admises par tous, y compris par moi, qui n'en ai jamais douté.

À présent, je ne remets rien en cause non plus. Je me tromperais singulièrement de chemin si je manifestais le moindre questionnement sur des notions essentielles. Je crois que ce serait la fin. L'écroulement total. La folie.

D'autre part, je ne discerne aucune voie qui me permettrait de découvrir un des deux remèdes de Timár. Je ne peux pas décider du jour au lendemain de croire de plus en plus en Dieu ou en l'amour. Il me paraît exclu que l'exercice des pratiques religieuses telles qu'assister plus dévotement à la messe, me confesser et communier, m'aiderait à nouer un lien plus étroit avec Dieu. Je sens que ce serait me tromper de route. Parallèlement, je ne peux pas prendre la décision de tomber amoureux. Quand ? De qui ? De la jeune veuve du propriétaire de la fonderie de cloches, qui habite rue du Bastion ? Ou d'une célibataire ? Sottises. J'ai cinquante-quatre ans.

Je perçois ces cinquante-quatre années d'une façon différente d'il y a quelques mois. J'y pense souvent, à peu près avec le même sentiment qu'un malade doit éprouver à chaque période de la journée quand il pense à son diabète ou sa maladie pulmonaire. Comme à un danger non pas *imminens*, mais mortel. Cela ne me quitte pas. Quelquefois, j'aurais envie d'examiner à quel point cette pensée de la mort est présente en moi.

Cette nuit, j'ai approché la bougie du miroir et j'ai regardé mon visage. Ici, à la station, ma figure est un peu moins soignée parce qu'il n'y a pas de barbier. Ma barbe a poussé et mes cheveux sont en broussaille. Ils sont plus grisonnants que ma barbe.

J'ai été surpris de voir que ma figure est beaucoup plus étroite que je ne pensais. Si je n'avais pas de barbe, elle serait étroite et allongée.

Quand je me suis mis au lit, j'ai eu le pressentiment que quelque chose allait m'arriver dans la nuit. Qu'on allait m'apporter un télégramme, un message. Que quelqu'un allait venir, qu'on allait m'inviter quelque part. J'ai attendu. J'ai mis longtemps à m'endormir.

Je me suis reposé pendant une demi-heure. Je me dépêche d'écrire parce que cette sensation est revenue il y a quelques minutes : comme une sorte d'attente. Quand on attend des nouvelles.

Vais-je descendre pour demander si j'ai du courrier ?

27 août

Pas de courrier. Pas de visite. Monsieur Timár aussi m'évite. Se pourrait-il qu'il ait encore la gueule de bois ? Ou est-il en train de vivre une de ses périodes de retrait, comme – je cite ses paroles – « la dernière fois à Berlin ». Berlin… Que pouvait-il bien chercher à Berlin ?

Ce n'est pas ça que je veux noter. Personne n'est venu, pas de lettre, pas de message. Je n'ai parlé avec personne. Mais depuis hier, je ne cesse d'attendre je ne sais quoi.

Je dois constater deux choses. La première est que je vais peut-être devenir fou. Je n'en exclus pas la possibilité. Peut-être que ce sera cette nuit, ou là, tout de suite, dans une heure. Il se peut que je sois déjà fou, à cet instant précis. Si telle est la folie, alors c'est un état étonnamment sensé. Jamais depuis mon avènement à la conscience je ne me suis senti aussi intelligent. Cet entendement n'est pas grand-chose mais il me suffit. Je suis envahi de curiosité. Je suis plus frais. Et j'attends constamment quelque chose.

La deuxième est que je suis tout à fait lucide. Je ne suis pas fou, non, sûrement pas. J'attends quelque chose aussi réellement qu'on attend un train. Ou la nuit, que le jour se lève. Comme on attend quand selon toute vraisemblance quelque chose doit arriver.

J'ai été de bonne humeur toute la journée. Je me suis vêtu avec soin, comme si je sortais en société. Je me suis levé tôt et mes mouvements sont plus souples. Il fait aussi un temps superbe, une chaleur exquise.

Aujourd'hui *il m'est venu à l'esprit* que j'étais en vacances ici, à Virágfüred, à trois heures de Z* où j'habite et travaille. Cette idée m'est venue comme si je me souvenais d'une connaissance lointaine, disons, un certain professeur de latin au lycée de Z*, âgé de cinquante-quatre ans, et portant la barbe. « Je » m'est venu à l'esprit. Et tout de suite cela m'a contrarié : cet autre est pénible à supporter. Je n'en ai pas besoin pour le moment. Dommage qu'inévitablement, je doive être avec lui.

J'ai pensé écrire une lettre à mon jeune collègue, le professeur d'histoire. Mais je ne connais pas son adresse. Il est en vacances au Tyrol. Le pauvre, il en est encore au point de voyager à l'étranger. C'est mieux que je n'aie pas son adresse. Si je lui écrivais, il est probable qu'il m'attendrait à la gare avec un médecin. Et je serais incapable de lui expliquer qu'il a tort. Je regrette de n'être jamais allé à l'étranger. Le Tyrol n'est pas loin. N'avoir pas voyagé à l'étranger quand j'étais jeune me manque infiniment.

Ces temps-ci, je me rappelle souvent mon père. Plusieurs fois par jour. Très souvent revient ce geste qu'il avait pour bourrer sa pipe. Je fais exactement le même, avec le pouce. Le pauvre, c'était la seule passion qu'il pouvait assouvir, fumer la pipe. Et quelquefois, l'épicier lui faisait cadeau de vieux journaux. Mon père était beaucoup plus démuni que moi.

Peut-être que j'y pense autant parce qu'il avait cinquante-quatre ans quand il est mort. Et j'ai le même âge aujourd'hui. Peut-être que le moment est venu pour moi aussi.

Mais cela me paraît peu vraisemblable.

Aussi peu que le fait de devoir rentrer dans une semaine.

28 août

J'ai de la fièvre. Pas très élevée : 38,2. Mais tout de même. J'ai peut-être pris froid. Je ne suis pas au lit, je suis assis sur le balcon. Je n'ai pas envie aujourd'hui d'écrire quoi que ce soit. Je suis fatigué, c'est sûrement un coup de froid. Aujourd'hui encore, j'ai le sentiment d'attendre quelque chose.

29 août

J'aimerais rendre compte, si possible fidèlement, de ma rencontre avec Ágoston Timár hier soir. C'était après le dîner, où je ne l'avais pas aperçu. Le gérant qui était assis sur un banc devant son bureau est venu vers moi comme je quittais le restaurant, pour m'apprendre que monsieur Timár allait rentrer en ville par le train du matin. Il m'a fait part de cette nouvelle parmi d'autres ; l'ingénieur et sa famille devaient emprunter le même train. Bientôt il ne resterait plus de clients à la station.

Le gérant m'a aussi raconté que cette fois encore, monsieur Timár n'a pas réussi à s'acquitter entièrement de sa facture. Il devait quarante-huit *forint.* Mais il le laissait partir puisque l'année dernière il avait réglé sa dette. Que pouvait-il faire d'autre, du reste ? Confisquer ses bagages ? Ils ne valaient rien. Il avait raison sur ce point.

Je lui ai demandé s'il avait quelques détails sur le travail de monsieur Timár.

« Aucun, m'a-t-il répondu. Il est secrétaire. Vous savez : il a ses secrets. Cela dit, il ne reçoit pas de courrier. Il n'a pas d'adresse précise. C'est un secrétaire. »

J'ai pensé un instant que je pourrais me porter garant de la somme que doit Ágoston Timár pour son séjour. Elle n'est pas importante. Mais mon héroïque générosité n'a pas été nécessaire. À présent je suis content de n'avoir pas eu à le faire : cette action m'aurait procuré à bon compte un sentiment de grandeur. En fait, le gérant a confiance en lui. Pas avec une conviction absolue, mais jusqu'à un certain point.

La nouvelle du départ de monsieur Timár m'a laissé désemparé. Après le dîner, je me suis senti fiévreux. J'ai même pris la direction de ma chambre dans l'intention de me coucher. Mais je me suis arrêté à mi-chemin. Je sentais que j'avais un besoin impératif de parler avec lui avant son départ.

Je voulais lui raconter plusieurs choses. À lui précisément ? Il me fallait quelqu'un à qui dire sans attendre un certain nombre de choses. À part ça, j'avais aussi de la fièvre. En marchant vers la villa où se trouvait sa chambre, j'étais fermement convaincu que je ne reverrais jamais cet homme.

La seule fenêtre de la villa où il y avait de la lumière était la sienne. Je suis monté à l'étage en tâtonnant à la lueur d'une bougie pour éclairer le couloir sombre, j'ai trouvé avec difficulté la porte de sa chambre. J'ai frappé. Il m'a répondu d'une voix si enrouée que j'ai à peine entendu sa réponse.

Quand je suis entré, monsieur Timár était assis au bord du lit, en chemise, mais il avait gardé son pantalon et ses chaussures, et il lisait un magazine. Une bougie qui brûlait sur la table à côté de lui éclairait son visage de façon confuse. D'ailleurs il faisait plutôt sombre dans la pièce. Il avait noué une écharpe assez épaisse autour de son cou. La fenêtre était ouverte et elle donnait sur l'obscure forêt de pins et la chapelle blanche sous le clair de lune.

J'aurais aimé savoir ce qu'il lisait. J'étais persuadé que ce devait être un ouvrage de psychologie. À peine m'a-t-il vu qu'il a dissimulé le magazine d'un mouvement brusque sous son oreiller. Plus tard, je me suis rendu compte que sur la table de nuit, il y avait plusieurs revues semblables. J'ai réussi à lire le titre de l'une d'elles : *La victime de Sing Sing, ou la fatale erreur de la chaise électrique.* Les aventures de Nick Carter, c'était ça… Une lecture d'étudiant. Un roman policier en feuilleton.

Je n'ai pas vu d'autre sorte de livre chez lui. Pourtant sa valise était grande ouverte par terre à ses pieds et l'on voyait toutes ses affaires : quelques chemises sales, un pantalon, des cols pas très nets. De toute évidence, il ne possédait qu'un costume : celui qu'il portait. La porte de l'armoire était ouverte mais seul un vêtement en caoutchouc y était suspendu. Une sorte d'imperméable. Et un chapeau. C'était vraisemblablement tout ce qu'il possédait.

Vu le peu de choses qu'il avait, j'ai été surpris de constater le grand désordre qu'il avait réussi à créer à partir d'un nombre aussi limité d'objets. Rien n'était à sa place. La cuvette se trouvait sous la fenêtre et la cruche était pleine de branches de sapin. Malgré la fenêtre grande ouverte, l'air de la chambre était lourd et confiné. Il était à moitié assis et à moitié allongé sur le lit défait.

« Mais qui est-ce ? » a-t-il demandé sur un ton de colère. Puis au bout d'un court instant, il m'a reconnu : « Ah ! C'est vous ! » Il s'est assis sur le lit. Il ne m'a proposé ni d'entrer ni de prendre place.

Mais j'ai tout de même refermé la porte derrière moi et je ne crois pas être jamais entré quelque part avec autant d'assurance et de naturel qu'à cette occasion-là. Pour moi, cela allait de soi, car comme je l'ai dit, j'avais besoin de parler avec cet homme. Je me suis approché et il s'est levé du lit.

« J'ai entendu dire que vous partiez, lui dis-je.

– Oui. Et alors, je vous prie ?

– Auriez-vous besoin de quelque chose ?

– Non, de rien », a-t-il répliqué d'une voix calme.

J'ai poursuivi en lui disant que je voulais lui faire mes adieux.

« Nous dire adieu ? Ah. » Il a dit « ah » comme dans les romans, puis il a continué en accompagnant ses paroles d'un geste ample : « Je vous en prie, prenez place. Où vous pouvez. Tenez, ici, sur le bord du lit. Veuillez m'excuser pour le désordre. Mais comme vous le constatez, je suis en train de faire mes bagages. »

En effet, il a fermé sa valise d'un mouvement brusque et, d'un coup de pied, l'a expédiée sous l'armoire : apparemment, c'était cela, « faire ses bagages » pour lui. Ces deux gestes trahissaient aussi sans doute l'exaspération devant mon regard posé sur le peu d'affaires qu'il possédait. Je me suis assis au bord du lit, à côté de la bougie. À sa lueur vacillante, je distinguais vaguement et obscurément son profil mais lui devait à peine me distinguer dans la pénombre. Cela m'a fait du bien. Nous n'avons rien dit pendant un moment. J'étais content que mon visage soit plongé dans l'obscurité et que je puisse ainsi m'exprimer.

« Je voulais vous parler avant votre départ », lui ai-je dit. Le fait de pouvoir parler dans l'obscurité m'a donné du courage. « Je vous en prie, écoutez-moi ! Un instant, si vous me permettez. J'ai des choses à vous dire. Vous allez partir demain matin. Il est probable que nous ne nous verrons plus jamais. En tout cas, c'est ce que je ressens. J'espère me tromper. » Je n'espérais rien, en fait. Mais j'entendais ma voix dans le noir et son rythme était fluide, assuré, comme une voix étrangère à moi. « Nous nous sommes revus l'autre fois mais vous n'étiez pas seul. Ne vous excusez pas, je vous en prie, ce n'est pas grave. Il y avait sûrement une raison pour laquelle vous n'avez pas cherché à me rencontrer à nouveau. Vous ne trouvez pas bizarre que je vienne vous trouver pour faire mes adieux ? »

Il se taisait, se contentant de regarder devant lui.

« Non », finit-il par dire, au bout d'un temps assez long. Il le dit doucement, naturellement, comme quelqu'un qui a mûrement réfléchi et qui répond posément.

Moi aussi, je me taisais. J'ai regardé la forêt éclairée par la lune. Une demi-lune, mais la nuit était pure, claire et chaude. La fièvre me fit frissonner.

« Alors tout va bien », lui ai-je dit plus tard. À partir de ce moment, j'ai parlé de façon résolue. « Je dois vous demander de me prêter attention. Ce n'est pas entièrement ma faute si je me retrouve chez vous. Je suis quelqu'un de plutôt réservé. Je ne lie pas facilement connaissance. Vous êtes responsable : après tout, c'est vous qui avez initié cette relation. Notre rencontre a été brève mais unique. Il ne m'était jamais arrivé – je peux vous le certifier après avoir vécu si longtemps – d'avoir la chance de faire une connaissance aussi marquante. Quelque chose dans votre attitude… Vous pouvez imaginer à quel point tout ceci est nouveau pour moi. Les personnes que je fréquente entretiennent d'autres genres de rapports entre elles. Mais moi, je sais que vous avez raison. Je vous en prie, ne me comprenez pas de travers. J'aimerais me confier à vous. C'est commencer de parler qui est difficile. J'aimerais discuter de certains sujets. Vous m'avez donné du courage. Vous êtes plus jeune que moi… Je n'irais pas jusqu'à vous demander conseil. Il y a des choses pour lesquelles les avis ne servent à rien. Et pourtant, c'est moi qui viens vers vous. Puisque nous avons entamé une conversation, autant la finir, non ?

– Certes, monsieur le professeur, je vous en prie, a-t-il acquiescé doucement, puis il a ajouté : Mais que désirez-vous ? Vous confesser ?

– Non, lui ai-je répondu. Je veux que nous échangions nos points de vue, comme vous avez dit l'autre jour : vous savez, comme deux Noirs... Monsieur, vous êtes plus jeune que moi, mais il est probable que vous en avez vu davantage.

– Vu davantage ? Non, j'ai davantage souffert, corrigea-t-il, sur un ton presque orgueilleux.

– Souffert davantage, oui, ai-je concédé. J'ai cinquante-quatre ans. Je vis en province. Je crois avoir surmonté les épreuves de la vie. Du moins, c'est ce que je croyais : que rien ne pouvait m'atteindre. Cependant, depuis quelques mois, j'ai parfois l'impression de perdre l'esprit. Est-ce que c'est cela que vous avez perçu chez moi ?

Il a réfléchi.

– Non, dit-il d'une voix décidée. Mais non, pas du tout, cher monsieur le professeur. Que croyez-vous ? Je ne suis pas médecin. Mais si vous voulez parler, allez-y. Je vous écouterai volontiers. C'est-à-dire, si vous êtes sincère. Quelquefois, la sincérité aide les gens. De toute façon, moi, je ne peux pas vous aider. »

Je ne sais plus combien de temps j'ai parlé. Peut-être une heure, peut-être deux. Je me souviens de m'être assis plus en arrière sur son lit de façon qu'il ne puisse plus distinguer mon visage.

Je crois lui avoir tout raconté. Je ne me souviens même plus de toutes ces choses que je lui ai dites. J'ai parlé à tort et à travers. J'ai commencé par l'affiche. J'en ai parlé en donnant tous les détails. Il n'a fait aucun commentaire. Je lui ai dit que j'étais professeur de latin. Je lui ai parlé de ma mère. Je lui ai confié mon rêve. Là, il m'a demandé si ma mère me frappait souvent. Et dans quelles circonstances. Apparemment ça l'intéressait. Il m'a posé des questions sur mon père. Après ça, pendant longtemps, j'ai été seul à parler. J'entendais ma voix de loin, comme si c'était celle d'un autre. J'ai évoqué mes années d'étudiant. Mes camarades. L'université. Il m'a demandé si j'étais très pauvre. Je lui ai raconté à quel point je l'étais. J'ai aussi raconté mon histoire avec J*. Puis dans un flot de souvenirs désordonnés, j'ai évoqué mes vingt-cinq dernières années. Et au fur et à mesure que je parlais, je sentais que je m'approchais de l'obstacle. Il faut dire qu'il me laissait parler librement. J'avais probablement beaucoup de fièvre.

Mon souvenir le plus fort est celui de cette ivresse qui s'est emparée de moi. Celle de pouvoir parler. Personne ne voyait mon visage. Je pouvais tout dire. Des mots, des idées, des noms inconnus, à moitié oubliés me revenaient à l'esprit. J'étais comme un homme qui vient de sortir d'une prison où il aurait été privé de parole toute une vie et qui s'enivre du simple fait de parler, et d'être écouté par quelqu'un. Jamais je ne m'étais rendu compte à quel point le verbe est une chose merveilleuse. J'étais comme soûl, tout se déversait hors de moi : ce qui s'était passé hier ou il y a vingt ans, ma conviction de la veille qu'il allait se produire quelque chose. Une femme qui s'était moquée de moi quand j'avais vingt ans. Un directeur qui m'avait dénigré devant les élèves quand j'étais jeune professeur. Les études que j'avais suivies. À quoi ressemble mon appartement. Le temps que j'ai mis à faire des économies et à combien elles se montent. Ma visite à la maison de madame Hajnik il n'y a pas si longtemps et le fait que ça ne m'a pas soulagé non plus. Quels étaient les symptômes de mon angoisse. Quand elle avait débuté. Qu'elle ne m'a pas quitté depuis. Et que là, en parlant, j'avais le sentiment d'avoir retrouvé ma voix.

Je lui ai dit que je m'étais tu pendant vingt-cinq ans. Comprenait-il ? Jamais je n'avais parlé avec personne comme avec lui. Pourquoi ? Je ne sais pas. Parce qu'il a « souffert davantage » ? peut-être. Je commence à souffrir comme un grand malade, maintenant, à mon âge. Que se passe-t-il ? Qu'est-ce que je veux ? Pensait-il qu'un voyage pourrait m'aider ?…

« Non, a-t-il répondu, absolument pas. »

Mais quoi alors ? Ça ne peut plus continuer ainsi. C'était la première fois de mon existence que je parlais vraiment avec quelqu'un.

On vit plus mal qu'une bête. Je suis pédant, esclave d'habitudes ridicules. Le temps m'a rattrapé. Mon corps réagit moins bien : mon estomac, mon cerveau, ma résistance faiblissent, mes mains sont incertaines, ma vue baisse, mes dents se gâtent. J'ai tendance à somnoler. Je lui ai avoué que si j'osais lui parler, c'est parce qu'il partait le lendemain, que c'était comme parler dans le vide, seul dans une pièce nue. Que pense-t-il, lui, de tout cela ? Que m'arrive-t-il ? Maladie nerveuse ? Peut-être vaudrait-il mieux que je parte en voyage ? Mais je suis trop vieux pour ça. Je lui ai exprimé ma reconnaissance de pouvoir me confier à lui. Je ne pensais pas que j'aurais un jour l'occasion de parler ainsi avec quelqu'un.

Je ne sais pas combien de temps ça a duré. Quand je me suis tu, il n'a rien ajouté. Je n'éprouvais aucune honte à avoir dit tout ce que j'avais dit. Comme si j'avais été seul. À présent, je ne ressens aucun regret non plus.

« Extraordinaire, a-t-il murmuré plus tard, comme pour lui-même.

– Quoi ? » lui ai-je demandé.

Tout cela ressemblait à un rêve. Un rêve : je ne trouve pas d'autre mot. Un rêve. Pendant un instant, j'ai éprouvé une sorte de vertige et j'ai eu l'impression que cette situation – ce lit, cet homme assis si près de moi, cette bougie, l'armoire, la lune et les arbres dehors, tout ce dont j'avais parlé, tout ce que lui-même allait dire – je la vivais comme si cela s'était déjà produit. Ça n'a duré qu'un instant. Et pendant cet instant, j'ai également pressenti chaque mot qui allait suivre, chaque mot que l'autre allait prononcer. C'était comme dans un rêve, on ne se sent aussi léger qu'en songe. À présent, je le sentais, quelque chose m'arrivait. Peut-être allais-je me réveiller le matin avec un visage différent. Ou j'allais soudain me mettre à parler anglais.

« L'homme, a-t-il répondu. Extraordinaire. Il n'y a rien d'autre qui soit intéressant, vraiment. Telle que je l'entends à présent, votre voix est celle d'un adolescent. Ne bougez pas. Je ne veux pas voir votre visage. Il est barbu, vieux, provincial. Un visage d'homme. Votre voix, en revanche, est celle d'un jeune garçon. Pareille à celle d'un de vos élèves. Animée, saccadée. Pathétique. Plaintive. Une voix vivante qui dit tout. D'une certaine manière, je sais tout de vous. Je vois un homme dans une station thermale. J'ai une intuition le concernant. Comment ? Pour quelle raison ? C'est un mystère. Que de secrets autour de nous, n'est-ce pas ? Extraordinaire. Nous souffrons probablement d'un mal commun. C'est la quatrième fois que ce genre de chose m'arrive. De façon presque identique. Une fois, c'était avec un garçon de café. Une autre fois, avec une femme. Puis un jeune garçon. Et maintenant, vous. C'est imprévisible. Les quatre cas étaient similaires entre eux et avec le mien. Il est possible que chaque être explose une fois dans sa vie. Il n'empêche : c'est extraordinaire.

« Je me flatte, a-t-il repris au bout d'un moment. Chacun d'entre nous possède un don quelconque. Certaines personnes savent où trouver de l'eau sous terre. Ou des minerais. D'autres voient à travers les objets. D'autres encore savent aimer. Tout cela est mystérieux. Le don. Moi aussi, j'en ai un. Parfois je me rétracte devant certaines personnes. Je suis contraint de m'arrêter. J'aimerais leur parler. Tout de suite, sans détours, de ce qui est essentiel. De ce qui se produit là, entre nous. Je devine toujours quand une personne se trouve au bord d'un gouffre. C'est un talent simple qui ne sert pas à grand-chose. Lorsque je vous ai vu, cette intuition s'est à nouveau déclenchée, exactement comme les autres fois. Quelque chose dans la démarche, dans l'aspect. Comme la marque de la mort. Les yeux, l'être entier sont affolés et appellent au secours. C'est extraordinaire, ce qui transparaît chez les hommes.

« Écoutez-moi, a-t-il poursuivi. Il s'agit simplement d'un souvenir. Je viens juste de me rappeler. Je vous le raconte parce que je crois... que chez moi, c'est exactement le point où tout s'est disloqué. C'est ce qu'il faudrait que vous retrouviez. Si cela pouvait vous aider... ce n'est qu'un souvenir. J'avais vingt-deux ans. J'étudiais à l'université, à Vienne. J'étais terriblement pauvre. De cette pauvreté qui, dans l'extrême jeunesse, nous fait souffrir quand nous nous en rendons compte. Plus tard, on l'apprivoise, on apprend à vivre avec : on se débrouille, on emprunte, on vole, on se fait plaindre, on trouve des moyens. Plus tard, ça va mieux. On est moins désespérément pauvre à quarante-quatre ans qu'à vingt ans. À vingt ans, j'avais peur de l'argent. Je rougissais si je recevais de l'argent de quelqu'un. Oh ! mais cela disparaît plus tard ! Comment ? Chez vous aussi, cela a disparu ? Vous voyez bien. » Il a toussé et réfléchi. « J'étais marqué par la pauvreté. Mes vêtements étaient en loques. J'allais au café une fois par mois. J'étais *filozopter*[1]. Je pensais aux cafés comme un mourant rêve des *Champs-Élyséens*. D'abord

1. Étudiant en philosophie.

parce que dans la plupart des cafés, il y a effectivement de la musique. Mais surtout, imaginez : être assis au chaud, à l'abri derrière une vitre dans la lueur des lampes et boire un café crémeux accompagné de trois kouglofs, allumer une cigarette à la flamme présentée par le garçon, baigner dans l'odeur délicieuse du café et du tabac, avec des piles de journaux étrangers raffinés et coûteux à ma disposition sur les chaises autour de moi, vous vous rendez compte, n'est-ce pas ? – des revues et des magazines anglais, français, allemands, remplis d'articles intéressants, de photographies de paysages exotiques, de réclames pour des automobiles, avec des critiques de théâtre, la distraction facile d'un feuilleton… Ah ! Cher monsieur ! Essayez seulement d'imaginer ce que ça représentait pour moi, le café ! Je ne pouvais me le permettre qu'une fois par mois. Sinon, je mangeais au restaurant universitaire. Nous logions à quatre dans une chambre. Attendez, ça me revient maintenant. L'un de mes colocataires, un fils de paysan, n'était pas très propre. Peut-être se lavait-il, le pauvre, mais en vain. La petite pièce était envahie par une vilaine odeur de transpiration. Dans la mesure du possible, je n'y séjournais pas ; je sortais dans la rue, je m'asseyais sur un banc. Chaque livre était une fête. Un livre ! J'ai vécu assez longtemps de cette façon. Le soir, je faisais la plonge dans un café.

– Dans un café ? lui ai-je demandé, effaré.

– Oui, à l'arrière, dans la cuisine. Je n'avais pas le droit de mettre le pied dans la salle. Je lavais la vaisselle de neuf heures à minuit. Mon salaire quotidien consistait en une couronne cinquante ainsi qu'un café et deux petits pains. Le détergent rougissait mes mains qui étaient crevassées en permanence. Quelquefois on me donnait un ou deux journaux. Jamais de revues : ils les revendaient. Je ne vous raconte pas tout cela pour éveiller votre pitié. J'avais vingt-deux ans. Ah oui, c'est vrai, il faut que je vous dise : Timár n'est que mon pseudonyme. Mon véritable nom est Habulyák. Ce n'est pas le nom de mon père, mais celui de ma mère. Elle s'appelait Mária Habulyák. Je n'ai pas connu mon père. J'ai été élevé à l'orphelinat. Je n'étais pas vraiment un enfant abandonné, mais ma mère m'avait confié à l'orphelinat. Elle donnait un peu d'argent pour ma pension. Elle était domestique. Elle est même venue me voir quelquefois. Je ne me souviens que de deux visites. La première, je devais avoir quatre ans. Elle m'a apporté deux pommes cette fois-là. C'était un dimanche après-midi, nous nous sommes assis dans une pièce vide, toute en longueur, moi sur une chaise, ma mère en face de moi, sur un banc. Je serrais les pommes, une dans chaque main. Je me souviens que dehors, il pleuvait et que la vitre était obscurcie par la pluie. Ma mère s'est assise sans dire un mot, les mains sur ses genoux. Nous avons dû rester assis comme ça pendant deux heures. Nous n'avons rien dit. Ma mère parlait plutôt le slovaque et j'étais éduqué en hongrois. Après elle est partie. La deuxième fois, c'était un an après. Je me rappelle que c'était le 6 décembre.

« C'est le jour des enfants. La Saint-Nicolas. Ça s'est passé de la même façon : assis l'un en face de l'autre, dans la même salle, moi sur une chaise, elle sur un banc. Nous n'avons pas échangé un seul mot. Ma mère portait encore son vêtement de travail, elle avait dû courir pour venir dans l'après-midi. Elle m'avait apporté un bol, un bol banal, rustique, celui qu'utilisent les bonnes pour boire leur café. Elle devait s'en servir pour prendre son petit déjeuner. Il contenait quelques noisettes. L'une des noisettes, sur le dessus, était dorée. Je suis absolument sûr à présent que ma mère avait volé cette unique noisette dorée quelque part, certainement dans la maison où elle servait, où les souliers des enfants étaient remplis de ces noisettes au matin de la Saint-Nicolas. Lors de cette deuxième rencontre, nous n'avons pas parlé non plus. Quand ma mère est partie, on m'a pris le bol mais on m'a laissé les noisettes. Je n'ai plus jamais revu ma mère. On m'a dit qu'elle avait quitté la ville. Je n'en ai plus jamais entendu parler. Je ne dis pas ça non plus pour vous attendrir. Mais il faut que vous sachiez précisément d'où je viens. Vous avez saisi ? Alors voilà : à l'âge de vingt-deux ans, un jour au début du mois d'avril, à la fac, j'ai fait la connaissance d'une jeune fille. C'était une femme avec tous ses attributs : les yeux, les cheveux, la bouche, le visage, les mains, les jambes. Je ne me rappelle pas son visage. Bien entendu, c'est elle qui m'a adressé la parole, pas moi. Nous travaillions ensemble dans un séminaire depuis plusieurs semaines. Je disais bonjour, j'arrivais et je repartais. Je ne devais pas payer de mine dans mes vêtements, j'imagine. Un après-midi, il faisait beau, cette jeune fille m'a demandé de l'accompagner. Elle était très aimable, je m'en souviens. Apparemment, elle m'avait pris en pitié. Mais enfin, j'avais ving-deux ans. J'ai descendu les escaliers avec elle. Nous nous sommes retrouvés devant l'entrée de la faculté. Elle avait des gants en fil, je me rappelle, elle les a boutonnés. Et un grand chapeau *à la florentine*[1]. Je garde un souvenir très précis de cet instant où nous sommes debout devant le portail de la faculté. Pour le reste, ça devient plus flou. Surtout je ne me souviens pas de son visage. Le soleil brillait. La jeune fille me proposa de prendre le tramway jusqu'à Lainz. Elle y connaissait une pâtisserie où la glace était bonne. Elle a même ajouté : "et pas chère" – et elle a ri. Moi, je n'ai rien dit. Elle n'a pas attendu ma réponse, elle s'est mise en route et je l'ai suivie. Nous sommes montés dans le tram. J'avais en tout et pour tout soixante *fillér* en ma possession.

« Après, j'ai arrêté de penser. Tant que j'ai parlé à la jeune fille et qu'elle m'a parlé, le monde a tourné en larges cercles non seulement autour de moi mais aussi autour du tram lancé à toute vitesse. J'ai payé tout de suite les deux tickets, sans réfléchir, parce que j'ai toujours été galant. Bien : ça faisait quarante *fillér*. Il m'en restait vingt. Vous m'avez bien compris : vingt *fillér* austro-hongrois. La jeune fille était gentille, elle a ouvert immédiatement son sac et a commencé à fouiller dedans. Elle voulait me rendre l'argent. C'était une étudiante, une fille aimable et pauvre. Elle a réussi à rassembler huit *kreutzer* en mettant son sac sens dessus dessous, c'est tout ce qu'elle possédait. Elle a ri. Les autres passagers aussi.

1. Chapeau de paille à large bord, orné d'un ruban et de fleurs.

Elle m'a donné les huit *kreutzer* en me promettant de me donner le reste le lendemain. Elle était vraiment gentille, cette fille. Une bonne camarade. Elle ne voulait rien de moi. Elle a continué : "Eh bien alors, je serai votre invitée. Mais demain, au cours, je vous rembourserai." Vous comprenez ? Elle allait me rembourser le lendemain.

« Au bout de la Mariahilferstrasse, à l'endroit où le tramway bifurque en direction de Schönbrunn, il y a un petit pont… Ah oui, peut-être ne connaissez-vous pas Vienne ? Ça ne fait rien. Donc il y a un petit pont là-bas, où le tram ralentit. À ce moment-là, je me suis dit que c'était le moment ou jamais de sauter du tram. Ce fut la dernière pensée cohérente dont je me souvienne. Après, de façon soudaine et violente, j'ai commencé à avoir mal au ventre, à souffrir des spasmes et des brûlures de la peur. Et pendant tout ce temps, je continuais à converser tranquillement avec la jeune fille. Une fois arrivés, je suis descendu le premier et je l'ai poliment aidée à descendre. Je ne me souviens plus de son prénom, pourtant elle me l'avait donné. Donc, j'ai été galant et je l'ai aidée à descendre. Je l'ai fait passer à ma droite. Déjà dans le tram, j'avais enfoui mes mains dans mes poches parce que je ne voulais pas qu'elle remarque les blessures dues au détergent. J'ai toujours eu beaucoup de soucis avec mes mains parce qu'elles transpirent. Nous avons marché en direction de la pâtisserie en bavardant. Il faisait chaud. La jeune fille s'amusait bien, elle n'arrêtait pas de rire. Je l'ai fait passer devant moi à la pâtisserie. Si seulement, au moment précis où elle appuyait la main sur la poignée de la porte, j'avais accompli un acte salvateur, si par exemple j'étais tombé à la renverse sur le trottoir pour simuler un évanouissement ou si j'avais tout simplement pris mes jambes à mon cou, alors je crois qu'aujourd'hui je serais un homme heureux et en bonne santé. La meilleure solution, incontestablement, aurait été la chute les quatre fers en l'air. J'y ai souvent pensé par la suite. Les meilleures idées se présentent toujours trop tard. Bah, ça n'a plus d'importance à présent. Je ne suis pas tombé, je ne me suis pas enfui. La jeune fille est passée devant, je l'ai suivie et nous avons pris place à une table.

« La petite pâtisserie était vide et vraiment très bon marché. La jeune fille n'avait pas menti : elle était si peu chère qu'elle valait le déplacement, car même en y ajoutant le prix du tramway, les consommations y restaient avantageuses. Les produits offerts étaient irréprochables et de grande qualité. À part la serveuse et nous deux, l'endroit était désert. Les gâteaux étaient présentés au comptoir sous un voile de tulle. La pièce resplendissait de propreté. Du tulle entourait la lampe à gaz aussi, à cause des mouches. Nous avons commandé deux glaces. Puis la jeune fille a dit :

« "Le baba au rhum est très bon ici. S'il vous reste un peu d'argent, prenons-en un. Ça ira ? Je vous rembourserai demain. – Elle se mit à rire. – Ça ira", ai-je répondu. En fait, ça n'allait pas du tout, déjà pour les glaces, ça n'allait plus : elles coûtaient quarante *fillér* la portion. Je me suis levé, j'ai demandé deux petites assiettes et j'ai choisi deux babas avec soin. Et deux beignets en plus. J'en ai rendu un des deux pour que la fille se rende compte qu'elle avait affaire à un gourmet. J'ai prétendu qu'il était rassis. J'ai pris un gâteau à la crème à la place. La jeune fille l'a avalé avec appétit. Elle a accueilli la glace avec un bonheur enfantin.

« "Prenez-en une autre, lui ai-je proposé.

– Non, non, a-t-elle dit. À quoi pensez-vous ? Ce serait trop." Voilà le genre de fille que c'était : deux glaces, c'était trop pour elle. Elle bavardait sans arrêt, et me regardait droit dans les yeux. Je me souviens vaguement de ses yeux : limpides et gris. Mais il est possible que je me trompe, ils étaient peut-être plutôt bleus. À ce moment-là, je ne les regardais déjà plus. Le salon de thé était séparé de la cuisine par une porte vitrée où étaient gravés les mots "téléphone" et "W.-C.". Donc, tout se trouvait par là : le téléphone, les toilettes et la cuisine. Au-dessus de la porte était accrochée une horloge murale sur laquelle mon regard était fixé. Dans cinq minutes, il serait cinq heures et demie. Il me restait cinq minutes. Ce qui se produirait après, je n'en avais pas la moindre idée, mais c'était le délai que je m'étais octroyé. Cinq minutes. Cinq heures et demie. Je me suis levé : "Pardon" – ai-je dit à la jeune fille. – Je lui ai coupé la parole en plein milieu d'une phrase, elle me racontait quelque chose. Pardon, et je me suis levé. À ce moment précis, je ne savais pas ce que j'allais faire. La jeune fille a détourné le regard vers la fenêtre et a dit : "Je vous en prie…" Et là-dessus je suis parti. J'ai pris la porte qui menait à la cuisine. La serveuse m'a suivi. Nous nous sommes arrêtés dans le couloir obscur. "Monsieur désire téléphoner ?" m'a-t-elle demandé. J'ai répondu non. Elle est retournée dans la salle. Je suis entré dans les W.-C. J'y suis resté trois, quatre minutes, dans le noir, sans rien faire. Puis j'ai ouvert la porte très doucement. Le couloir était très long. Au bout, il donnait dans la cuisine où il n'y avait personne. L'une des fenêtres du couloir ouvrait sur un porche. C'était une fenêtre basse et elle était ouverte. Je l'ai enjambée, lentement, sans faire le moindre bruit. Je ne savais pas que j'étais capable de me mouvoir aussi silencieusement. Quelqu'un qui s'apprête à commettre un meurtre doit se déplacer avec cette prudence-là. Je me suis arrêté dans le porche. La petite maison à un étage était typique des faubourgs. Je voyais la rue devant la porte. Le salon de thé se trouvait à sa gauche. Je me suis collé à la porte et c'est ainsi que je suis sorti dans la rue, vers la droite. Personne ne pouvait me voir et d'ailleurs, personne ne m'a vu. Une fois arrivé dans la rue, j'ai rassemblé toutes mes forces et je me suis mis à courir. J'ai pris la première rue perpendiculaire en courant toujours comme un fou. Cette rue était bordée de villas, de maisons particulières. La nuit tombait, quelques lampes étaient allumées derrière les fenêtres. Il faisait de plus en plus sombre. Je n'ai cessé de courir que lorsque j'ai entendu sonner l'heure : il devait y avoir une église pas loin. Six heures. J'avais couru d'un seul trait pendant une demi-heure. J'étais épuisé et je me suis appuyé contre une barrière. J'ai compté les coups, jusqu'à six. Soixante. Soixante plus quarante. La fille n'avait pas un sou. Vous comprenez ? Elle a dû attendre cinq minutes. Ça pouvait encore aller. Puis dix. Là, ça commençait à devenir gênant.

La serveuse regardait de son côté. Debout contre la barrière, je voyais la serveuse regardant la jeune fille à la dérobée. La jeune fille ne lève pas les yeux, la situation est embarrassante, elle regarde fixement par la fenêtre. À quoi pense-t-elle ? Bientôt quinze minutes écoulées. L'horloge murale sonne le quart. Elles sont obligées de croiser leurs regards, la serveuse et la jeune fille. “Le monsieur, dit la serveuse d'une voix mal assurée, il n'est pas malade au moins ?” Sujet délicat, n'est-ce pas ? La jeune fille rougit. “Je ne crois pas”, répond-elle. Cependant la serveuse hoche la tête. Deux, trois minutes s'écoulent. La serveuse se lève. La fille dont le visage est cramoisi parle : “Maintenant… oui, moi aussi je crois… il faudrait aller voir… S'il vous plaît”, s'empresse-t-elle d'ajouter. La serveuse se rend dans le couloir, en laissant la porte ouverte. Elle se racle la gorge. Elle hésite. Puis frappe. “*Herr*[1], dit-elle. *Herr.*” Pas de réponse. Elle frappe plus fort. Toujours rien. Elle appuie sur la poignée ; la clenche cède. La serveuse recule : le cabinet est vide. Vous comprenez ? Où est passé le galant homme ? La serveuse crie : “*Fräulein !*” La jeune fille affolée accourt. Elles restent plantées là toutes les deux, muettes d'horreur. “Mais il n'a pas pu sortir par ici, dit la serveuse. La seule porte donne dans la cuisine.” Et il n'y a pas de sortie dans la cuisine non plus. Elles entrent dans la cuisine. Puis reviennent dans le couloir. Vous voyez la scène, n'est-ce pas ? Elles ne se

1. En allemand dans le texte : *Herr* = monsieur, *Fraülein* = mademoiselle.

parlent même plus. Elles aperçoivent la fenêtre ouverte et la jeune fille se met à trembler. Elles se taisent toujours. Puis la serveuse dit : “Il a dû sortir par là.” Elles contemplent la fenêtre ouverte. La serveuse évalue du regard la distance entre le rebord de la fenêtre et le plancher. “Le monsieur a pu facilement sortir par ici, dit-elle. Il lui a suffi d'escalader le rebord.” La jeune fille cherche appui contre le mur. Elle fixe la fenêtre, elle me voit en train de grimper. Puis toutes les deux retournent dans la pâtisserie. »

Il s'est tu, a ricané et arrangé d'un geste le foulard autour de son cou.

« Appuyé contre la barrière, je visualisais cette scène avec clarté et netteté. Je ne l'aurais pas mieux vue en y assistant. De temps en temps, quelqu'un passait devant moi dans la rue. Sur le trottoir d'en face, à ma hauteur, un homme allume le réverbère. J'entends à nouveau sonner l'horloge invisible. Sept coups. Que fait la jeune fille maintenant ? Elle rentre chez elle, à pied. Elle n'a même pas un centime pour payer le tram. De Lainz à Vienne, en marchant. Elle a dû arriver vers neuf heures. Moi aussi, je me mets en route, à pied. Ce qui a pu se produire quand la jeune fille s'est vu présenter la note, je n'y pense que de façon distraite et accessoire, comme si ce n'était pas important. Jamais je n'y ai réfléchi en détail. Jusqu'à ce jour, je n'ai même pas osé imaginer ce qui a pu se passer. Quelquefois, comme dans un demi-sommeil, j'entends la voix de la fille qui dit : “Encore un baba ? Ce serait trop…” Ou bien : “D'accord, je veux bien, mais demain je vous rembourserai…” Mais ce que j'entends dans mon demi-sommeil est une autre histoire. Revenons à mon récit : je rentre à pied, j'arrive moi aussi vers neuf heures à Vienne, et à neuf heures et demie au café. J'espère qu'ils vont me blâmer et me renvoyer à cause de mon retard. Je me faufile comme un chien errant. Mais personne ne me dit rien. Le patron est de bonne humeur. Personne n'est désagréable avec moi. Le lendemain, je ne vais pas à l'université. Le surlendemain non plus. Le quatrième jour, je raconte au maître d'hôtel que je suis étudiant et que j'ai besoin de vingt couronnes. Il me les donne parce que… Dieu seul le sait. Donc il me les donne. Je suis rentré tout de suite à Budapest avec cet argent. Plus tard, la faculté m'a renvoyé mes papiers. »

Il s'est levé et s'est posté devant la fenêtre :

« Ce n'est qu'un souvenir. Une aventure, si vous préférez. Un souvenir d'étudiant. À présent, je vous le demande : pourquoi n'avais-je pas ce jour-là deux couronnes sur moi ? Quoi ? Oui, question idiote. Il y a des personnes qui se remettent de ce genre de choses comme d'un rhume. Pas moi. Il faut de la chance pour ça. Moi, ça m'a rendu malade. J'ai peur des femmes. De toutes les femmes. Si je parle avec une femme, je me rappelle le visage de la jeune fille qui regarde par la fenêtre. Ça aussi, c'est de l'angoisse ; peu importe comment ça s'appelle d'ailleurs ; il suffit de dire qu'il en est ainsi. »

Il a levé la main :

« Les étoiles », dit-il en montrant le ciel.

Il a eu un rire rauque : « Les étoiles, a-t-il répété. Je suis retourné à Lainz depuis. La pâtisserie existait encore l'an dernier mais elle a été vendue cette année. Mais je n'ai jamais plus rencontré la serveuse. Ni la jeune fille. Elles ont disparu.

« Les étoiles », a-t-il repris une troisième fois, en pointant le doigt vers le ciel à nouveau.

Puis il est revenu à sa place sur le lit et il s'est arrêté de parler.

« Il faut aimer quelqu'un, a-t-il repris plus tard de sa voix éraillée, sur un ton presque confidentiel, comme pour lui-même. Chaque existence se fracasse au moins une fois. Oui, chaque vie. Il faut oser aimer quelqu'un pour éviter ça, sinon rien ne vaut la peine d'être vécu. Aimer les femmes, c'est ce qui nous est donné de plus simple. Mais pas pour moi. Ce problème m'est tombé dessus. Que faire ? Alors j'ai tenté d'aimer les êtres humains. Tous les êtres humains. Mais c'est trop dur, c'est impossible. Comme si on s'amusait à éparpiller le temps. N'est-ce pas ? »

Il s'est levé :

« Je vais vous raccompagner à votre chambre.

– Ce n'est pas la peine », lui ai-je dit.

Je me suis levé à mon tour. Quand nous nous sommes serré la main, il a remarqué :

« Votre main est brûlante. Vous avez de la fièvre ? Mais oui, vous êtes souffrant. Dieu vous bénisse, monsieur le professeur. Comme la nuit est calme. Demain, je m'en vais. Non, non, je n'ai besoin de rien. Je n'ai pas d'adresse. Je rentre à Vienne, c'est là-bas que je vis. Prenez soin de vous. Vous n'avez personne ? Achetez-vous un chien… »

Il a ajouté tout à fait sérieusement :

« Pourquoi pas ? »

Nous étions debout sur le seuil de la porte, une de mes mains reposait déjà sur la poignée. Un pas le séparait de moi. Quand j'ai esquissé un geste pour partir, il a fait un mouvement aussi : il s'est avancé, a posé ses mains sur mes épaules et sans dire un mot, en s'accrochant un peu à moi, il s'est incliné et m'a embrassé sur les deux joues.

Il s'est immédiatement détourné de moi, s'est dirigé vers la fenêtre et s'y est penché. Je suis resté planté là un instant, hébété. Puis je suis sorti sans un seul mot. Effectivement, la nuit était calme et chaude. Une fois arrivé à ma chambre, la fièvre s'est déclarée. Mais j'ai tout de même dormi la fenêtre ouverte. Aujourd'hui, je me sens plus mal. On m'a apporté une carte de visite ce matin. Voici ce qu'elle disait :

« Je vous prie de payer en mon nom quatre-vingt-dix couronnes au bureau. Et si vous pouviez m'en envoyer 110 à Vienne, Poste restante, Poste principale, au nom d'Ágoston Timár. 110 et 90, ça ferait 200 couronnes en tout. Fin décembre, je vous les rembourserai. Je compte sur vous. Vous pouvez compter sur moi. »

Je vais lui envoyer l'argent. S'il me l'a demandé, c'est vraisemblablement qu'il en a besoin.

2 septembre

Je n'ai plus de fièvre aujourd'hui. Demain, je pars. Le gérant pense que j'ai eu une grippe d'été. Possible. J'ai l'impression de relever d'une grave maladie. Je vais beaucoup mieux à présent. Dommage que je sois aussi faible, cette fièvre m'a vraiment abattu. Sinon, je serais volontiers monté au point de vue. Je ne reviendrai plus jamais ici. Je suis très fatigué.

5 septembre

Je suis rentré chez moi et j'ai défait mes bagages. Je ne sais pas où ranger ce journal.

26 septembre

Aujourd'hui, dimanche, j'ai relu ce carnet. J'éprouve à présent le besoin d'y ajouter quelques remarques avant de le refermer definitivement et de le dissimuler quelque part. Peut-être le brûlerai-je ; je n'en suis pas si sûr. Mais en tout cas, je le cacherai.

La raison pour laquelle je ne le jette pas tout de suite est que, un jour peut-être, je le montrerai à un médecin. Je crois que ça pourrait l'intéresser. Maintenant que j'ai relu mes notes, je vois très clairement à quel point j'ai été malade. Il est certain que je relève d'une grande maladie. Par ailleurs, je sens à tous égards que tout cela appartient au passé. Le professeur d'histoire avec lequel j'ai échangé quelques mots en passant m'a même félicité. Comme si on m'avait changé, m'a-t-il dit. Nous n'avons pas évoqué cette fameuse soirée. Je ne l'ai pas mentionnée. Je sens, moi aussi, que je vais mieux. Je me réveille à nouveau ponctuellement à six heures et demie, sans aucun effort. Mon appétit s'est amélioré.

Donc, tout est sur le point de rentrer dans l'ordre.

Enfin, pas tout à la fois, bien entendu.

Il m'arrive parfois d'éprouver des « symptômes résiduels », comme a coutume de dire le professeur d'hygiène. Mais c'est normal. Ces « symptômes résiduels » ne sont pas si pénibles.

Tout compte fait, je crois que partir en vacances cet été m'a fait du bien. Il est vrai qu'après mon retour, je suis resté encore très faible pendant quelques jours. J'ai dû garder la chambre et je n'ai pas pu assister au *Veni Sancte*[1]. Je crois que ce fut la dernière attaque de ma maladie. Ça me rappelle avec quelle gentillesse ma gouvernante s'est occupée de moi. Cela m'a touché. Elle est à mon service depuis à peine quatre ans. Ces derniers temps, toute marque d'attention ou d'intérêt à mon égard de la part d'étrangers m'émeut beaucoup. J'éprouve de grands remords de ne rien lui avoir rapporté de mon voyage. J'ai oublié de lui offrir un cadeau. Je n'ai même pas écrit de carte, à personne. Une preuve de plus que je devais être bien malade. Je me rachèterai à Noël. Un châle peut-être… L'autre jour, dans une vitrine de la Grand-Rue, j'en ai repéré un, au crochet. Du genre qu'affectionnent les vieilles dames. Oui, je lui offrirai ce châle.

J'ai relu attentivement mes notes et, pendant ma lecture, je me suis rendu compte que je devrais être infiniment reconnaissant envers la providence car j'ai

---

1. Messe célébrée au début de l'année scolaire.

échappé à un grand danger. Il me paraît certain que durant les dernières semaines, j'ai frôlé une grave maladie nerveuse, voire même la folie totale. Je l'ai d'ailleurs écrit dans ce journal. Aujourd'hui, le danger passé, bien à l'abri et apaisé, je peux l'affirmer. J'ai lu ce journal comme un patient en voie de guérison, un convalescent, parcourt la courbe de température de la maladie mortelle qu'il a traversée. Une ligne qui saute de bas en haut. Une fois, elle s'est envolée au-dessus de quarante. Le soir où je suis allé trouver cet inconnu, Ágoston Timár, avant son départ.

Afin de rester fidèle à la règle que je me suis donnée, je dois cependant noter que j'ai envoyé à cet infortuné la somme qu'il m'avait demandée et que j'ai réglé les 90 couronnes de son séjour à la station. Plus les 110 couronnes que je lui ai postées, cela fait 200 couronnes, plus 90 *fillér* pour les frais d'envoi. Ce n'est pas que je compte qu'il me les rendra. Mais par acquit de conscience, je le note malgré tout. Cela dit, je suis persuadé qu'il me les rendra.

Peu importe. Je suis content qu'il m'ait demandé cet argent. C'est très rare qu'on se tourne vers moi pour m'en emprunter. Je suis tellement enfermé dans mon mode de vie. Les gens croient peut-être que je suis avare. Je me réjouis que quelqu'un ait fait appel à moi et d'avoir pu l'aider.

Je ne peux faire lire mon journal à personne ici, dans cette ville. Il intéresserait peut-être un médecin, mais ici il n'y a pas de médecin qui s'occupe de l'âme. Pour le moment, je le garde pour moi. Il m'intéresse en tant que document pour prouver à quel point j'ai été souffrant.

J'ai résisté trois semaines avant d'entamer cette lecture. Je croyais qu'elle n'aurait pas un bon effet sur moi, qu'elle risquait de m'angoisser. Mais il ne m'est resté aucune séquelle de tout cela. Aucune, je crois... Ce n'est pas l'essentiel. C'est du passé. En fin de compte, je suis heureux d'avoir tenu ce journal, comme un témoignage de cette époque.

À présent, je suis capable de réfléchir tranquillement à ce qui a pu causer ma maladie. Il me paraît évident que j'avais un trop-plein de solitude. Il faut que je me mêle plus aux gens. D'ailleurs, j'ai décidé que je le ferais. Je fréquenterai davantage mes semblables. Une autre raison, me semble-t-il, a été ma négligence de ces dernières années, concernant le travail intellectuel. J'ai vécu paresseusement, au jour le jour. J'ai décidé de m'atteler à des recherches en philologie. Je me suis établi un petit programme. Je dois commander quelques livres... Bientôt, dans les jours qui viennent. Il faut s'occuper l'esprit, lui faire faire de l'exercice, le promener comme un corps. L'esprit a besoin de vivre. S'il reste à ne rien faire, il se met à dépérir, à se désagréger. Comme le corps. Ça va changer à partir de maintenant. Je vais modifier mon emploi du temps.

Je me réjouis également du fait que cette année, j'ai plus de responsabilités qu'auparavant. On m'a nommé professeur principal et j'ai dû prendre une nouvelle classe, une terminale, que je ne connaissais pas. Cela me donne du travail. Tout a bien démarré, tout va être différent.

Et surtout je verrai plus de monde.

Il y a trois jours, je suis monté au cercle. La première fois depuis… J'avoue que ce ne fut pas sans une certaine gêne. Le placard publicitaire y est toujours mais je suis capable de le regarder calmement. C'est une affiche jolie et intéressante. Rien de plus. Elle n'agit plus sur moi, c'est terminé.

J'ai également repris mes anciennes promenades, par les mêmes chemins. C'est en cette saison, fin septembre, que la ville est la plus belle. La promenade du Bastion est pleine de lycéens. Je suis bien ici, où pourrais-je être mieux ailleurs ?

Je sens comme le début d'un apaisement m'envahir. Le plus important est de ne pas m'en faire. Il ne faut pas que je m'analyse. Si on passe son temps à s'analyser, on peut certes faire des découvertes surprenantes. Mais à quoi bon ? Elles surprennent mais elles angoissent aussi. Pas d'introspection. J'en ai fait l'expérience une fois, par hasard… Ça suffit maintenant. Ça va bien comme ça.

Une période plus tranquille s'ouvre devant moi.

J'ai relu attentivement mon journal. Je vois clairement le tableau tout entier. Je suis au-delà. Je vais guérir.

C'est formidable aussi d'être à la maison. Où pourrais-je trouver ailleurs la paix que ma chambre me procure ? C'est ce qu'il faut à un vieil homme. Il n'y a rien à faire, je suis vieux. Ce silence, cette pièce, ce fauteuil, cette pendule, ce porte-pipes, mon tamis à tabac, l'étagère et les livres (que d'ailleurs je ne lis pas encore pour le moment…), cette rue calme et les marronniers devant la fenêtre, voilà mon univers.

Voilà ce que le destin m'a octroyé. C'est bien ainsi. Je ne demande rien de plus. Je suis seul, c'est bien aussi. Autour de moi règne la paix, elle régnera en moi également.

Je ne vais pas jeter ce journal puisque je l'ai retrouvé. C'est une autre manière de faire passer le temps. Avant de me coucher, ou comme aujourd'hui, tous les dimanches, je pourrai noter ce que j'ai vu et ce qui s'est passé pendant la semaine. Ainsi le temps s'écoulera.

Assez pour aujourd'hui. J'ai des copies à corriger. Je continuerai peut-être ce soir.

28 septembre

Je n'ai pas continué l'autre soir et je ne me rappelle plus ce que j'avais l'intention d'écrire dans ce journal. Ma guérison se maintient sans changement. Je ne perçois rien de spécial. Je suis calme. J'ai pas mal de travail.

Je n'avais pas le moindre souhait de prendre la charge de professeur principal cette année.

En réalité, quand on m'a accueilli à la rentrée, on m'a mis devant le fait accompli. Le directeur m'a convaincu d'accepter. Ce n'était pas le statut de professeur principal qui me gênait, c'était la classe de terminale dont je ne voulais pas. Les grandes classes n'ont jamais été mon fort. Jusqu'ici, j'ai en général suivi une classe de latin jusqu'à la troisième pour la passer ensuite à Halasi, un collègue. J'ai rarement pris la seconde. Je n'ai enseigné en terminale que trois fois en vingt-huit ans. Ce n'est pas mon matériau préféré. Je suis à l'aise jusqu'en quatrième. Je préfère les petits. À partir de la troisième, lorsqu'ils commencent à devenir adolescents, ils m'intéressent moins. Ils sont presque hostiles. C'est en sixième et en cinquième que je me sens le plus à l'aise. Quand ils sont jeunes et innocents. J'ai une méthode pour introduire les premiers rudiments de latin en sixième et je ne pense pas qu'elle soit mauvaise.

J'ai toujours éprouvé des difficultés avec les premières et les terminales.

J'ai du mal à trouver le ton juste pour m'adresser à eux. Particulièrement si je n'ai pas débuté avec eux, si ce n'est pas moi qui les ai suivis. Dans les classes supérieures, je suis un professeur maniaque et désagréable, j'en suis conscient. C'est mon mode de défense. Je n'y peux rien. Jusqu'à la quatrième, je m'entends bien avec chacun de mes élèves.

Et maintenant, cette classe totalement étrangère.

C'est Halasi qui a été leur professeur principal depuis le début. Il faut que ce soit justement cette année, celle du baccalauréat, que m'incombe cette tâche. Halasi a été nommé directeur adjoint à Miskolc.

Il a toujours été arriviste. Il est déjà parti avant les vacances.

J'ai hérité de ses trente-quatre élèves. Je ne suis pas encore tout à fait au clair en ce qui les concerne. Pour ce qui est du latin, leur niveau laisse à désirer. Je n'ai jamais eu une confiance excessive en Halasi. Les connaissances de ses élèves en grammaire sont en général moyennes. La composition est faible. Ils sont entraînés à apprendre par cœur. Je m'y attendais d'ailleurs, c'est la méthode de Halasi. Apprendre par cœur, c'est facile et ça fait de l'effet. Mais un des élèves, Puliszka, s'est bloqué devant une conjugaison. Il n'a pas reconnu un *plusquamperfectum*[1]. Il avait « bien » chez Halasi. Ce ne sera pas le cas avec moi.

Je ne connais pas encore suffisamment le degré de discipline de la classe. Pour l'instant je ne m'en plains pas. En général, je peux dire qu'il règne un certain silence. Mészáros qui les a en hongrois depuis quatre ans prétend que la classe s'est améliorée. D'après lui, ce ne serait pas grâce à Halasi mais grâce à la *coeducatio*[2]. L'an dernier, en première, six filles se sont jointes à la classe. C'est la première tentative de mixité dans notre établissement. Pour l'instant, ce n'est qu'une expérience, selon le ferme souhait du ministère. Je ne suis pas un adepte de la mixité. Mais Mészáros soutient que les filles exercent une bonne influence sur les garçons. Elles sont plus sérieuses et appliquées. Ça ne me saute pas aux yeux.

Les six filles assistent régulièrement à tous les cours. Dès le premier jour, j'ai fait en sorte de les placer sur le même banc, à l'écart des garçons, à gauche dans la salle. Je ne souhaite pas qu'elles soient assises au milieu d'eux.

Je suis plus à l'aise avec Horace qu'avec Tacite que j'ai commencé début octobre. Je suis obligé de préparer ce cours. Jadis je ne me préoccupais pas de Tacite.

---

1. Plus-que-parfait.
2. Mixité.

Hier ma gouvernante m'a pris par surprise en me faisant part de son désir de me voir acheter un canari avec sa cage. C'est la veuve du tailleur d'à côté, mort il y a six mois, qui vend l'oiseau. Je me suis souvenu du conseil de Timár et je l'ai acheté. C'est un petit oiseau ordinaire, d'un jaune tirant un peu sur le vert. Le premier jour, la cage a été suspendue dans la salle à manger mais le canari a un peu trop sifflé à mon goût. Certes, il siffle joliment, mais beaucoup. C'est pourquoi j'ai demandé à ma gouvernante de l'emporter dans sa chambre.

Je ne ressens aucune nécessité de posséder un canari. J'ai pensé que je pourrais peut-être acheter des poissons rouges : ils sont silencieux et ils bougent. Dans la rue Florián, il y a un magasin où l'on peut se procurer de beaux poissons rouges, à un prix assez intéressant. Cependant, après avoir réfléchi, je me suis rendu compte que je n'avais nullement besoin de ces poissons non plus. On n'a que des soucis avec ce genre d'animaux. Ils tombent malades, vieillissent et crèvent, et après on est désolé.

Je n'ai besoin de rien.

Si j'achetais un chien, je n'aurais que des problèmes. Je ne veux pas de chien non plus. De toute façon, je vais de mieux en mieux. Cet après-midi, je marchais dans la rue quand le vétérinaire m'a arrêté. Nous ne nous étions pas rencontrés depuis longtemps. Il m'a dit :

« Tu m'as l'air en pleine forme. Tu as rajeuni. Tu as retrouvé ton ancienne démarche. Tu es exactement comme avant. »

Moi aussi, je sens que j'ai récupéré mon ancienne démarche. Les mains jointes dans le dos, je marche d'un bon pas, comme avant. Pas comme il y a quelques mois, où je n'avançais pas ainsi. Et je dors bien. Enfin, de façon supportable.

Je repense à cet été comme à un mauvais rêve très lointain, que j'aurais fait il y a des années.

3 octobre

Tout va bien. Hier, j'ai établi mon nouvel emploi du temps. Impossible de vivre sans emploi du temps. Voici le nouveau :

6 h 30 : Réveil.

7 h : Petit déjeuner.

7 h 30 : Promenade.

8 h – 12 h : Cours.

12 h – 12 h 30 : Promenade.

12 h 30 – 13 h 30 : Déjeuner.

13 h 30 – 14 h 30 : Sieste.

14 h 30 – 17 h : Correction de devoirs et préparation des cours.

17 h – 18 h : Promenade.

18 h – 19 h 30 : Cercle.

20 h : Dîner (léger, sans viande).

21 h : Coucher ; lecture au lit.

22 h : Sommeil.

Le seul changement intervient les vendredis où nous tenons conseil au lycée. Ces jours-là, pas de sieste, et une demi-heure de moins au cercle. Je crois avoir réussi à créer un emploi du temps judicieux, dont le respect me permettra de vivre sainement.

6 octobre

Aujourd'hui, c'est la fête des Martyrs d'Arad[1]. En tant que professeur principal de la terminale, j'ai dû choisir parmi les élèves celui qui tiendrait le discours de commémoration de deuil pour la jeunesse. Je ne connais pas la classe, aussi ai-je appelé un volontaire à se désigner. La classe a commencé à s'agiter bruyamment.

« Madár ! criaient-ils tous. Madár ! »

Madár, comme je l'ai appris, est le poète de la classe. Et le secrétaire du cercle de poésie. Jusqu'ici, il ne s'était pas encore fait remarquer. Il est assis au cinquième rang à droite, au bord. C'est un élève boutonneux, au grand nez, au regard trouble, pas vraiment sympathique. Je ne lui ai pas encore mis de note. Je vais le surveiller. J'ai été beaucoup plus surpris d'apprendre que le président du cercle de poésie était Puliszka. Un grand échalas. C'est lui qui ne sait pas reconnaître un *plusquamperfectum*. Je me souviens maintenant. Le chouchou de Halasi. Il me donne l'impression d'être très borné. Son père est notaire à Sáros.

---

1. Treize généraux rebelles à l'Empire furent passés par les armes à Arad (aujourd'hui Oradea) le 6 octobre 1849, par les Autrichiens.

J'ai exigé le silence et j'ai demandé pourquoi ce ne serait pas Puliszka, le président du cercle, qui tiendrait le discours.

La classe est soudain devenue très silencieuse. Je connais bien ce genre de silence. Puliszka se taisait aussi et ne m'a pas regardé. Il doit y avoir une grande jalousie entre Puliszka et Madár. Il faudra que je me renseigne là-dessus plus précisément. Dans la mesure où je suis professeur principal, j'aime bien être au clair sur ce genre de choses.

« Alors, Puliszka ? ai-je demandé. Répondez. Pourquoi ne voulez-vous pas évoquer les martyrs de la nation ?

– Monsieur le professeur, s'il vous plaît. » Puliszka était cramoisi. « La classe a désigné Madár. Je lui cède volontiers la place, monsieur.

– Est-ce bien vrai ? ai-je interrogé la classe.

– Madár ! » fut le cri unanime de trente voix.

Révolution de palais. Le fait de ne pas connaître les personnes rend les choses difficiles dans des cas pareils. Ces garçons ne sont plus tout à fait des enfants, ce sont presque des hommes. Ils vivent ensemble depuis huit ans alors que moi, je ne les connais pas. Je n'ai pas osé m'interposer.

« Madár, ai-je dit, vous êtes le secrétaire. Souhaitez-vous faire le discours ? Oui ou non ? Qu'y a-t-il entre vous, ai-je encore demandé avant d'attendre sa réponse. Puliszka ! Madár ! Qu'y a-t-il entre vous ? »

Ils se sont levés tous les deux. C'était le premier moment critique de cette année. Tous se taisaient. Trente-deux paires d'yeux se sont fixées sur moi et sur les deux élèves.

Une longue pratique m'a enseigné que dans la vie de toute « classe », de toute petite communauté humaine, il existe un point douloureux : la question de la préséance. Chaque groupe a besoin d'une tête. Une telle supériorité prend forme parmi les garçons au fil des années. Il en est toujours un qui devient tacitement le meneur. C'est rarement le meilleur élève. La plupart du temps, ce n'est qu'un chef de bande. Mais sa suprématie est réelle. Il donne le ton à la classe. Au cours de mes années d'enseignement, j'ai remarqué que, bizarrement, ces chefs de bande, ces présidents de club réussissent rarement dans la vie. J'ai bien observé les deux élèves. Madár est chétif et maigre. Puliszka est sain et bien bâti. Madár semble intelligent et instable. Puliszka est fort mais donne l'impression d'être limité. Après le cours, j'ai appris qu'il était le meilleur gymnaste de l'établissement et la fierté d'une équipe de football junior. En enseignement général, il est appliqué et moyen. En latin – ça, je l'assure – il est faible. C'est plutôt à son excellence en sport qu'il doit la présidence du club de poésie. Il est la gloire du lycée en tant que champion de sport. Madár ne brille certes pas en gymnastique, mais il est plus que moyen dans plusieurs matières. Assez bon en langues. En mathématiques aussi. En discipline, variable. Par ailleurs, il est le poète de l'école. Il écrit des vers et, en première, il éditait le journal du lycée. Cette année, à ma connaissance, il n'a rien publié.

« Il n'y a rien entre nous, monsieur, rien, dit Madár. C'est Puliszka le président et s'il veut faire le discours, c'est à lui que vous devez le confier. »

Il parlait du nez, les yeux baissés, et avec quelque chose d'arrogant dans l'attitude. Il n'est pas sympathique. La gêne de Puliszka semblait croître.

« C'est Madár le poète », a-t-il articulé avec embarras et un certain mépris.

La classe a éclaté de rire. Moi aussi. Les jeunes filles aussi. Par conséquent, Madár a prononcé le discours aujourd'hui. Il a été assez bref. Il arborait des gants de fil blanc. Malgré sa pâleur, il a récité sans accrocs. Une de ses phrases nous a amusés. À propos des héros d'octobre, il a dit la chose suivante : « … ils se muèrent en héros. » Le professeur de hongrois a secoué la tête, le directeur aussi. Nous avons tous souri. On ne « se mue » pas en héros. Heureusement, il ne s'est pas rendu compte de notre réaction, sinon il aurait certainement perdu le fil.

Je vais faire attention à lui. Dans l'ensemble, je commence lentement à connaître la classe.

7 octobre

Été indien. À l'automne, la ville se transforme. On sert du vin doux dans toutes les tavernes. Au cercle aussi, on consomme ce vin nouveau. Les feuilles des marronniers devant ma fenêtre et le long de la promenade du Bastion ont jauni. Partout où je me promène, les marrons tombent par terre.

Dans la matinée, j'ai regardé pendant dix minutes les élèves de sixième qui se sont rués sur les vieux marronniers de la cour. Moi aussi, jadis, j'ai été collectionneur de marrons. En remontant en cours, ils avaient tous les poches gonflées de ces marrons luisants. Je regrette de ne pas enseigner en sixième cette année. Je préférerais être avec eux, pas avec les terminales.

Et pourtant, je n'ai aucune plainte à formuler en ce qui concerne la discipline. La classe est plutôt calme et attentive. Personne d'autre ne s'en plaint d'ailleurs. Ce sont plutôt leurs connaissances qui sont faibles. Je ne suis pas convaincu par la méthode de Halasi.

Aujourd'hui, avant la sieste, je suis entré dans la chambre de ma gouvernante pour voir le canari. On l'appelle Jeannot. Ma gouvernante a prétendu que l'oiseau était triste parce que la pièce est sombre. La salle à manger est plus claire et il s'y sentirait mieux. Que faire ? Je l'ai autorisée à l'y rapporter. Le résultat est indéniable : il s'est remis à siffler. Je n'ai plus mon mot à dire. Cet après-midi, je l'entends alors que j'écris. Ma gouvernante soutient qu'il siffle merveilleusement. Je suis incapable d'en juger ; cependant, à mon oreille, son chant est plutôt monotone. Mais comme c'est l'unique plaisir de cette vieille femme, je laisse faire. J'espère que je m'habituerai.

La semaine prochaine, une déplaisante corvée m'attend : le professeur de physique a eu une petite fille. Il me faudra assister au baptême. Ce collègue a quarante-cinq ans et voilà où il en est ; sans aucun doute, c'est de l'inconscience. Il a déjà deux enfants et il est criblé de dettes. Hormis le cercle, ces occasions sont pour ainsi dire les seules où je côtoie des gens. Les baptêmes, les enterrements. Impossible d'échapper à ces deux cérémonies. En vingt-huit ans, depuis que j'habite ici, j'ai subi plusieurs centaines de baptêmes et d'enterrements. Tous pareils. Celui-ci ne sera pas différent des autres.

Il fait si chaud que je dors encore la fenêtre ouverte.

9 octobre

Aujourd'hui, j'ai longuement discuté avec Mészáros dans la salle des professeurs. Mészáros est un homme aux vues étroites qui a presque le même âge que moi. Il a une famille mais son fils, qui étudiait la philosophie, est mort tragiquement. Il se destinait à l'enseignement, comme son père. Celui-ci a été terriblement affecté par ce drame. Il ne sort jamais. Il vit cloîtré avec sa femme. Je ne suis pas allé chez eux une seule fois. Ce n'est pas un grand bavard non plus.

Nous en sommes venus à discuter d'un élève, ce Madár justement. Mészáros juge que c'est un garçon doué mais irrégulier et que sa personnalité est trouble. Il serait presque sournois. D'ailleurs, il produit sur moi le même effet. Quand il parle, il cligne des yeux et regarde par en dessous. Il ferme souvent les paupières. Il n'est pas originaire de cette ville, il y est en pension. Son père, qui était garde forestier d'un comte, est décédé. Sa mère travaille et lui envoie de l'argent. Il avait une bourse en seconde mais il l'a perdue à la fin de l'année. Il avait manqué de respect à Halasi. On lui a accordé à nouveau la gratuité des cours, mais de justesse.

Mészáros m'a vanté les avantages de la mixité quant à la discipline. Que ce soit avec lui ou avec un autre, c'est un sujet dont je ne discute pas volontiers. J'ai mon point de vue là-dessus, mais je le garde pour moi. Le directeur est également un adepte de cette mixité, sans doute parce que, ces derniers temps, le ministère a exercé une intense propagande en sa faveur. Nous sommes nous aussi un terrain d'expérience, un parmi tant d'autres.

Mon opinion est qu'il ne faut pas instituer la mixité dans les grandes classes, pas au-delà de la troisième. Passe encore pour les quatre premières années, où les élèves sont encore des enfants. Mais je considère qu'à partir de la seconde, cette mixité présente un danger sur le plan de la morale et de la discipline. Le fait que de jeunes garçons et jeunes filles pubères partagent la même salle, plusieurs heures chaque jour, me paraît comporter des risques pour leur moralité d'adolescents. Telle est ma vision, que d'ailleurs je ne crie pas sur les toits.

Mészáros a un autre discours. Il s'appuie sur des exemples pour démontrer que l'ambition des garçons est stimulée par le fait que les filles observent leurs progrès. D'après lui, c'est un mode indirect de séduction. Les garçons s'évertuent à dépasser les filles pour prouver par leurs bonnes interventions qu'ils sont les meilleurs et les plus intelligents. Étrange thèse pédagogique, selon moi.

Prends l'exemple de Madár, a avancé Mészáros. C'est un bon élève, mais à la fin de la seconde, il ne dépassait pas la moyenne. Et il laissait beaucoup à désirer sur le plan de la discipline. C'était un meneur, un provocateur, il était souvent insolent et arrogant. L'abbé qui dispense les cours de religion avait de sérieuses raisons de se plaindre de lui. Ils se sont souvent accrochés sur des questions de religion. Madár a perdu sa bourse alors que Mészáros le tient pour un garçon doué. Et maintenant, soutient Mészáros qui le connaît depuis longtemps, depuis l'arrivée des filles en première, il s'est complètement transformé. Il est plus calme, plus sérieux. Il cherche moins la querelle. Il travaille mieux. Déjà l'an dernier il était redevenu bon élève. Mészáros l'attribue à l'influence des filles. Elles lui en imposent et attisent son ambition, selon lui. Je n'ai rien répondu. Bien que je n'aie jamais enseigné dans une classe mixte, j'ai mon opinion. Quoi qu'il en soit, je vais garder ce Madár à l'œil.

10 octobre

J'ai mal à la tête aujourd'hui. À ma grande surprise, je me rends compte que depuis mon retour, j'écris dans ce journal à propos de tout, sauf ce qui me préoccupe véritablement.

11 octobre

Par exemple, pas un seul mot sur Timár, alors que je pense beaucoup à lui. Peut-être tous les jours. Pourquoi n'ai-je rien noté à son sujet ? Peut-être parce que, au fond de mon cœur, j'aimerais l'oublier. Lui, et l'été dernier tout entier.

Quelle aventure tordue et équivoque ! En fin de compte, il ne s'est rien passé mais j'y repense à contrecœur, comme si c'était quelque chose de sale. Oui, c'est ça : sale. Quelque chose dont on ne parle pas, dont on aimerait nier l'existence.

Maintenant que ma vie a repris son cours d'avant, que – grâce au ciel – toute mon angoisse a disparu, et que je suis redevenu moi-même, c'est-à-dire une personne qui évolue dans un certain milieu, possède une adresse, un logement et un travail (et ce n'est pas rien), je suis quelqu'un quand je parcours la ville. Quelqu'un devant lequel on se découvre et qui, je peux le dire sans détour, est l'objet d'un respect unanime, même si en soi ce n'est pas grand-chose ; cela dit, je n'exagère pas en ajoutant que j'ai gagné cette modeste position par mes propres moyens. Aujourd'hui, quand il m'arrive de feuilleter ce journal, je suis sidéré et perplexe, oui, sidéré et perplexe quand je pense qu'il y a quelques semaines, j'ai pu parler longuement à un va-nu-pieds, à un inconnu à l'occupation incertaine, aux origines douteuses, et lui confier mes affaires personnelles les plus secrètes, les plus intimes, les plus honteuses et regrettables.

Parfois, malgré tout, j'ai encore le sentiment – et voilà ce que je n'ai pas encore mentionné dans ce journal – que ce Timár que je connais à peine est le seul être qui, au cours de mon existence, aurait pu devenir mon ami. Le seul avec qui j'ai partagé quelque chose. Même si je l'ai très peu fréquenté. Je pense souvent à lui.

Peut-être vaut-il la peine de revenir là-dessus. Bien sûr, la crise est passée. Je suis beaucoup plus calme. Je me suis retrouvé. Pendant la journée, je suis redevenu comme avant. Mais la nuit, seul dans ma chambre, je ne suis pas le même.

Donc, je dois aborder le sujet bien que ce soit dangereux. Mais comment faire, je ne peux agir autrement. La nuit, à la différence du jour, je ne me mens pas à moi-même. C'est un exercice périlleux que je pratique depuis un certain temps. Une passion dangereuse. Une fois qu'on commence à réfléchir, on peut en devenir fou.

Je ne risque peut-être rien après tout ; de toute façon, je n'y peux rien. J'ai besoin d'une ou deux heures d'introspection par jour. D'autres se mettraient peut-être à boire, moi, en ce moment, il faut que je médite sur moi-même.

En ce qui concerne Timár, je pense très souvent à lui. Hier, comme tous les mois depuis des années, je suis allé à la banque et j'ai déposé sur mon compte d'épargne une partie de mon salaire, cinquante couronnes. Je dois posséder douze mille six cents couronnes, intérêts compris[1]. En mettant l'argent sur ce compte je me suis demandé à quoi me servait tout cet argent. Qu'en faire ? J'ai commencé à épargner dans le passé, par instinct, avec la prudence et la crainte intuitives du pauvre. En prévision de mes vieux jours, en cas de maladie, telle était mon intention. Je suis vieux à présent ; comment puis-je en dis-

1. En 1912, en Hongrie, on utilisait encore des *forint* hongrois et des couronnes autrichiennes. 1 *forint* = 2 couronnes.

poser ? Quand je partirai à la retraite, ma pension me permettra de vivre. Pourquoi cet argent ? Ce n'est pas beaucoup mais pour moi, ça constitue une petite fortune. Or il se trouve que je ne sais pas quoi en faire. Ces économies se contentent d'être là, elles ne procurent aucune joie à personne. Pas même à moi. Dois-je acheter quelque chose ? Un appartement plus spacieux ? Des meubles plus jolis ? Sottises. En ce qui concerne les vêtements, je suis paré pour des années. J'ai cinq costumes, un manteau de fourrure, deux pardessus. Non, je n'ai pas besoin de vêtements. Je pense que cet argent sauverait peut-être Timár. Peut-être une partie suffirait-elle pour l'aider. Pour sa laryngite ; et pour le reste. Je crois que s'il me le demandait, je le lui donnerais. Peut-être pas la totalité, mais très certainement une partie. Mais il ne m'a pas répondu, il ne m'a rien demandé. Je ne peux rien lui envoyer, je ne connais même pas son adresse.

Quand je pense à lui, j'éprouve une sorte de chaleur à son égard. J'ai décidé d'en parler ici, sans me censurer. Sans craindre certains mots. Il en est que j'ai honte d'écrire ou de prononcer. Par exemple : « cœur ». Ou : « tristesse ». Ou : « amour ». Je dois me forcer à les noter tels qu'ils me viendront, au fil de la plume.

Maintenant je dirais volontiers : quand je pense à Timár, c'est avec affection. Avec une sorte d'amitié chaleureuse, un bon sentiment. C'est la première personne en qui j'ai eu confiance. Le jour où il m'a vu et adressé la parole avec impertinence, c'est comme s'il m'était arrivé quelque chose. Je dois avouer que c'est la chose la plus grande, la plus rare qui puisse se produire pour un homme : que sans aucune raison, il ressente de la confiance envers un autre. On vit les uns à côté des autres. Comme des aveugles. Jusqu'au jour où l'on commence à entrevoir le monde par une mince ouverture. Ce qu'on discerne n'est peut-être pas grand-chose, mais ne manque pas d'exercer une énorme influence.

C'est comme si ce vide qui est en moi disparaissait. Comme si j'étais plus frais. Maintenant, en me forçant encore, je vais écrire le mot « tristesse » : ma tristesse semble s'atténuer.

Je n'aime pas ce mot. Je le trouve très sentimental. Cependant si j'analyse ce qui m'arrive depuis mon retour, je ne trouve pas de meilleur terme.

Je suis triste, simplement.

C'est un état comme un autre. Sans cause particulière. Ce n'est même pas si désagréable. On mange, on boit, on digère et on dort avec. Et pourtant, pendant ce temps, pendant que la vie se déroule, il se passe autre chose en moi. Je suis triste. Pourquoi ? Pour qui ? Je suis incapable de le dire. C'est une tristesse tellement paisible, tellement calme. Il y a quelque chose en elle qui fait du bien. Elle envahit tout. Je dors tristement. Je mange tristement. C'est comique, mais c'est ainsi. Que faire ? Je suis triste quand je suis au milieu des gens. Et triste quand je rentre chez moi. Pas « désespéré », pas « indifférent », pas « las de vivre ». Non. Triste. Que m'arrive-t-il ?

Personne ne remarque rien. J'ai toujours été grave en compagnie. Et maintenant, en apparence, je me supporte mieux. Cette tristesse est un sentiment étrange et paisible. Elle contient comme une attente sceptique. Ma journée tout entière en est remplie.

Quand on me demande : « Comment allez-vous ? », impossible de répondre : « Je suis triste. » Ce n'est pas une réponse. Mais c'est la vérité. C'est pourquoi je l'écris ici.

Quand je pense à Timár, cette tristesse s'atténue. Comme si cet effroyable vide qui existe dans ma vie et à l'intérieur de moi-même s'emplissait de quelque chose. Il se nourrit de peu : du souvenir d'un homme. Je ne savais pas à quel point c'est important.

La lampe est installée sur la table où j'écris et je vois ma main gauche, posée sur le papier. Il m'est apparu pour la première fois à quel point ma main a vieilli. Maintenant que je l'observe, c'est tout à fait surprenant, comme cette main trahit mon âge. Je crois qu'elle est plus marquée que mon visage. On ne vieillit pas en une seule fois, mais par petits bouts. Mes oreilles sont encore bonnes mais mes yeux sont déjà vieux. Je ne m'en rendais pas compte jusqu'ici.

13 octobre

Timár a dit qu'il fallait aimer quelqu'un. J'ai fait le tour de mes connaissances actuelles mais je n'ai trouvé personne que je pourrais aimer. Par exemple, je ne pourrais pas aimer le directeur. Ce n'est pas un méchant homme mais de là à éprouver de l'affection pour lui… Pas plus que pour le professeur de physique ou l'adjoint au maire avec qui j'ai coutume de jouer au tarot. Aucun d'entre eux n'est vraiment mauvais mais je n'y peux rien, je ne me sens pas capable de les aimer. Quelque chose me retient. Des connaissances féminines, que je pourrais aimer, je n'en ai point ; de toute façon, pour moi, c'est exclu. L'amour que l'on peut éprouver envers une femme entraîne trop de complications. Je crois qu'il est impossible d'aimer une femme comme ça, simplement. Il faut donner davantage. Et le temps des amours n'est plus de mon âge. Je suis passé à côté de ce temps-là.

Qui aimer alors ? Ma gouvernante ? La pauvre, elle a plus de soixante ans ; ce qui en soi ne serait pas grave, mais elle n'est pas attirante. Elle est vieille et acariâtre. C'est une créature bornée. Avec des habitudes déplaisantes. Il arrive souvent qu'elle se plante devant moi en se mettant les doigts dans le nez, comme si je n'étais pas là. Moi aussi, je le fais, mais seulement quand je suis seul. Chez les autres, ça me dégoûte. Je crois que cette vilaine habitude de ma gouvernante est une des raisons pour lesquelles je dîne souvent au restaurant ; et que j'y déjeune aussi, la plupart du temps.

Trouver quelqu'un à aimer est extrêmement difficile. L'humanité entière ? Timár lui-même affirmait que c'était très dur. Je crois que pour moi, c'est impossible. Autant me mettre à aimer les poissons ou les étoiles. Ce n'est qu'une abstraction dont je n'ai rien à faire.

Hier j'ai sérieusement réfléchi à l'idée d'acheter un chien.

15 octobre

Je ne vais pas transformer ma maison en ménagerie. En plus du canari, ma gouvernante s'est procuré un chardonneret ; je n'ai rien dit pour l'instant. J'attends de voir comment il chante. Le canari, je m'y suis habitué. Si j'achetais un chien, la ménagerie serait complète. J'ai abandonné cette idée.

20 octobre

Je suis triste.

28 octobre

Les après-midi raccourcissent de façon perceptible. Cela n'affectera en rien la durée de mes promenades. Je marcherai dans le noir. Il fait encore doux, mais les arbres sont déjà presque dénudés. J'ai attrapé une indigestion.

29 octobre

Nous avons commencé les Odes d'Horace. Résultat médiocre. Piètre matériau. Je dois reconnaître pourtant que je suis satisfait de Madár. Il a un bon sens de la langue, il se débrouille de façon astucieuse en latin. Il a fait une excellente version ce matin.

Il ne faut pas que je tarde trop à commencer mes interrogations. Et puis, même si cela m'est très pénible, je vais être obligé de m'occuper des élèves filles. Jusqu'ici, dans la mesure du possible, je les ai négligées. De toute façon, je n'ai vraiment interrogé personne jusqu'ici. Ce qui me gêne par rapport à elles, c'est que ce ne sont plus des enfants, ce sont des jeunes filles, dans l'ensemble. Je n'ai aucune expérience dans la manière de traiter des élèves filles. Pour m'adresser à elles, il faudra que je les appelle : « Mademoiselle ». Chose incongrue. Méthode incongrue. C'est pour moi un sujet de tension à cause de mon manque d'expérience en ce domaine.

30 octobre

Si j'avais de la religion, je pourrais aimer Dieu. Il y a beaucoup de gens qui s'immergent dans l'amour de Dieu et dans une vie fondée sur le respect de ses commandements. C'est l'essence même de leur existence. C'est très confortable et, apparemment, tout à fait satisfaisant. Je ne suis pas absolument persuadé de vivre selon les préceptes de Dieu. Du point de vue de la ferveur religieuse, certainement pas. Mais par ailleurs, je m'efforce d'obéir aux injonctions de ma conscience. Je ne fais de tort à personne. Je ne souhaite de mal à personne. Je travaille là où le sort m'a placé et je fais ce que je suis censé faire. Cependant je dois avouer que je ne me sens pas proche de Dieu. Celui qui a de la religion, ce sentiment l'envahit complètement. Moi, non.

Aujourd'hui, j'ai pensé à la misérable condition de l'être humain. Sa quête d'amour l'amène à examiner pareillement l'achat d'un chien et la croyance en Dieu. Il semblerait que Timár ait raison. On ne peut vivre sans aimer.

3 novembre

Gelée blanche. Il va falloir songer au chauffage. L'hiver arrive plus tôt cette année. Je me suis rendu compte de quelque chose, mais je ne veux pas encore le noter.

4 novembre

Il est possible que je me trompe mais je vais l'écrire malgré tout. Cet été, à Virágfüred, j'ai eu le sentiment pendant quelques jours d'attendre quelque chose, peut-être une nouvelle qu'on m'annoncerait. Cette attente ne m'a pas quitté durant des jours. Certes, j'étais alors malade. J'en trouve des traces dans ce journal. Mais je crois que depuis quelques jours, ça recommence. Peut-être pas aussi fortement que cet été. C'est plus diffus. Je veux ne pas en tenir compte. Pourtant... à chaque fois qu'une porte s'ouvre, je lève les yeux. Je me suis également rendu compte que lorsque je marche dans la rue, je regarde autour de moi et j'attends qu'une personne vienne à ma rencontre en m'apportant une nouvelle.

5 novembre

Il faut se méfier de ce genre d'observation sur soi. Je me suis aperçu qu'une affirmation de ce type, faite à la hâte, entraînait un certain état d'esprit qui, au départ, n'était pas forcément aussi évident. On déclare : « J'attends quelque chose » et à partir de cet instant, on se met à attendre vraiment. C'est dangereux.

Mais, en dépit de cela, ce « j'attends quelque chose », même moins urgent que l'été dernier, rôde autour de moi. Dans ma chambre. Me poursuit dans la rue. Ça m'accompagne jusque dans ma salle de cours, la salle des professeurs et au cercle.

Au cercle justement, j'y suis monté un peu plus tard que d'habitude, aujourd'hui. À mon arrivée, il y avait une foule exceptionnelle à cause de la présence du comte, venu de ses terres. On jouait au *ferbli*[1]. La fumée était dense et on avait allumé les lampes car il fait nuit plus tôt. Les silhouettes des gens se confondaient dans ce grand nuage de fumée de pipes et de cigares. Je me suis assis dans un coin et j'ai observé la foule. Les corps donnaient l'impression de nager dans le brouillard. J'ai éprouvé un instant le sentiment d'être dans un aquarium où, sur un fond marin sombre et poisseux, se déplaçaient en silence des corps gris et lourds. Des poissons gris évoluant toujours dans le même élément, dans le même silence. Et moi, comme eux, à jamais échoué dans mon coin,

---

1. Jeu de hasard avec des cartes.

comme une vieille et lourde araignée de mer grise. Sans un mot, sans un bruit.

7 novembre

Givre et premiers frimas. Le sol est un peu gelé ce matin. J'ai mis mon manteau d'hiver. Je crois que ce n'est que la première alerte du froid et que nous aurons encore des jours de pluie et de boue avant la première neige et les véritables gelées.

De la fenêtre la plus éloignée du laboratoire de physique, on voit les monts Tátra. Seuls les sommets les plus hauts, bien sûr : le pic de Lomnic et le pic François-Joseph. Même en été, ils sont enneigés. Aujourd'hui, l'atmosphère est particulièrement pure et, pendant les cours du matin, Mészáros m'a invité à monter au laboratoire : on distinguait tout à fait clairement les sommets. Si proches et si nets qu'on aurait cru que les montagnes se trouvaient devant la ville et non pas à 250 kilomètres. C'est extraordinaire que l'homme puisse voir aussi loin à l'œil nu.

J'ai mis le chauffage pour la première fois aujourd'hui. La ville entière devient plus chaleureuse et plus agréable au premier jour de froid. Le concierge a calfeutré les bords des fenêtres avec du coton. J'ai remarqué à nouveau qu'il était fortement alcoolisé. J'ai observé au cours des vingt-cinq dernières années qu'il boit beaucoup plus en hiver qu'en été. C'est un buveur hivernal. Dès les premiers jours de froid, il se soûle copieusement, et tant que dure l'hiver, il ne dessoûle pas complètement.

J'ai pensé pour la première fois aujourd'hui que s'il boit autant, c'est peut-être qu'il a un chagrin caché.

J'étais assis près de la table de conférence et je l'ai observé longtemps, tandis qu'il bricolait les fenêtres de ses mains mal assurées. Cette année, sa figure est beaucoup plus couperosée que l'an dernier ; ou est-ce moi qui n'ai rien remarqué l'an passé ? Son visage est bouffi, rubicond, les pores élargis, presque des trous, la peau comme une éponge. Il a quelques années de plus que moi. Un vieux jeune homme. Tous les matins, lui et son aide transportent péniblement les lourds paniers de bois à l'étage. Il doit aussi nettoyer les salles de classe, les chauffer, s'assurer des sonneries... ce doit être beaucoup de travail pour un homme de son âge. Ses mains tremblent. Il est usé. Il a trois enfants, dont l'un, il est vrai, gagne sa vie. Son salaire s'élève à trois fois rien, si ce n'est qu'il est logé et se fait un peu d'argent en vendant des goûters aux élèves. Quant à nous, les professeurs, nous lui donnons de temps en temps un pourboire. Pourquoi boit-il ? En le regardant bricoler de ses mains tremblantes, la question m'a échappé :

« Pourquoi buvez-vous, Kudlicsek ? »

J'ai immédiatement regretté ma question mais il était trop tard. Il a abandonné ce qu'il était en train de faire, pris de peur, et il m'a regardé d'un air affolé ; il y avait tant d'embarras, d'humilité, de panique insidieuse dans sa réaction que j'en ai éprouvé une profonde compassion à son égard.

« Je ne bois pas, monsieur.

– Je voulais dire, depuis combien de temps buvez-vous, dis-je pour tenter de l'apaiser.

– Je ne bois pas, monsieur. Jamais de vin.

– De la pálinka[1] ?

– Seulement le matin, monsieur. Quand je me réveille. On en a besoin avant d'aller travailler, monsieur. Et c'est moins cher. »

De plus en plus troublé, il m'a expliqué que la pálinka coûtait moins que le vin. Ça, je sais. J'ai essayé de comprendre aussi pourquoi il buvait sa première pálinka le matin. Ce doit être sa façon de se réchauffer pour la journée. De le maintenir dans un léger état d'ébriété qui lui permet sans doute de mieux supporter le travail quotidien.

« Quel âge avez-vous ?

– Cinquante-huit ans. »

Voilà vingt ans que je vis à proximité de Kudlicsek mais ce n'est qu'aujourd'hui que j'apprends sur lui quelque chose de plus précis. Le fait qu'il ait cinquante-huit ans. Quand on lui a attribué ce poste, Kudlicsek était un homme jeune et honorable, au visage rougeaud et à la moustache cirée. Je me souviens de lui debout devant le portail de l'établissement, une grande cloche à la main, de bonne humeur, imposant ; de lui émanaient du respect et une déférence amicale. Son épouse vivait encore à cette époque-là, une grosse femme aimable que je n'ai jamais aperçue autrement qu'à la porte de la conciergerie, derrière une table où était amoncelée une masse de petits pains beurrés au jambon. Dans ce temps-là, Kudlicsek buvait encore certainement

1. Eau-de-vie fabriquée à partir de fruits, généralement prunes, abricots, poires.

du vin. Il était jeune, sain et n'avait pas de problèmes d'argent. Il s'est abîmé sous mes yeux, il est devenu un autre homme et à aucun moment je ne me suis rendu compte de sa déchéance. À présent, il n'est rien d'autre qu'un ivrogne de concierge. Son dos est courbé. Je me souviens encore de lui quand il avait le dos droit, et de sa fière allure quand il se tenait debout à la porte avec sa moustache noire…

… et moi ? Oui, moi ? Comment suis-je maintenant ? Et comment étais-je alors ? Sur le mur derrière la table de conférence où j'étais assis et où je leur tournais le dos, sont alignées les photos de classes, prises en fin d'année. Une trentaine ou plus. Je figure sur la plupart d'entre elles. Il faut me chercher sur la première, dans un coin : comme Kudlicsek jadis, moi aussi je suis debout bien droit. Je porte moi aussi une petite moustache noire ; je l'avais fait pousser avec beaucoup de soin, parce que j'avais l'impression d'être trop jeune. La dernière date de l'an passé. Je suis debout à côté du directeur, en tant que doyen des professeurs.

Je me demande comment Kudlicsek me perçoit. Je n'ai pas osé lui poser la question. Je lui ai donné une couronne pour sa pálinka. Je crois que personne ne boit juste pour boire. Chacun doit avoir une raison.

8 novembre

Une conversation m'a beaucoup contrarié aujourd'hui. Avec le professeur d'histoire. À midi, il vient me voir dans la salle des professeurs et me dit, très énervé : « Je t'en prie, si tu peux, interviens. C'est insupportable. Tu te rends compte, je viens d'apprendre aujourd'hui que nous sommes sous surveillance.

– Sous surveillance ? Comment ça ? lui ai-je demandé, inquiet.

– Toi aussi, j'en suis sûr. Écoute, tous, nous sommes tous surveillés. Tous les professeurs. Le directeur a donné comme consigne à Kudlicsek de prendre des notes sur nous, de contrôler avec combien de minutes de retard nous arrivons au travail le matin. Tu comprends ? Kudlicsek est un espion. Tous les jours, à midi, il rend son rapport au directeur. Il possède une liste avec tous nos noms, tous les noms des professeurs. Et de sa loge, il nous guette chaque matin, pour voir combien de retard nous avons. À midi, il donne la liste au directeur. Tu vois, moi par exemple, hier matin, je ne me suis pas réveillé, j'ai dormi juste quelques instants de trop. Avant-hier soir, tu sais, il y a eu une petite fête. Je suis arrivé à huit heures et quart en cours. Tu penses bien que l'école ne s'est pas écroulée. Ma classe était calme. Eh bien, figure-toi qu'hier…

– Oui ?

– Le directeur m'a convoqué… Pour me dire que j'étais arrivé en retard. Et que ça ne se reproduise plus. Écoute, c'est insupportable. Humiliant. Détestable. Nous, professeurs, ne devons pas tolérer cela. Que Kudlicsek nous espionne ! Ce système dans son ensemble ! Je suis sûr que le directeur m'a pris en grippe. Parce que moi, tu sais, je…

– Mais, mon cher garçon… lui ai-je répondu, très embarrassé. Tu n'étais donc pas au courant ?

– De quoi ? m'a-t-il demandé, choqué.

– Mais… Que Kudlicsek et le directeur… Qu'il lui signale tout ?… Tu l'ignorais ?… Qu'ils savent à quelle heure nous arrivons et plus encore, où nous allons, ils savent tout… Et toi tu n'étais pas au courant ?…

– Non, répliqua-t-il, le visage tout pâle.

– Pourtant… c'est ainsi depuis que je suis ici », lui ai-je dit.

Il a regardé devant lui :

« Et toi… s'est-il enquis, bouleversé, ni toi… ni personne d'autre… personne n'a jamais protesté… Personne ?

– Non, jamais personne, ai-je répondu.

– Alors c'est différent, a-t-il continué. Oui, bien sûr, c'est différent. Si c'est comme ça… »

Il a pris son chapeau et il est parti – j'ai voulu le rattraper. Pauvre garçon… Mais qu'est-ce qu'il s'imagine ? Pauvre garçon. Qu'est-ce qu'il croit ?

Toutefois l'histoire m'a énervé. Je n'y peux rien. Je ne comprends pas comment il se fait qu'il n'ait rien su. Parce qu'il est normal que le directeur nous fasse surveiller.

9 novembre

J'ai assisté au baptême. Il était identique à tous les autres. Il est intéressant de noter que les rites consacrés à la mort ne diffèrent en rien de ceux de la naissance. Nous avons mangé les mêmes mets, bu les mêmes vins et tenu les mêmes discours. Je me suis senti mal à l'aise. Ce n'est pas de sitôt que je retournerai à un baptême.

11 novembre

Le froid persiste. S'il dure encore ainsi, il va y avoir de la neige dans les jours qui viennent. Cet après-midi, vers cinq heures, j'arpentais la promenade du Bastion quand soudain est apparu, marchant en sens inverse, Madár, mon élève. Il escortait deux jeunes filles. Lorsqu'ils sont arrivés près de moi, tous les trois m'ont salué. Il faisait déjà sombre entre les arbres mais je les ai reconnus : mon élève, Madár, et l'une des deux jeunes filles, une brune au visage fin, était la fille Cserey, une des six filles de la classe. Margit Cserey. En rentrant chez moi, j'ai vérifié son nom dans mon carnet, c'est bien ainsi qu'elle s'appelle. Margit Cserey. Une fille calme, au comportement très discret en cours. Elle avait de bons résultats l'an dernier. Conséquence de la mixité – les élèves, filles et garçons, se promènent ensemble sur le chemin du Bastion : que dirait Mészáros ? Il est vrai que c'était un temps idéal pour la promenade, un beau temps d'hiver. Ils sortaient peut-être de cours. Je me souviens qu'ils tenaient des cahiers à la main. Peu importe, je n'aime pas trop que les garçons accompagnent leurs camarades filles.

Demain, en classe, je vais leur en toucher un mot.

12 novembre

Je n'ai pas mentionné le sujet.

13 novembre

Aujourd'hui non plus je n'ai rien dit. L'occasion ne s'est pas présentée. J'attendrai une autre opportunité, la prochaine fois que je les verrai. Je ne doute pas que cela se reproduira bientôt. Je suis surpris que ce soit justement avec l'élève Cserey que j'ai rencontré Madár. Des six, c'est elle qui a la meilleure conduite. La fille que j'aurais plutôt imaginée se promener avec des garçons est une blonde, celle qui est assise au milieu du banc, Vilma Lángos. Je n'ai pas grande expérience dans l'évaluation des élèves filles mais il y a quelque chose dans l'attitude de Lángos qui justifie le soupçon qu'elle se promène avec les garçons. Elle porte des corsages échancrés et ses cheveux sont coupés court. Cela dit, la fille Cserey a les cheveux courts aussi, mais ils sont noirs. Je vais les tenir à l'œil.

Je ne doute pas de les rencontrer à nouveau.

14 novembre

Aujourd'hui, à mon heure habituelle, j'ai effectué ma promenade quotidienne au Bastion. J'y suis resté assez longtemps, à faire des allers-retours, j'ai dépassé mon horaire d'un quart d'heure. Je n'avais aucun but précis, toutefois je comptais un peu surprendre les jeunes flâneurs. Ils ne sont pas venus. Demain, je n'irai pas me promener. Après-demain, je tomberai vraisemblablement sur eux.

15 novembre

L'habitude est plus puissante que la volonté. Je me suis mis en route vers le Bastion comme à l'accoutumée. Je n'ai pas eu de chance cette fois-ci. Après cinq heures, deux élèves sont arrivées comme l'autre fois en face de moi, la fille Cserey et une autre, une certaine Teréz Neumann. Mais Madár n'était pas avec elles. Je les ai saluées en premier, vu qu'elles étaient seules.

Je ne trouve rien à redire au fait que deux lycéennes prennent l'air pour des raisons d'hygiène.

17 novembre

Grande excitation entre nous, dans la salle des professeurs et dans toute la ville. Le professeur d'histoire, ce malheureux jeune homme, vient de démissionner.

Je l'ai appris à neuf heures, à la fin de la première heure de cours. Le directeur nous a convoqués pour une brève réunion où il nous a fait part de la nouvelle. Il était hors de lui. Son visage était livide et il bafouillait. Il nous a montré une lettre – inqualifiable, nous a-t-il annoncé, ulcéré – dans laquelle le professeur d'histoire l'informe de sa démission et où il calomnie le directeur, le corps professoral et le système dans son ensemble. « Quel système ? s'est écrié le directeur, les lèvres blêmes. Je vous le demande, messieurs, quel système ? Celui-là même dont je reconnais que la tolérance excessive et le sentiment de convivialité ont laissé les choses aller tellement loin que, dans le corps professoral, dans ce corps respectable dont j'ai la chance d'être le directeur, la tête, le patron (à chaque mot, le directeur se redressait de plus en plus), que dans cette institution a pu émerger l'esprit de la révolution ? Oui, messieurs, l'esprit de la révolution ! Réfléchissez, messieurs ! Où cela nous mène-t-il ? Moi qui suis, de par la volonté du plus haut des ministères, votre patron… »

Arrivé là, le directeur s'arrêta net. Plusieurs d'entre nous approuvaient du chef. Je m'en suis rendu compte parce que moi aussi, par deux fois, je m'étais surpris à hocher la tête. Le directeur s'est rendu compte qu'il avait entonné son discours trop haut. Il n'arrivait plus à monter la voix. C'était comme s'il avait dit : « De par la grâce de Dieu, moi votre chef apostolique… » C'est ce qui m'est venu à l'esprit et il a fallu que je me contrôle pour ne pas éclater de rire. J'ai regardé devant moi d'un air furieux et scandalisé par peur de m'esclaffer.

« Il écrit, continua le directeur, notre collègue égaré, que j'ai porté atteinte à sa dignité d'être humain. Moi, porter atteinte à sa dignité d'être humain ? Et comment ? » Il se mit à tousser et à ricaner. « En lui faisant remarquer, avec une bonne volonté toute paternelle, qu'il arrivait en retard pour ses cours parce qu'il faisait la bombe ? N'est-ce pas mon droit ? N'est-ce pas mon devoir ? Je vous en prie, messieurs, répondez-moi. Répondez à votre collègue égaré. Il dit aussi… qu'il a préparé au nom de tout le corps professoral un réquisitoire auprès du ministère où il dénonce le fait que je traite mes professeurs comme un tyran – oui, il a utilisé ce mot-là, un tyran – et que j'ai institué un système d'espionnage dans l'établissement. Un système d'espionnage ? Kudlicsek me fait des rapports ? Et alors, ne suis-je pas tenu de savoir tout ce qui se passe au sein de l'institution et en dehors ? Qui est responsable ici ? Et lui qui moucharde au ministère ! Un professeur contre son directeur ! Ah non, vraiment… »

Je ne l'avais jamais vu dans cet état. J'ai passé en revue les collègues. Ils étaient assis sans mot dire. Tous les regards étaient fixés sur le directeur. Sur la physionomie de Mészáros transparaissait un peu de dégoût.

Loránt, le professeur d'allemand, qui zézaye, a été le premier à se lever et à suggérer que l'ensemble des professeurs écrive un texte au ministère pour marquer notre soutien au directeur et lui prouver notre solidarité en réfutant à l'unanimité cette attaque indigne.

Le texte a été rédigé immédiatement.

Nous avons été un certain nombre à le signer. J'en fais partie. Le directeur nous a remerciés de notre confiance.

Après la réunion, Mészáros est venu me voir.

« Viens avec moi, m'a-t-il dit.

– Où ?

– Chez ce garçon, chez Szilassy. Je voudrais lui dire adieu. Tu viens ? Toi aussi, tu t'entendais bien avec lui.

– D'accord » ai-je promis.

Il est 6 h 30. Nous avons rendez-vous à 9 h. Je ne sais pas si je fais bien d'y aller.

18 novembre

Que ce soit bien ou pas, en tout cas, j'y suis allé. Je ne crois pas que cette visite porte à conséquence. Mészáros est un homme prévoyant. Selon moi, il l'est même un peu trop, il est circonspect. Par exemple, c'est lui qui a suggéré d'aller rendre visite à Szilassy le soir, à neuf heures. Passé cette heure-là, il n'y a quasiment plus personne dans les rues de notre ville. Ce qui révèle de la part de Mészáros une certaine prudence. Je crois que de moi-même, je serais allé faire mes adieux à Szilassy. Il m'était sympathique. C'était d'ailleurs le seul parmi les jeunes professeurs qui m'était sympathique. Je le dis sans ambages : si cela n'avait tenu qu'à moi, je n'aurais pas attendu neuf heures pour aller voir Szilassy. J'y serais allé en plein jour, à cinq heures de l'après-midi. Ou même sept heures du soir, quand il y a le plus de monde dans les rues. Dans ce journal, cela n'aurait aucun sens que je me présente à moi-même autrement que je ne suis en réalité. Je ne suis pas un héros. Je ne suis pas prêt à prendre fait et cause pour faire triompher la vérité des autres. J'ai signé sans un mot la déclaration de confiance au directeur. Soyons sincère : je n'y ai rien trouvé à redire. On s'habitue à tout. Y compris à se glisser dans des rôles divers. C'est comme ça, c'est dans l'ordre des choses. Il faut faire des concessions. Celui qui n'en fait pas, s'en va, avec pertes et fracas. Comme ce Szilassy.

En tout cas, je note qu'en ce qui me concerne, je serais allé chez lui en plein jour. Pas comme ça, après la fermeture des portes, dans le noir : comme nous l'avons fait. Mais c'est Mészáros qui a proposé que les choses se passent de cette façon. J'ai simplement donné mon accord.

Quand je suis arrivé, Mészáros y était déjà. Szilassy habite dans la rue Florián, en location. C'est une petite rue assez écartée où vivent deux de mes élèves. L'un d'entre eux est Puliszka. L'autre est une des jeunes filles, mais ça, je ne l'ai appris qu'aujourd'hui, c'est Margit Cserey. Elle habite chez ses parents. Son père fabrique du pain d'épices, ici on dit qu'il est paindépicier. Je ne savais pas que Cserey avait son atelier ici, dans la rue Florián.

Mészáros me l'a fait remarquer. Il était gêné. Quand je suis entré chez Szilassy, il a souri d'un air contraint et a dit à ce dernier :

« Ferme les volets, s'il te plaît. Nous sommes au rez-de-chaussée. La fille Cserey pourrait nous voir et demain la rumeur courrait que deux professeurs du lycée se retrouvent pour comploter la nuit.

– Cserey ? ai-je demandé. Celle qui est dans ma classe ?

– Oui, a répondu Mészáros, avec énervement. Ferme les volets ! »

Szilassy n'a rien répondu. Il a tendu la main et fermé les volets. Il portait une robe de chambre lilas. Ah… ces jeunes ! Toutes leurs affaires sont différentes des nôtres, à nous, les vieux. Moi, j'ai une robe de chambre couleur tabac. Je croyais jusqu'ici que le lilas était une couleur portée par les dames. C'était la première fois que j'entrais chez Szilassy. La chambre qu'il occupait était voûtée, basse de plafond, étroite et toute en longueur. Un Bouddha de cuivre trônait sur la table de chevet. En haut d'une étagère remplie de livres était posé un violon dans son étui. Sur le bureau, une grande cruche contenait un imposant bouquet de fleurs, des chrysanthèmes et des dahlias. Il possède beaucoup de livres. Plus que moi. Il lit l'anglais, le français. Un ordre méticuleux régnait dans la pièce, ce que j'apprécie. Chaque livre à sa place. Sur le bureau, les cahiers, les papiers, le papier à lettres, tout était bien rangé. C'est un homme ordonné. Je ne comprends pas… Je sais qu'il vient d'une bonne famille. Son père est médecin à Budapest. Peut-être sont-ils même aisés, je ne sais pas. En tous les cas, il y a quelque chose derrière tout ça. C'est évident qu'il est plus facile dans ces conditions d'avoir de grands sentiments… beaucoup plus facile.

Si j'écris ces mots, ce n'est pas qu'au fond j'en voudrais à Szilassy de posséder plus que moi. Au plus profond de mon âme, il y a longtemps que j'ai pardonné à tous ceux qui ont plus que moi. Mais je tiens à servir la vérité en remarquant que c'est plus facile.

« Alors, tu pars ? » dit Mészáros.

Szilassy nous a versé de la pálinka à la noix et a répondu :

« Oui. Je vous remercie d'être venus me trouver. À vrai dire, je n'y comptais pas. D'après ce que j'ai entendu dire, cette triste bête de directeur a fait signer une sorte de déclaration à l'honorable corps. Et tout le monde a signé. Y compris vous. »

Nous sommes restés cois. Je n'osais pas regarder Mészáros. Szilassy a continué :

« Ça ne fait rien. Je vous le dis d'emblée : je ne le prends pas mal. Sans doute faut-il qu'il en soit ainsi. Seulement je vous plains infiniment.

– Qui ? demanda Mészáros, sur un ton nerveux. Nous ? Moi ?

– Toi aussi, dit calmement Szilassy. Toi aussi, cher Mészáros.

– Ne me plains pas, a rétorqué Mészáros, vexé. Je ne suis pas venu chez toi pour me faire plaindre. Mais…

– Mais ? Pourquoi es-tu venu ? C'est toi qui veux me plaindre ? Trop tard. Allons, laissons cela. Je te comprends… et toi aussi. » Il s'est tourné vers moi. « Je n'en veux à personne. Tu sais quoi ? Même pas au directeur. Je suis désolé pour lui aussi. Pauvres, pauvres taupes. Ce n'est même pas à cause de lui que je m'en vais. Même pas à cause de cette vilaine histoire. Je m'en suis servi comme prétexte. Je me suis rendu compte que je m'étais trompé. Je ne suis pas fait pour être professeur. J'étouffe. La nuit, dans ce lit, seul avec mes pensées, les souvenirs et les visages de ma journée, les fragments de phrases restés dans mes oreilles… tu sais ce que je ressentais parfois ?

J'avais l'impression d'étouffer. Ou que j'allais me mettre à vomir. Une fois, je m'en souviens précisément, j'ai vraiment failli vomir. Voilà : je ne supporte pas cette vie à l'école, je le reconnais. J'avais imaginé les choses autrement. Si quelqu'un s'était préparé honnêtement à devenir professeur… c'était bien moi. Je voulais enseigner. Modeler des hommes nouveaux… Mes amis ! Quel métier ! Mais ce n'est pas possible. Le système est plus fort, beaucoup plus fort… et si c'est pour pétrir de la glaise et ne rien en faire…

– Quelle sorte d'hommes nouveaux ? a demandé Mészáros. Je te pose la question. Un homme, c'est un homme. Un animal nuisible, une fripouille si on ne le brise pas. C'est le rôle de l'école.

– C'est le rôle de l'école », a répété Szilassy.

Je lui ai demandé :

« Que vas-tu faire ?

– D'abord un scandale, a-t-il répondu avec un sourire. Un petit scandale, à ma mesure. J'ai quelques amis journalistes. Pas ici, là-bas, à Budapest. Tu sais, ça sert toujours. Même si la fenêtre que tu casses avec ton coude est petite, l'ouverture laisse entrer un peu d'air. Après je verrai. J'irai enseigner à ma façon…

– Où ? a demandé Mészáros d'un air supérieur.

– Ici, a répondu Szilassy, en tapant sur la table. Un bureau, c'est aussi une chaire. Une chaire immense. Haha, mes amis… Je vais essayer d'enseigner l'histoire à partir d'ici. »

Mészáros souriait. Moi aussi, involontairement. Je songeais à ce cahier dans lequel j'écris actuellement.

Il y a vingt-huit ans, je mentionnais dans les premières pages un mémoire qui fournirait une nouvelle direction à la recherche philologique. Je n'en ai pas écrit une page, ni une ligne. Et je n'y ai repensé qu'il y a peu de temps, quelques semaines… Comme il est jeune, ce Szilassy !…

Mészáros a exprimé ma pensée :

« Tu es encore jeune, mon ami. Mais ta pálinka est bonne. »

Szilassy nous en a versé encore.

« Oui, ma pálinka est bonne. Buvez. Je prends le train demain soir. Je serai à Budapest au matin. Je disparaîtrai dans la brume. Quand on commence une nouvelle vie… Après je monterai au journal. Je crois que le moment n'est pas si mal choisi.

– Mais ton scandale… dit Mészáros. Écoute, Péter, c'est ce que je veux te demander. Laisse tomber le scandale, mon garçon. S'il ne s'agissait que du directeur ! Moi aussi, je le déteste. Il se prend pour César, sans aucun conteste. Mais il s'agit de nous aussi, tu vois. Il ne faut pas gonfler l'événement. Si tu fais un scandale, il nous retombera dessus. Il nous ridiculisera. Ici, dans toute la ville… et ailleurs. Que le directeur nous terrorise, comme si nous étions des élèves, qu'y faire, mon garçon ? Si c'était un autre directeur, tu crois… Que s'est-il passé au fond ? Crois-moi, Péter, si tu avais été parmi nous aussi longtemps que nous, pendant dix, vingt ans… et si tu étais directeur aujourd'hui… Peut-être ne serais-tu pas différent…

– Tu crois ? demanda Szilassy.

– Oui, s'est empressé de rétorquer Mészáros.

– Tu as raison. C'est pourquoi je m'en vais. »

Et quand Mészáros a repris :

« Donc, mon petit Péter… Laisse tomber le scandale.

– Sais-tu, a dit Szilassy avec lenteur, que tu figures aussi dans les notes du directeur ? »

Mészáros n'a pas répondu.

« Il est dit, excuse-moi, que tu entretiens une relation avec une dame, dans les faubourgs de la ville, et que tu la vois tous les mardis et vendredis entre quatre et six heures de l'après-midi. Et ce, depuis trois mois. Le directeur est renseigné. Par Kudlicsek qu'il a chargé de te suivre. Tu le savais ? »

Mészáros a baissé la tête :

« Oui, dit-il humblement.

– Tu es au courant ? a demandé Szilassy qui s'est levé d'un bond. Tu le sais et tu ne réagis pas ?

– Je t'en prie, a fait Mészáros en regardant devant lui. Qu'est-ce que je peux faire ? Il sait tout de chacun d'entre nous. C'est sa passion. Dis-moi : que puis-je faire ? C'est une chose tellement… tellement pénible. Qu'y puis-je ? »

Mészáros s'était complètement effondré. Je n'en croyais pas mes oreilles. Mészáros ? Une relation ? Dans les faubourgs ? Avec une dame ? C'est incroyable. Mais il a avoué.

« Et toi, comment le sais-tu ? ai-je demandé à Szilassy.

– Ah oui, c'est ça : comment est-ce que je le sais ? a-t-il dit gaiement. Bonne question. Eh bien, je le tiens de la même source : Kudlicsek. Il est venu me voir cet après-midi. Pour vingt couronnes, mon ami…

j'ai tout appris. J'ai acheté la liste. Les faits et gestes de l'honorable corps enseignant. Je sais que Loránt a un locataire, un jeune juriste qui lui paye chaque mois un loyer qui dépasse tout ce que Loránt gagne, et que pour cette raison, il tolère que le jeune homme entretienne une liaison avec sa femme… Je sais que le directeur a récemment emprunté de l'argent sur une lettre de change à la caisse d'épargne pour payer les frais du mariage de sa fille, et qu'il rembourse sa dette en servant de répétiteur au fils à moitié débile du directeur de la caisse d'épargne… Je sais que… Enfin, tout ce que tu veux… Kudlicsek est incroyable.

– Qu'as-tu appris sur moi ? lui ai-je demandé.

– Sur toi ? il a tourné les yeux vers moi. Rien. Qu'y a-t-il à savoir ? Que tu es quelqu'un qui ne sait même pas ce qu'est la vie ?…. »

J'ai rougi parce que je me suis rappelé la scène devant l'affiche. Il savait quelque chose sur moi mais il n'en a rien dit. Je dois lui être reconnaissant de sa discrétion. Mais tout de même, qu'il m'ait traité d'enfant… lui, qui est tellement plus jeune que moi ! Étrange jeunesse.

« Et tu comptes écrire tout ça ? s'est enquis Mészáros, choqué.

– Mais non. » Il a fait un signe de la main. « Ce n'est pas intéressant. Secrets de taupes. »

Mészáros était complètement bouleversé. Après avoir fait nos adieux, nous sommes rentrés chez nous en silence. Il m'a raccompagné. Devant ma porte, il m'a dit :

« C'est un homme dangereux. Il vaut mieux qu'il s'en aille. Il finira mal. C'est un dépravé. Crois-moi, il finira mal. »

Je n'ai rien répondu.

20 novembre

Hier soir, je suis passé devant le logement de Szilassy. Sa fenêtre n'était pas éclairée. J'ai compris qu'il était parti. Dommage. Apparemment, ceux qui le peuvent s'en vont. Moi, je suis terrifié à la seule idée qu'il me faudrait quitter ce lieu.

Quelqu'un de moins pour moi. Je n'ai plus personne ici.

En rentrant chez moi, je suis passé devant l'atelier de Cserey le fabricant de pain d'épices. Malgré l'heure tardive, on y travaillait. Il est vrai que demain, il y a la foire. C'est lui, Cserey, dont la fille a pris l'habitude de traîner avec les garçons.

Le brouillard est tombé avec la nuit. Je vais me coucher tôt aujourd'hui. Le directeur a envoyé un télégramme à l'Inspection pour qu'ils nomment un remplaçant. L'idée a été évoquée d'organiser un banquet en l'honneur du directeur. Mais ce projet a été rapidement abandonné parce que trop coûteux.

Szilassy a dit que je ne savais même pas ce qu'était la vie. Je ne lui ai pas répondu. Je n'aime pas discuter. Que répondre à cela ? Je ne sais pas ce qu'est la vie. Mais alors, qui peut savoir ? J'ai cinquante-quatre ans. Presque cinquante-cinq, puisque mon anniversaire est en février prochain. Et je ne saurais pas ce qu'est la vie ? Un enfant… mais c'est lui, l'enfant.

Mészáros ne me sort pas de la tête. Une liaison dans le faubourg… Un homme marié ! Presque du même âge que moi. Je n'aurais jamais cru ça de lui. Quand j'entends des choses pareilles, je penserais presque que Szilassy a raison, que je ne connais rien à la vie.

22 novembre

Le remplaçant est arrivé. C'est un jeune homme, mais très respectueux. Très poli envers tout le monde. Ses parents sont paysans. Il est allé se présenter à tous les collègues, moi y compris. Je n'ai pas su quoi lui dire. Le directeur déclare que c'est de la bonne graine. À part ça, on commence à oublier l'incident.

Le brouillard dure, je crois que demain ou après-demain, le temps tournera à la neige. Je n'aime pas me promener dans le brouillard. On ne voit rien. Aujourd'hui je ne suis même pas allé au Bastion.

23 novembre

Depuis que le chardonneret partageait la cage du canari, ils se taisaient tous les deux. Ma gouvernante prétend qu'ils ne s'entendent pas bien, que c'est là la raison. Hier elle a acheté une cage rien que pour le chardonneret et depuis, le vacarme est infernal. Je vais être obligé de me débarrasser de cet oiseau parce que sa voix est désagréable.

24 novembre

J'ai mal aux dents.

25 novembre

Aujourd'hui, devoir sur table. J'avais mal aux dents. En début d'heure, j'ai distribué sans tarder les cahiers et donné le sujet puis je me suis assis à mon bureau sur l'estrade et j'ai appliqué un mouchoir sur ma joue douloureuse. Cette rage de dents est terrible.

Ces heures-là sont les plus ennuyeuses. Mais aujourd'hui j'ai utilisé ce temps pour observer mes élèves à loisir.

Hier j'ai recopié au propre la liste alphabétique dans un nouveau carnet parce que dans les jours qui viennent, il va falloir que je me décide à mettre des notes. J'ai placé le carnet devant moi et j'ai cherché les visages correspondant à certains noms.

J'avoue qu'en prenant cette classe, j'avais un préjugé qui ne m'a pas lâché depuis. J'éprouve une certaine gêne. Pour la contrer, au début, j'ai été trop sévère et trop pointilleux. J'ai insisté sur la discipline avec plus d'exigence que d'ordinaire ; comme si j'en avais eu besoin ! Je ne peux pas me plaindre : leur attention est presque parfaite.

Mészáros aurait-il raison de prétendre que les filles ont leur part d'influence à ce sujet ?

Je ne sais pas. Au début, j'ai cru que ma gêne en entrant dans cette classe était due au simple fait que c'était une terminale. Ces six dernières années, je me suis occupé exclusivement des petits. Les sixièmes, les cinquièmes, les quatrièmes. Je n'ai enseigné que trois fois au-delà de la troisième. Je me suis pour ainsi dire spécialisé dans les petites classes. Sans vouloir me flatter, je peux dire que j'y ai acquis une certaine expérience. Il y a deux ans, au cours de la réunion de rentrée, le directeur lui-même l'a souligné.

Et maintenant, ce brusque changement d'atmosphère. La terminale. Un public critique, capable de jugement et de sarcasme. Ils se défient d'un nouveau professeur, je le sais bien. Je dois être plus attentif à ce que je fais. Ils guettent chacun de mes mouvements et commentent chacune de mes paroles. Je reste le plus laconique possible. Mais cela ne change rien au fait que je sois gêné.

Bien sûr, la classe ne s'en rend pas compte... du moins, je l'espère. Il n'empêche que c'est pénible. C'est pourquoi je souhaite analyser les raisons de mon trouble.

Aujourd'hui, en surveillant le devoir, j'ai eu le loisir d'examiner les élèves. Le thème était ardu, j'avais fait exprès d'en choisir un difficile. Vingt lignes de texte à traduire du hongrois en latin. Digne d'un sujet de bac. Ils planchaient en silence. Trente-quatre têtes penchées sur leurs cahiers. Vingt-huit garçons et six filles.

J'ai pris mon temps pour les observer, rangée après rangée. En vingt-huit ans, j'ai acquis une certaine pratique pour établir des types chez les garçons. On peut se tromper, certes. Mais en gros, j'ai l'œil en ce qui les concerne. En général, je les reconnais : le paresseux, l'indifférent, l'opportuniste, l'intelligent, le distrait et le consciencieux, le bègue, le laborieux, l'insolent, le crâneur, le vantard arrogant et le bon élève modeste. Le solitaire aussi. Et le bon camarade. L'assurance du gosse de riches et la jalousie de l'enfant pauvre. L'échelle est grande. Mais je pense que ces figures, ces visages à moitié finis révèlent déjà pas mal de choses.

Je les ai examinés rangée après rangée et dix minutes avant la sonnerie, j'en suis arrivé aux filles. Et pour la première fois, je me suis rendu compte que mon trouble n'est causé ni par le fait que la classe est une terminale, ni qu'elle est composée de jeunes adultes, mais que l'origine de ma gêne s'explique par la présence de ces jeunes filles.

J'ai discrètement parcouru mon carnet et j'ai repéré leurs noms par rapport à leur place. La première s'appelle Vilma Barát. Une brune. Elle a les cheveux tressés en macarons. Elle est grande et mince. La plupart du temps, elle porte une robe bleue. Ses vêtements sont modestes.

La deuxième se nomme Teréz Neumann. Elle est brune aussi mais ses cheveux sont plus clairs que ceux de la précédente. C'est la fille d'un commerçant de prêt-à-porter. Elle est bonne en langues. Israélite.

Entre Teréz Neumann et Vilma Lángos (qui est blonde), est assise Margit Cserey. Depuis l'autre fois, je ne l'ai pas revue avec ce garçon, Madár. Il ne semble pas que ce soit une habitude pour elle de traîner dans les rues. On se fait parfois une opinion qui s'avère hâtive. Elle n'est peut-être pas coutumière de la flânerie : je ne l'ai vue qu'une fois. C'est une fille silencieuse, avec de très bonnes manières. Son visage est fin et ses cheveux noirs coupés court. Voilà pour Cserey.

La cinquième est une fille à lunettes, assez forte. Blonde aussi, mais d'un blond différent de Vilma Lángos. Son nom est Makkai, Márta Makkai. Elle veut devenir professeur. Son niveau est moyen. C'est une bûcheuse et elle a tendance à glousser.

La sixième est la plus formée d'entre elles. C'est une fille aux cheveux châtains qui s'appelle Klára Zakár. Elle est grande, raide et parle d'une voix aiguë.

En les regardant l'une après l'autre, il m'a fallu reconnaître qu'elles sont bien la cause de mon tourment. Je ne comprends rien aux jeunes filles. Je ne connais pas leur mentalité. Je n'ai jamais eu affaire à des élèves féminines. Il faut que je m'habitue doucement. Je dois noter mes observations. Elles sont certainement différentes des garçons. Peut-être prennent-elles les choses autrement. Elles constituent pour moi un territoire inconnu.

À la récréation, la plupart du temps, elles restent ensemble. Il est sûr qu'elles gloussent beaucoup. Mais en général elles ne perturbent pas le cours. J'ai remarqué qu'elles échangent des sourires indulgents quand l'un des garçons n'arrive pas à donner une réponse précise. Je crois que ça énerve les jeunes gens.

Cela dit, cette classe ne figure pas parmi les pires que j'ai eues entre les mains. De plus, Mészáros affirme qu'elle s'est améliorée l'an dernier. Depuis l'arrivée des filles. En tout cas, il me faut vaincre cette gêne envahissante. Je crois que ça devrait aller : en fin de compte, qu'il y ait des élèves filles ou pas, je suis leur professeur principal.

Quelques minutes avant la sonnerie, j'ai recommencé à observer la classe. À cet instant, deux d'entre eux ont ramassé leurs cahiers. Willimszky, bien sûr, le premier de la classe. Il faut toujours qu'il soit le premier pour tout. Puis cette petite Cserey.

Elle a fermé son cahier, pris son sac, en a sorti un chiffon avec lequel elle a nettoyé sa plume. Les jeunes filles transportent leur stylo plume dans leur sac à main. D'ailleurs, les garçons n'utilisent pas d'encrier non plus.

J'ai observé qu'elle rangeait soigneusement son stylo, entre un petit miroir et un mouchoir. Que Cserey soit la première à terminer me surprend. Elle a certainement bâclé son travail. Je verrai demain.

Si seulement je n'avais pas si mal aux dents.

27 novembre

Ça devient intolérable, il faut que je fasse quelque chose. Le plus simple serait d'aller chez un dentiste mais je crains qu'il ne soit trop tard. Cette dent est spéciale. Elle a commencé à me faire mal il y a trois ans. En haut, à gauche. Une molaire. J'ai vu un dentiste à l'époque, un certain Jeges. Il m'a dit qu'elle était fichue. Il fallait l'arracher sans plus attendre : il y avait un début d'inflammation de la gencive. Par ailleurs, la dent elle-même n'était qu'un débris, une cavité, un grand trou. Sûrement avec une fistule, selon Jeges.

Ça fait trois ans. À l'époque, je n'avais pas fait arracher ma dent, par couardise, je crois. J'ai eu peur de la douleur. Une dent gâtée, ce n'est pas grave. Pendant trois ans, elle ne m'a pas fait souffrir. La douleur a disparu et la gencive a désenflé. La dent est restée comme en l'état, cariée et abîmée, mais elle ne me faisait plus mal. Chaque fois que je rencontrais Jeges, je le lui rappelais avec ironie. J'ai attendu trois ans pour en arriver à cette fistule.

Apparemment, l'infection est de retour.

Mon visage est enflé. Je suis le seul à m'en rendre compte parce que ma barbe dissimule assez bien le gonflement. Ma joue entière me brûle douloureusement. C'est à cause de cette fistule. Cela ne fait aucun doute.

Je sais ce que c'est : le pus s'accumule dans la gencive et se répand dans la mâchoire. J'ai entendu parler de cas où des gens en étaient morts.

28 novembre

Le gonflement persiste. J'arrive à peine à manger. La douleur, de plus en plus aiguë, s'étend. Parfois, elle se calme pendant quelques heures et dans ces moments-là, j'ai l'impression que l'infection, ayant gagné du terrain, se repose en occupant son nouveau territoire et rassemble ses forces avant de porter l'assaut plus loin. Moi aussi, je me repose pendant ce temps. Mais l'enflure se répand. Je crois que demain ça se verra. J'irai voir Jeges. Il va triompher mais je suis obligé d'y aller.

Aujourd'hui la première neige est tombée.

Elle a tenu toute la journée. De ma fenêtre, je la vois qui illumine la rue. Beau temps, clair. Je ne peux pas aller me promener. Avec cette dent je ne peux aller nulle part.

Je me rince la bouche avec de l'infusion de camomille et je corrige les devoirs.

La classe est de niveau moyen. Cette Cserey a eu tort de fermer son cahier si tôt. Elle a fait des fautes de grammaire assez graves. L'expression est correcte mais les erreurs grammaticales sont plutôt sérieuses. Elle a pris deux futurs pour des conditionnels. Voilà à quoi mène trop de hâte. Je n'ai pas pu lui mettre plus que 3[1]. Il ne fallait pas se précipiter.

Neumann : bien. Style médiocre, grammaire irréprochable. Les quatre autres filles sont moyennes.

Je crois que si Cserey n'avait pas terminé si vite, elle aurait mieux réussi. Dans le fond, quand j'y repense, ses fautes ne sont pas si graves. La construction d'une des phrases était suffisamment complexe pour qu'on puisse prendre un futur pour un conditionnel. Avec un peu de bonne volonté, je pourrais lui mettre un 2 à la place du 3. Je vais chercher son

1. En Hongrie, les notes vont de 1 (très bien) à 5 (médiocre).

cahier et je corrige : « 2,5 ». Je crois que c'est juste. Je ne tiens pas à la décourager.

Irai-je faire un tour au Bastion ce soir ? C'est la première neige, ça doit être très beau là-haut.

Il y a de quoi devenir fou avec cette dent. Elle a remis ça. Maintenant la douleur irradie jusque sur la peau de la joue.

3 décembre

Jours cruels. Aujourd'hui, pour la première fois, ça va mieux. Oui, j'ai vécu des jours cruels : à la souffrance physique s'est ajoutée la dépression de l'âme. La dent a capitulé. J'ai vu à la tête de Jeges que la chose était sérieuse. Sa compassion a pris le dessus sur son triomphalisme. Il n'y a même pas touché. Il m'a dit qu'on ne pouvait pas. Il faut attendre que ça dégonfle. Il ne peut pas l'arracher avant. Impossible de faire quoi que ce soit. Soit l'inflammation se résorbe seule et le pus disparaît, soit elle envahit la mâchoire. Auquel cas on devra opérer. Il faut attendre.

Il semblerait que la dent ait capitulé. Mon visage est encore enflé mais je n'ai plus mal. Le pus s'en va. Jeges m'a souhaité bonne chance et il espère que d'ici quelques jours, il pourra me l'arracher.

Pour l'instant, j'ai un faciès monstrueux. J'ai l'impression que cette tête grotesque appartient à un étranger. Même ceux qui me plaignent ne peuvent s'empêcher de rire en me voyant.

Devant le miroir, je suis obligé de me rendre à l'évidence : ma figure est excessivement comique.

J'ai envisagé de ne pas assurer mes cours pendant quelques jours ; mais je ne tiens pas à être remplacé juste avant la tenue de notre conseil. J'ai craint que les élèves ne s'esclaffent à ma vue. J'avais raison : ils ont effectivement ri. Je dois cependant faire un aveu en faveur des élèves filles. Il semblerait que, dans certaines situations, les filles font preuve de plus de tact que les garçons. Ces derniers, sans exception, ont éclaté de rire à ma vue. En revanche, seules deux des filles ont réagi de même : Lángos et Zakár. Les quatre autres, au contraire, m'ont plutôt regardé avec compassion. Neumann très certainement. Cserey également.

Lángos et Zakár ont bruyamment manifesté leur hilarité. Elles se sont mises à pouffer, le visage derrière leurs mouchoirs. Je ne leur en veux pas, simplement je le remarque. Je note aussi qu'elles sont blondes toutes les deux alors que les autres sont châtains et brunes. Cela a-t-il un sens ? Les blondes auraient-elles moins de cœur ? Je ne sais pas.

4 décembre

Ma figure désenfle à vue d'œil. J'ai toujours l'air ridicule mais je m'y suis habitué. La classe aussi s'y est habituée. Aujourd'hui, je me suis observé attentivement dans le miroir et j'ai conclu que je ne pouvais en vouloir aux élèves d'avoir ri. Mon visage barbu et gonflé est vraiment très risible.

Ma dent ne me fait plus souffrir.

Jeges espère pouvoir me l'arracher d'ici trois jours. Il m'a dit que j'ai eu de la chance.

Aujourd'hui, j'ai bavardé plus longuement avec Kudlicsek. Il m'a ainsi appris que la classe m'appelait « le Morse ». C'est mon surnom. Je sais que tous les professeurs sont affublés d'un surnom. C'est à cause de ma moustache qu'ils me nomment ainsi : en outre, mon visage a quelque chose de chevalin.

5 décembre

Ma joue a encore désenflé. Elle me brûle à peine quand j'appuie dessus. Aujourd'hui, j'ai fait lire l'ode XXIV du livre III à Puliszka. Pendant qu'il lisait :

Exegi monumentum aere perennius…
… Quod non imber edax, non Aquilo impotens
Possit diruere, aut innumerabilis
Annorum series, et fuga temporum.
Non omnis moriar[1]*…*

j'ai soudain été saisi à nouveau de mon ancienne tristesse. Car en effet, je n'ai bâti aucun monument.

1. Horace, *Odes*, III, 24 :
J'ai bâti un monument plus durable que l'airain,
que ni la pluie vorace, ni l'Aquilon impuissant
ne peuvent ébranler, ni la suite innombrable
des ans, ni la fuite des temps.
Je ne mourrai pas entièrement… (traduction : Anne Lelièvre).

Dans quelques jours, cette année va se terminer. Encore une.

Maintenant la neige s'est installée. Demain, Jeges va m'arracher ma dent.

7 décembre

Finalement, je ne vais pas faire arracher ma dent. J'ai recouvré une figure humaine et je vais attendre.

8 décembre

C'est peut-être à cause de la neige, ou d'autre chose : mais dans cette rue, devant ma fenêtre, règne un tel silence que j'ai l'impression d'être seul dans la ville. Quand le chardonneret émet une petite plainte, cela me fait presque du bien.

Quant au scandale que Szilassy était censé déclencher, je n'en ai pas entendu parler. Peut-être a-t-il eu lieu, mais nous n'en avons rien su. De tels bruits ne parviennent pas jusqu'à nous.

Dans la rue, la neige monte aux genoux. Hier soir, j'ai eu le sentiment que je n'en avais plus pour longtemps à vivre. Quelques années. Cinq ou six peut-être. Ou une seule.

Je ne suis pas malade. Même ma dent est guérie. Je n'ai pas coutume de penser à la mort. Aussi ai-je été surpris par la tranquille certitude avec laquelle elle s'est imposée à mon esprit. Il faudrait que je m'y prépare. Mais peut-être suis-je déjà prêt ?

On dit que seul meurt celui qui accepte la mort. Moi, j'attends encore quelque chose, quelquefois. Je ne suis pas encore d'accord avec elle.

Hier je me suis dit que j'allais me faire raser la barbe.

Depuis cinq ans que je la porte, j'en ai même oublié mon ancien visage. J'ai oublié pas mal de choses.

La nuit, j'ai parfois l'impression d'entendre la neige silencieuse tomber devant ma fenêtre.

Je commence à tout oublier. Comme cet étrange été me paraît loin. À bien des années d'aujourd'hui.

24 décembre

C'est le soir de Noël. J'ai dîné chez moi, seul comme je le suis depuis des années chaque soir de Noël. Je pourrais monter au cercle, où ce soir-là se réfugient quelques solitaires dans mon genre. Mais de quoi pourrions-nous parler ? Nous plaindre en chœur ?

Ma gouvernante a cuisiné du poisson et du poulet pour le dîner. Ainsi que du *bobajka*[1] au pavot et au miel. Lourd à digérer : ça m'est resté sur l'estomac. Je vais avoir du mal à dormir. Je dors toujours mal après des repas de fête.

1. Pâtisserie de Noël à base de pâte levée (comme de la pâte à pain), cuite au four, puis morcelée et bouillie, additionnée de pavot et de miel.

J'ai bu une bouteille de vin rouge en mangeant. Et maintenant, je viens d'en ouvrir une deuxième. Je suis assis à côté du poêle, la lampe est allumée sur la table et j'ai sorti ce cahier. C'est une soirée de Noël qui me convient. Je ne désire rien d'autre. Si j'avais accepté une invitation dans une famille, je serais obligé maintenant de jouer avec les enfants, de remonter leur train mécanique et de prendre les plus petits sur mes genoux pour jouer au cheval : ce n'est pas mon genre.

J'ai acheté un châle au crochet et un livre de prières à ma gouvernante. Je crois qu'elle est très contente de ces deux cadeaux. J'ignore tout de cette femme. Elle vit à mes côtés, et je ne sais rien d'elle si ce n'est qu'elle a été employée par un notaire à la campagne pendant des années, mais qu'en vieillissant, le travail était devenu trop dur. Chez moi, elle n'en a pas trop. C'est une vieille femme silencieuse. À présent, elle est assise à la cuisine, le nouveau châle sur les épaules et elle lit son livre de prières. J'ai songé à l'inviter dans cette pièce. Le livre de prières a coûté assez cher ; il est relié de cuir noir, avec des gravures et des lettres dorées, et le titre incrusté en ivoire sur la couverture. C'est un livre qui a une certaine valeur. Elle en a été fort impressionnée. Elle a dit qu'elle l'emporterait pour la messe de minuit.

Moi aussi, je pourrais y aller, à la messe de minuit. De toute façon, je n'arriverai pas à dormir. Cela fait bien dix ans que je n'ai pas assisté à une messe de minuit. Tout compte fait, je n'inviterai pas ma gouvernante dans cette pièce. Qu'elle lise à la cuisine. Je ne saurais pas quoi lui dire. Ce genre d'invitation engendre des situations pénibles et fausses.

Une vieille personne, cette femme, vit à côté de moi et je ne sais rien d'elle. Quels sont ses souvenirs ? Est-elle heureuse ? Attend-elle encore quelque chose de la vie ? Je ne la connais pas. Je l'entends quand elle bricole dans la pièce voisine. Si je lui posais des questions, elle serait gênée. Elle me ferait une réponse évasive ou se mettrait à jacasser. C'est extrêmement difficile d'apprendre quelque chose les uns sur les autres.

Deux semaines se sont écoulées sans que je touche ce cahier. Il ne s'est rien passé pendant tout ce temps. Je suis d'humeur apathique. Je viens de relire mes dernières notes. Rien de nouveau depuis. Cette attente, parfois, qui revient. Se pourrait-il que ce soit la mort que j'attends ?

Les chanteurs de Noël passent devant ma fenêtre avec des clochettes et en chantant. Je vais chercher mon manteau de fourrure, mes bottines de neige et ma lanterne. Il est temps d'aller à la messe, il est minuit.

25 décembre

Cela fait longtemps que nous n'avons pas eu un si bel hiver. Il y a quinze ans peut-être, l'hiver a été magnifique, froid et enneigé. Le soleil brille et ne fait pas fondre la neige. Cette semaine de congé me fait du bien. On ne peut marcher qu'en snow-boots, mais je marche beaucoup tout de même. C'est le genre de neige qui scintille au soleil et craque sous les pas.

Je suis content d'avoir assisté à la messe de minuit. L'église était pleine. J'ai croisé pas mal de connaissances. Beaucoup de paysans étaient venus des villages. L'odeur lourde et âcre de leurs vestes fourrées et de leurs bottes de feutre emplissait l'église. La chaleur des corps dégageait de la vapeur. Le chœur des enfants chantait les chants de Noël.

Moi aussi, jadis, dans mon enfance, je les ai chantés. À présent, je les accompagnais, l'assistance entière les accompagnait. À ma surprise, je me suis rendu compte que ma voix était toujours aussi forte et claire. Il fut un temps où la force de ma voix était renommée. Naturellement je ne sais pas quoi en faire.

Beaucoup de connaissances m'ont salué. À côté d'un des piliers, Gábor Cserey et sa famille étaient debout derrière un banc. Cserey est un homme mince et pâle. À sa droite se tenait sa femme et à sa gauche, sa fille, Margit Cserey, mon élève. À côté de la fille, il y avait mon autre élève, Pál Madár. Cela m'a légèrement surpris, mais en bien, que Madár soit devenu si bon chrétien ces derniers temps, jusqu'à se rendre à la messe de minuit. Malgré tout, cette soudaine piété m'étonne, surtout après ce que le professeur de religion m'a rapporté récemment. Mais je n'ai rien à dire, en tant que professeur principal je ne peux qu'approuver. Ce changement d'attitude de Madár par rapport à la chose religieuse est peut-être également un des bénéfices de la mixité. De toute façon, la fille était là avec ses parents. J'ai aussi aperçu cet hypocrite de Mészáros à l'église.

Pendant l'élévation, je me suis rendu compte que les yeux de Madár n'étaient pas tournés vers l'autel mais vers sa camarade de classe, Margit Cserey. Il la regardait avec attention et aussi avec une certaine tristesse. Je les ai observés longtemps. Il n'a pas quitté son visage des yeux. Pourquoi cette contemplation ? Je la voyais de profil et ne lui ai rien trouvé de spécial. Elle a un visage ovale et le teint mat, des cheveux noirs comme du jais. Un petit nez pointu. Des yeux bleus, ou plutôt bleu-gris. Elle portait une veste en loup et de hautes bottines lacées et, sur la tête, une toque de fourrure.

Madár a dû sentir que je l'observais car il a prudemment tourné la tête. En me voyant, il m'a salué d'un air effrayé. Plus tard, il a poussé Cserey du coude et lui a dit quelque chose. Je n'ai pas entendu ses paroles mais il lui chuchotait vraisemblablement : « le Morse » ; j'en suis même certain.

Le manteau de ce Madár est bien mince. C'est plutôt un vêtement d'automne que d'hiver. Il doit être très pauvre. Maintenant que je suis rassuré sur sa dévotion, peut-être pourrais-je lui faire obtenir une petite bourse au milieu de l'année. Je verrai.

J'ai lu Horace cet après-midi. Je dois commencer une grande interrogation le 2 janvier. J'ai lu le chant XIV : *Eheu fugaces, Posthume, Posthume, labuntur anni*[1]... Je le réserve à Madár. J'aime cette ode du poète. *Labuntur anni.* L'année est déjà finie.

1. Horace, *Odes*, II, 24. À Posthume : *Posthume, Posthume, hélas ! à flots rapides s'écoulent nos ans...*

26 décembre

Timár n'écrit pas. Cela me surprend beaucoup. Il me paraît invraisemblable qu'il ne me réponde pas, même s'il ne peut me rendre ce qu'il me doit. D'ailleurs, j'espère en secret qu'il ne me renverra pas cet argent. Qu'est-ce que j'en ferais ? Mais il pourrait m'écrire, tout de même.

Cela dit, peut-être n'est-il même plus de ce monde, le pauvre.

Aujourd'hui, j'ai songé que ce Madár... mais non, je n'ai aucune raison de soupçonner quoi que ce soit. Peut-être est-ce le hasard. Peut-être ne sont-ils que de bons camarades. Oui, il est possible que ce ne soit que cela : une franche camaraderie. Mais si je repense à la façon qu'il avait de regarder la fille Cserey à l'église, je ne peux évacuer l'idée que ce Madár porte un certain intérêt à sa camarade de classe.

Il la contemplait avec un air tellement triste...

D'ailleurs son visage n'est jamais vraiment gai. Je ne l'ai jamais bien regardé mais je ne crois pas que ce soit un beau garçon. Il est plutôt triste et laid. Un grand nez, le front bas, une bouche large, et le visage couvert de boutons. J'ai remarqué qu'à cet âge-là, les garçons les plus doués sont souvent tristes.

Et même s'il s'intéressait à elle ? J'ai beau être professeur principal : cela ne me regarde en rien.

27 décembre

Bien sûr, je ne peux supporter le fait que, selon l'expression de Mészáros, ils traînent ensemble. Ça, ça me regarde. Le fait de traîner, de perdre son temps à flâner, ils le font en public. D'ailleurs, le règlement de l'école interdit aux jeunes gens de l'institution de se trouver sur la promenade sans raison après sept heures du soir.

Il faudra que je tâche d'y mettre bon ordre.

Ce soir, après sept heures, je me dirigeais vers le cercle, dans la Grand-Rue. Devant la vitrine de la librairie se tenaient Madár, Neumann, Zakár, Cserey et Frideczky. Frideczky, le fils du chapelier, est un mauvais élève notoire. Un chef de bande. Il donne l'impression, cette année, de s'être acheté une conduite mais je sais qu'il est toujours chef de bande. Ils contemplaient les nouveaux livres. Je suis passé dans leurs dos sans qu'ils m'aperçoivent. Il était plus de sept heures. Il est vrai que ce sont les vacances maintenant. En tous les cas, j'ai mis une croix en face du nom de Madár sur mon carnet.

Je suis resté longtemps au cercle ce soir. Il était dix heures passées quand je suis rentré. Le médecin de la ville, Sellyei, est récemment allé à Budapest. Il nous a tenu un discours assez exhaustif sur les événements de la capitale.

En rentrant du cercle, je me suis arrêté devant ma porte et j'ai regardé tomber la neige. Depuis quelques années, des lampadaires à arc ont été installés dans les rues de notre ville. La neige dessinait un halo ruisselant autour des lampes. Le silence était tel dans la rue enneigée que j'avais l'impression de la voir de loin derrière une vitre. Les maisons, y compris celles à étages, semblaient avoir rapetissé. Elles étaient déjà toutes plongées dans l'obscurité. Sur le chemin, je pensais que je savais qui habitait dans chacune d'entre elles. En gros, je sais aussi combien de personnes y vivent et dans quelles conditions. On finit par être au courant de tout. La neige a recouvert la ville entière. Elle repose en couche épaisse sur les toits et sur les corniches. En allant au lit, j'ai eu le sentiment de me coucher sous la neige et j'ai pensé que d'ici au matin, elle allait me recouvrir. Je n'arrive pas à m'endormir, je suis allongé dans mon lit et c'est dans cette position que je note ces quelques lignes.

Le silence est si profond que j'entends ma gouvernante tousser trois pièces plus loin. Elle tousse depuis un moment. Le chardonneret et le canari se taisent. On n'entend jamais le son de leurs voix, la nuit.

28 décembre

Cet après-midi, vers quatre heures, j'étais assis à ma fenêtre et je regardais la rue. Peu de monde se déplace jusqu'ici et il commence à faire nuit à cette heure. Alors que je ne m'y attendais pas, j'ai aperçu de loin Mészáros, au coin de la rue. J'ai immédiatement pensé qu'il venait du faubourg où il entretient cette liaison et qu'il avait entrepris de rentrer chez lui en empruntant cette rue peu fréquentée.

Il se déplaçait lentement, sa démarche alourdie par la neige. Il marche déjà un peu comme un vieux. Il portait un chapeau de velours vert orné d'une brosse de sanglier. Il a traversé la chaussée enneigée, puis, à ma grande surprise, est passé devant mes fenêtres et s'est arrêté devant ma porte. Je l'ai entendu sonner. C'est chez moi qu'il venait.

Au bout d'un instant, me sont parvenus de l'entrée le bruit des snow-boots qu'il ôtait et le son de sa voix enjouée. Je ne suis pas allé au-devant de lui. Que me voulait-il ? Pourquoi était-il venu me voir ? Jamais il ne me rendait visite.

« Alors ? Tu restes assis dans le noir ? » a-t-il demandé en s'asseyant à côté de moi, face à la fenêtre.

Ma gouvernante a apporté la lampe. Mészáros a tendu les mains vers le poêle et s'est penché pour se réchauffer. Sa moustache et ses sourcils étaient ourlés de givre. Il a d'innombrables petites rides autour des yeux et il est en train de devenir chauve. Il porte sa moustache retroussée. À ce moment-là, j'ai remarqué seulement à quel point il est vieux. Sa moustache et ses tempes sont à moitié grises. Toutefois il a gardé pas mal de son ancienne prestance. Il est certain que Mészáros a toujours été un mondain. Il a toujours fréquenté les notables du comitat[1]. Il

1. Division administrative territoriale, équivalant au département français.

s'efforçait de parler et de s'habiller comme eux. Il avait ses entrées chez le préfet.

« Je passais par là, a-t-il déclaré tout en se frottant les mains. J'ai pensé que je pourrais te rendre visite. Que fais-tu de ton temps ? Comment vis-tu ? »

Je me suis souvenu qu'il y a dix ans, il passait souvent par ici et que jamais il n'était venu me voir. Il devait avoir une raison pour le faire aujourd'hui. J'ai attendu qu'il commence à parler. J'ai demandé à ma gouvernante d'apporter du marc.

« Laisse, a-t-il dit. Je ne bois pas. Surtout pas l'après-midi. À cause de mon foie. »

Il a soupiré.

« Nous vieillissons, mon vieux. »

Il utilise des expressions comme ça, « mon vieux ». Il tient ce genre de pratique des messieurs du comitat. Lui aussi, c'est un noble, un hobereau. Il porte à la main droite une bague blasonnée ornée d'une pierre rouge, qui lui sert de sceau. Son épouse est également une dame de la noblesse, Bereczky de son nom de jeune fille. Ils ne m'ont jamais invité chez eux. Pas une seule fois en vingt-huit ans. Cela ne me vexe pas. Je suis conscient de mes origines rurales. Mon père était à moitié paysan. Je ne sais même pas comment leur parler. Je n'utilise pas des mots comme « mon vieux ». Je commence chacune de mes phrases par « je vous prie » ; lui, il dit « ne vous en déplaise ». C'est un exemple. Parfois, je me force à débuter comme lui par un « ne vous en déplaise » mais ça ne va pas. Il y manque quelque chose : le ton.

Lui, il le possède, ce ton.

Il s'est carré dans le fauteuil.

« Ne t'en déplaise, a-t-il commencé, je passais par ici, alors je suis venu te voir. Tu te fais rare ces temps-ci. Tu te retires complètement de la société des hommes, Gáspár. Qu'est-ce qui t'arrive ? Qu'est-ce que tu fabriques ? Je me souviens d'une fête champêtre où tu étais totalement ivre. Sur la butte de Cser. Tu te rappelles ? Jadis, tu savais t'amuser, toi aussi. C'est vrai qu'il y a un bout de temps. Attends voir, oui, douze ans. En 1900. Tu te souviens ? Ah là là, mon vieux... »

J'étais étonné qu'il se le rappelle. Toutefois, il avait raison : il y a douze ans, sur la butte de Cser. Ce n'est pas tant que je m'amusais, mais plutôt que je m'étais consciencieusement soûlé. C'était en été. Qu'il m'appelle par mon prénom m'est pénible. Je le déteste : Gáspár. Mais si c'était Béla ou Krisztof, ce serait pareil. Le problème n'est pas dans le nom, mais en moi-même. Je n'aime pas qu'on soit intime avec moi. Personne ne me dit : « Gáspár ». Ce sont encore ses manières de notable.

Soudain, sans aucune transition, il a tendu ses mains en avant et attrapé mes bras, il s'est penché et m'a regardé dans les yeux. D'un air grave, voire menaçant. Avant que je puisse reprendre mes esprits, il me dit :

« Gáspár » et il s'est penché encore plus. « Vieux camarade. Tu pourrais m'aider.

– Je t'en prie, ai-je répondu, effrayé. Parle. »

Je n'ai rien pu sortir d'autre. Je sais que j'aurais dû dire quelque chose comme : « Je t'en prie, cher ami, je suis à ta disposition. » C'est comme ça qu'on fait.

Je le sais. Mais je ne peux pas le dire. Je sais que c'est ce qu'il méprise chez moi, que c'est la raison pour laquelle il me rejette un peu, parce que nous ne parlons pas le même langage. Il doit penser par-devers lui : « Quel paysan, ce Morse. »

Il s'accrochait à mes bras de façon théâtrale. Je me suis dégagé avec précaution.

« Je suis venu, dit-il d'un air embarrassé, parce que tu peux peut-être m'aider, si tu le veux. Gáspár, je me suis dit, mon vieux camarade. Mon ami, moi je sais que ton attitude n'est qu'une apparence. Il y a beaucoup de sensibilité en toi. Ne le nie pas, Gáspár ! Je te connais. Je t'observe depuis longtemps. Tu vis ici, dans ta solitude, comme un ermite. Tu ne sors jamais nulle part. Tu ne te lies d'amitié avec personne. On en parle d'ailleurs en ville. Tu sais comment ils sont. Mais moi, qui te connais depuis une génération… Nous avons vécu ensemble notre âge d'homme… tous ces souvenirs communs ! Aujourd'hui, j'ai pensé à toi en ce moment de péril.

« Tu sais, ce Szilassy, a-t-il continué après une pause. Bien sûr que tu te souviens. Il a dit la vérité. Ne me demande rien, mon ami. Je ne pourrais te répondre. Il existe une limite à ne pas franchir et où l'on doit se taire… »

Je ne lui demandais rien. Il a enchaîné immédiatement :

« Ça a commencé il y a un an et demi, mon ami. Que pourrais-je te dire ? Un coup de foudre ! Elle est veuve. Non, ne me demande rien. Une jeune veuve, son fils est un de mes élèves de sixième. Tu vois, à toi, je dis tout. J'ai confiance en toi. Je te connais, Gáspár, je te connais. Je sais que tu tiendras ta langue. Et je sais aussi que tu vas m'aider.

« Tu sais, cette pauvre femme est restée seule avec son enfant. Une jeune femme. Avec une toute petite pension. Elle est venue me voir une fois à l'école parce que le gamin avait reçu un avertissement. Ah, mon vieux ! Le coup de foudre ! Regarde-moi, regarde mes cheveux grisonnants ! Nous sommes ici, deux vieux camarades qui bavardent, deux vieux amis. Mon cher, c'est arrivé sans que je le veuille... Ç'a été plus fort que ma volonté. Tu sais à quel point je suis malheureux chez moi. Avec ma pauvre femme, si bonne, mais envahie par la mélancolie et la dépression depuis la mort de son fils unique. Et des dettes, ce salaire de misère, les soucis domestiques. Après le grand malheur, j'ai cherché l'oubli dans la vie sociale. Ça m'a coûté beaucoup d'argent. Tout mon argent. Il me reste même une petite dette... mais à quoi bon t'expliquer ? Tu sais bien ce qu'il en est. Je ne dis pas ça pour me justifier. Tu vois, cette femme. Elle a trente ans. Si je pouvais parler librement, mon vieux ! Elle m'a demandé d'aller chez elle. Que je sois indulgent à l'égard de son fils, cet orphelin. Car c'est un petit orphelin, mon vieux ! J'y suis allé. Si tu voyais son appartement, mon ami, un modeste foyer rendu chaleureux grâce au rayonnement d'une âme féminine raffinée... Deux petites pièces intimes, pleines de couleurs... Eh bien, voilà comment ça a commencé...

– Quoi ? l'ai-je interrompu involontairement. Ta liaison ? »

J'ai contenu ma voix. Je dois reconnaître que la confession de Mészáros m'intéressait au plus haut point. C'est donc ainsi que débute une relation ? Si simplement ? Il suffit de rendre visite à une veuve ? Mészáros m'a regardé :

« Mais bien sûr, a-t-il dit de façon naturelle. Mon vieux, il faut que tu comprennes : je l'aime.

– Tu l'aimes ? » J'étais ébahi.

Le visage de sa femme m'est venu à l'esprit : un visage étroit et triste avec les yeux profondément enfoncés dans leurs orbites. Je me suis tu.

« Oui, comme on n'aime qu'une seule fois, mon vieux. Tu sais, comme un tremblement de terre. C'est venu comme ça. Pense donc… Quelle situation, mon vieux. Quelle responsabilité, quels tourments. Dans cette misérable ville où les murs sont transparents. Deux mois plus tard, le directeur était déjà au courant. Il ne m'a rien dit, pas une seule fois il n'a osé. Il savait que s'il me faisait la moindre remarque… note bien, mon vieux, je ne sais pas ce que j'aurais fait, peut-être que j'aurais tiré sur lui. Ou sur moi. Il me connaît. Si la colère m'emporte… Je sais pourquoi il n'ose pas me parler. Mais maintenant, mon vieux, maintenant…

– Mais maintenant ? ai-je demandé, en retenant mon souffle.

– Gáspár, dit-il en se cachant les yeux avec ses paumes. Je me trouve dans une situation épouvantable. Elle est enceinte. Tu comprends ? Tu imagines ? Et son garçon qui vit avec elle. Quelle situation, mon vieux ! Le fils est déjà grand, il est en cinquième… non, ne me demande rien ! Tu sauras tout plus tard si tu veux. Maintenant imagine ma situation. Dans la classe. Il peut se mettre à bavarder à tout moment s'il apprend quelque chose. Si cela se sait, je suis un homme perdu. Ils me licencieraient. J'en serais réduit à la mendicité, Gáspár, à la mendicité. Pas seulement moi, mais ma pauvre femme aussi. Et le scandale ! Nous serions obligés de quitter la ville. Où aller ? De quoi vivrais-je ? Tu es le seul à pouvoir m'aider, Gáspár. Le seul !

– Moi ? » lui ai-je demandé, stupéfait. De prime abord, je me suis senti complètement impuissant. Allait-il me demander d'épouser sa maîtresse ? J'ai été pris de frissons. « Mais que puis-je faire ? Qu'est-ce qu'il te faut ?

– De l'argent », a-t-il répondu, de façon presque inaudible.

J'ai respiré. Quelle pensée saugrenue avais-je eue ! Si ce n'était que de l'argent… c'est d'ailleurs ce que je lui ai dit :

« Si tu n'as besoin que d'argent…

– J'en étais sûr, dit-il d'un ton soudain timide, et il s'empara à nouveau de mes mains. Je le savais, vieux frère. J'ai senti que je frappais à la bonne porte. Gáspár, écoute bien ! Tu vas me sauver. Tout est prévu jusqu'au dernier détail. Quand on aura l'argent, la dame quittera la ville. Elle ira chez sa mère, loin d'ici. Elle emmènera le garçon. La pension, elle pourra la toucher là-bas aussi. Nous allons inscrire son fils dans une autre institution… ça, je m'en occuperai. Et là-bas chez sa mère… elle attendra l'enfant qui va naître. Mon enfant, mon pauvre, pauvre petit enfant, Gáspár. C'est pour tout ça que j'ai besoin d'argent. Je ne sais pas où le prendre. Je n'ai plus de crédit. J'ai besoin de cette misérable somme pour le déménagement, pour assurer un petit capital en vue des premiers temps… Après, quand l'enfant sera né, je saurai reconnaître mes obligations. Et toi, je te rendrai tout jusqu'au dernier *fillér*. Tous les premiers du mois, quand nous recevons notre salaire… tu seras le premier que je rembourserai…

– Laisse donc cela, l'ai-je interrompu. Ce n'est pas le problème. Je crains seulement de n'avoir pas assez… »

Il s'est récrié, choqué :

« C'est impossible. Toi… Toi, tu dois avoir de l'argent. »

Il a prononcé ces dernières paroles sur un ton plus assuré, presque menaçant. J'ai pris peur. Je n'avais pas la moindre idée de la somme qu'il voulait. Combien ça peut coûter, ce genre de chose ? Je possède plus de douze mille couronnes. Il faut que j'en garde pour moi tout de même. Est-ce que ce sera assez ? Dois-je lui donner ? Le mérite-t-il ? L'autre jour, je pensais en faire cadeau à quelqu'un. Mais pas forcément à Mészáros. Je ne voyais pas du tout à combien pouvait se monter tout ça. Quatre-vingts couronnes ? Dix mille couronnes ? Je n'ai jamais rien fait de la sorte.

« Mille… dit Mészáros. Ou plutôt, disons mille deux cents… Et moi, en deux ans, mon vieux… Tous les premiers du mois, cinquante couronnes… »

Sa voix s'étranglait. Il m'a fait pitié.

« D'accord, ai-je répondu. Viens dans la salle des professeurs demain matin. Je t'apporterai la somme. »

Il m'a serré la main.

« Mon ami, dit-il. Comment te remercier ? »

Des larmes brillaient dans ses yeux.

... Il est parti il y a peu de temps. Je n'y peux rien, mais j'ai l'impression qu'il ne comptait que sur mille couronnes. Je n'arrive pas à me débarrasser de l'idée qu'il ne donnera à la femme que mille couronnes et qu'il en gardera deux cents pour son usage personnel. C'est une pensée indigne mais je ne peux m'en libérer. Peu importe, je lui donnerai l'argent. Peut-être lui ferai-je du bien en le faisant. Son épouse a toujours l'air désespéré... C'est un homme singulier. Il a presque le même âge que moi. Comment supporte-t-il cette situation ? Moi, ça me rendrait fou. De honte, de complication. Et puis être obligé de demander de l'argent à quelqu'un.

Cette année, il m'est tout de même arrivé quelque chose : quelqu'un m'a embrassé et deux personnes m'ont emprunté de l'argent.

29 décembre

Il est tard, j'écris avant de me coucher. Je reviens du cercle. Ce matin, je suis allé à la banque et j'ai sorti mille deux cents couronnes. Un billet de mille et deux de cent. Ça fait longtemps que je n'ai eu une telle somme entre les mains. Impression désagréable. D'ailleurs, ce retrait les a étonnés à la banque. L'employé m'a posé la même question deux fois : « Mille deux cents ? » Habituellement, je dépose toujours de l'argent. Même le sous-directeur a quitté son bureau et m'a entrepris : « Monsieur le professeur part en voyage ? » m'a-t-il questionné. J'étais gêné. « Non », ai-je répondu brièvement. Je n'ai donné aucune explication. En quoi cela les regarde-t-il ? J'ai éprouvé une sensation désagréable.

En sortant de l'immeuble de la banque, j'ai eu l'impression qu'ils me suivaient du regard. Je vais faire l'objet de leurs conjectures.

Je me suis hâté vers le lycée. Mészáros m'attendait déjà dans la salle des professeurs. Il y avait deux autres collègues dans la pièce, donc nous n'avons pas beaucoup parlé. Je lui ai glissé l'argent sans mot dire. Il m'a aussitôt serré la main. « Merci, a-t-il chuchoté. Mille fois merci… » J'ai retiré ma main.

Plus tard dans la soirée, je suis monté au club où j'ai assisté à une scène que je vais noter ici. Je n'en ai pas été offusqué, mais plutôt attristé et désolé pour Mészáros. En pénétrant dans la salle de lecture, je l'ai aperçu dans une autre pièce, assis à une table de jeu, entouré d'un large cercle de gens dont l'attention était fixée sur lui. Il jouait avec le notaire qui est un grand joueur de cartes. Mészáros tenait deux cartes dans une main et dans l'autre un mouchoir dont il se servait de temps à autre pour s'éponger le front. Son regard était fixe, vitreux. Je l'ai entendu dire d'une voix rauque : « Je m'y tiens. » Puis il a choisi une carte. Ceux qui l'entouraient se sont mis à chuchoter. Mészáros a lancé la carte sur le tapis. Il a sorti son portefeuille et a jeté un billet de mille sur la table. Chacun s'est tu. Il est rare de jouer aussi gros dans notre cercle. Le notaire lui a rendu la monnaie sans un mot. J'ai compté les billets : sept cents couronnes. Sept billets de cent.

Ce que j'ai vu m'a beaucoup énervé. Je suis parti rapidement, je me suis pratiquement sauvé, avant que Mészáros ne m'aperçoive. Je suis profondément désolé pour lui. Je ressens comme une honte. Je redoute le moment où nous nous rencontrerons à nouveau.

30 décembre

J'ai entendu dire au cercle que Mészáros a perdu 700 couronnes hier soir.

1er janvier

Je l'ai rencontré en fin de matinée, au domicile du directeur, à l'occasion de la traditionnelle visite de vœux. Il est venu vers moi, l'air de bonne humeur, et m'a cordialement serré la main. Il n'a rien dit. C'est un homme singulier. Le directeur nous a raconté que le ministre avait accepté la démission de Szilassy.

« C'est un homme perdu », a-t-il ajouté.

Chacun a approuvé cette opinion et Mészáros encore plus bruyamment que les autres.

2 janvier

Les cours ont repris mais je suis toujours sous l'influence des événements concernant Mészáros.

J'aimerais savoir ce qui s'est passé. Cette femme a-t-elle quitté la ville ? Je n'ai pas entendu dire qu'il manquait un élève en cinquième. Je ne veux pas me renseigner plus avant sinon je risquerais de me faire remarquer. J'ai rencontré Mészáros mais il ne m'en a pas touché un seul mot. Il agit comme si de rien n'était. Je l'ai vu arborer un manteau en cuir neuf, du style de ceux que portent les propriétaires terriens. Quand nous avons touché nos salaires aujourd'hui, il était à côté de moi mais ne m'a pas donné cinquante couronnes. Peut-être ne souhaite-t-il pas commencer les remboursements avant le mois prochain.

En tout cas, j'ai déposé cent couronnes à la banque, le double de la somme que j'ai l'habitude d'y mettre. Je me demande ce qu'ils peuvent penser de moi. Un jour, je retire mille deux cents couronnes et le lendemain j'en remets cent. Je ne peux pas leur expliquer.

Demain je vais interroger Madár.

4 janvier

Hier à la récréation, Mészáros est passé à côté de moi dans le couloir. Nous nous sommes arrêtés un instant, tous les deux malgré nous.

« Alors ? » ai-je murmuré, gêné, histoire de dire quelque chose.

Mészáros a regardé par la fenêtre :

« Nous avons trouvé une autre solution », a-t-il répondu d'une voix normale, comme s'il parlait d'une chose banale. « Oui, nous avons trouvé une solution beaucoup plus commode. Allez, salut. »

Il m'a tendu deux doigts ainsi qu'il le fait d'ordinaire, comme un noble, et il s'est hâté de partir. Je l'ai longtemps suivi des yeux. Un homme singulier. Il doit avoir un problème. Quelle autre solution ont-ils trouvée ? C'est incompréhensible. Et plus de « Gáspár », plus de « mon vieux », plus de mains serrées fort. Un homme singulier, vraiment.

J'ai commencé aujourd'hui mes grandes interrogations orales. Je connais bien le silence avec lequel m'accueille la classe à cette occasion. J'ai posé mon carnet devant moi et j'ai lentement tourné les pages.

« Madár », ai-je dit dans le grand silence, parce que j'ai retrouvé la croix en face de son nom.

Mais une autre voix a répondu, celle de Frideczky :

« Il est absent. »

« Il a pris froid. » Une autre voix s'est élevée. C'était Teréz Neumann. Je les ai tous fixés :

– Il s'est sûrement trop promené », ai-je dit.

Je n'ai pas regardé Cserey mais elle a dû sentir que cette dernière phrase lui était destinée. J'espère que pour l'instant cela aura suffi. Qu'elle aura compris la leçon. Je ne voulais pas m'exprimer plus énergiquement. Je manque d'assurance pour réprimander les jeunes filles. J'ai procédé à mes interrogations orales pendant toute l'heure. Halasi les a laissés dans une situation grammaticale catastrophique. Je ne vais tout de même pas reprendre la conjugaison avec une classe de terminale. Je mentionnerai ce problème à la réunion.

Je n'ai pas beaucoup de satisfaction avec cette classe.

7 janvier

Aujourd'hui, il y avait cinq absents. Beaucoup de coups de froid, bien sûr. Je les connais, ces refroidissements d'avant conseil. Toujours deux, trois élèves qui simulent. Les six filles sont toutes présentes en cours. J'ai interrogé Zakár et Lángos aujourd'hui. Ce sont les deux filles qui ont ri à la vue de ma joue enflée. Je n'en ai été que plus indulgent avec elles. Je ne leur en veux pas. Je ne suis pas rancunier. Je ne tiens pas à ce qu'elles disent que je le suis. Je crois que de toute façon, il faut se montrer plus tolérant avec les jeunes filles. C'est la seule chose que je puisse faire dans leur intérêt. Madár est toujours absent. Ça fait quatre jours. Je ne pense pas qu'il fasse semblant d'être malade. Je suis persuadé qu'il saurait bien répondre à l'oral. Aujourd'hui, j'ai songé à m'enquérir de lui. Cela fait un peu partie de mes obligations… une petite visite de professeur principal. Je vais voir. S'il est encore absent demain, je vais me renseigner. Je sais qu'il vit pauvrement. J'ai remarqué combien son manteau était mince. C'est un garçon que le destin a doté d'intelligence mais pas d'argent.

Je n'ai pas encore interrogé Cserey. J'ai pensé le faire vers la fin de l'heure. J'étais sur le point de dire son nom. Je l'ai cherché avec mon crayon entre B et D. Il n'y a que Cserey à C. Quand j'ai levé les yeux de mon carnet pour appeler son nom, je l'ai vue me regarder fixement, elle avait déjà fermé son livre d'un bruit sec, elle était prête à bondir de son banc et à répondre sans attendre. Elle me fixait de ses grands yeux gris. Je crois aussi qu'elle était pâle, peut-être à cause du trac. Ça m'a troublé. Après coup, je suis agacé d'avoir laissé ce trouble m'envahir. Je n'aime pas que mes élèves anticipent mes intentions. Je ne suis pas un ordre précis pour les interroger. Je tiens à rester insondable. C'est pourquoi, contre ma volonté, je n'ai pas appelé Cserey. J'ai dit : « Babuják ».

C'est un Slovaque. Un grand flandrin, à l'esprit obtus. Il a déjà passé un oral il y a trois jours, à grand-peine. Quand je l'ai appelé, il n'en a pas cru ses oreilles : il s'est levé, affolé, tel un somnambule. Il a regardé autour de lui, désemparé. Sa panique était si transparente que plusieurs élèves se sont mis à rire. Cserey aussi. Je regrettais déjà à ce moment-là de ne pas l'avoir interrogée, elle. Babuják n'a pas ouvert la bouche. Il a péniblement lu les huit premières lignes du texte – *Satyra VI. Otii laudes et vitae rusticae*[1]. Nous les avions rabâchées plusieurs fois en cours. Il s'est bloqué à la deuxième ligne.

« Qu'est-ce que vous ne comprenez pas ? lui ai-je demandé, pris de pitié.

– *Ubi* », a-t-il répondu, désespéré.

Je n'ai jamais vu ça de toute ma carrière. C'est de la faute de Halasi. Un élève de terminale qui ne sait

1. Horace : *Satires*, II, 6. « Éloge du calme et de la vie à la campagne. »

pas ce que signifie *ubi*. Ah, ça va être un joli baccalauréat, je m'en réjouis à l'avance.

Je l'ai fait asseoir. Je plaignais ce pauvre garçon. J'ai vu qu'il était à deux doigts de pleurer. Il a des cheveux de lin qu'il enduit de pommade et des yeux bleus. Je n'ai rien inscrit sur mon carnet. Je me suis senti un peu coupable. Ce n'est pas lui que je voulais interroger, mais Cserey. Je lui ai dit que cette satire louait les bonheurs de la vie au village. Il était censé la connaître. Évidemment, s'il ne reconnaît pas *ubi*... La classe a ri. Ce que je n'ai pas toléré. Nul n'est tenu de rire à chaque fois que je plaisante. Je n'exige pas cela.

Cette année, c'est la première fois que j'éprouve un sentiment d'ennui par rapport à mon travail. Je suis très fatigué. Je vais faire mes cours sans enthousiasme. Je suis content quand ça sonne. Content de rentrer chez moi à midi. Content de rester assis dans ma chambre. À la fenêtre. Je ne me sens tranquille que lorsque j'ai refermé la porte de mon appartement et que j'ai bourré ma pipe. Le cercle m'ennuie aussi. Depuis le jour où j'ai surpris Mészáros aux cartes, je n'y suis même pas monté. Jusqu'à ce journal que je ne tiens plus que par habitude. Dès qu'il commence à faire nuit, je l'abandonne. Je reste volontiers assis dans la pénombre tout l'après-midi, jusqu'au dîner. Dans un demi-sommeil, une sorte d'état second et de somnolence, mes pensées vagabondent lentement dans tous les sens. Tout le reste m'indiffère. Aujourd'hui, j'ai songé à partir à la retraite. J'en ai assez. De tout.

Je n'ai goût à rien. Je suis renfrogné et morose. Je n'y peux rien. Maintenant, je bois une bouteille de vin rouge tous les après-midi. Seul. C'est nouveau ; je commence à en prendre l'habitude. Ça me fait du bien, c'est devenu presque un besoin. Les journaux ne m'intéressent pas.

Je n'ai pas envie de me promener non plus. J'ai à peine fait un pas cette semaine. Cet après-midi, je suis resté dans ma salle à manger, à écouter le canari et le chardonneret.

Je vais mener cette classe jusqu'au bout. Et l'an prochain, je prends ma retraite.

Je sens que je décline. Peut-être l'expérience de cet été aura-t-elle été la dernière. Sûrement. On arrive à un moment où il faut se ranger sur le bas-côté. On n'y réfléchit pas, on ne s'y prépare pas. Un jour, tous les éléments – le corps, l'âme, l'environnement – concordent pour qu'on se retire de la course. Je me suis dit que c'était peut-être le début de la mort. On ne meurt pas comme ça, d'une heure à l'autre, le processus est bien plus lent et long, ça prend des années, sans doute. Jusqu'à ce qu'on accepte. Je ne sens aucun goût dans la bouche, je n'éprouve aucun désir. Je crois que c'est déjà une forme de mort. Ça peut encore durer longtemps. Quelquefois, l'espace d'un instant, la vie semble se ranimer mais ensuite plus dure est la chute. Je n'aurais jamais pensé que la mort était une chose aussi bénigne. Ni qu'elle durait aussi longtemps.

Je n'attends rien. Mon angoisse m'a quitté. Il me semble que tout est parti. Je rêve parfois, mais j'oublie toujours ce que je rêve. Quelquefois, quand je suis réveillé, me viennent des images oniriques, des visages de personnes de jadis, mais quand je reprends conscience, tout devient confus.

9 janvier

Ce matin, quand je faisais l'appel, on m'a signalé que Madár était toujours malade.

« Il a une pneumonie », a prononcé une voix fluette. J'ai regardé dans sa direction : c'était la fille Cserey.

C'est la première fois que j'entendais la voix de cette élève. Une voix fluette et faible. C'est la première fois en quelque sorte qu'elle se manifeste.

« Il a vu un médecin ? ai-je demandé.

– Oui, a-t-elle répondu.

– Bien. »

J'ai décidé d'aller lui rendre visite. Pendant le cours, je me suis posé la question de savoir d'où la fille Cserey connaissait aussi précisément la nature de la maladie de Madár. Maintenant je le sais : elle va le voir. Pas seule, il est vrai. Avec Neumann. Il me faut prendre une décision sur l'attitude à adopter quant à ces visites.

Vers cinq heures de l'après-midi, je suis monté chez Madár. Il faisait déjà nuit. Il habite en périphérie de la ville, chez un boucher. C'est une maison de plain-pied avec une grande cour et une haute barrière. J'ai eu du mal à entrer à cause des chiens agglutinés autour de mes jambes. La rue est sombre, un véritable bourbier. Nos faubourgs sont terriblement négligés. Dans la cour, régnait une odeur lourde de porcherie : le boucher élève aussi des cochons. C'est lui-même qui m'a reçu. Un brave homme, d'un certain âge :

« L'étudiant ? Il va mal, le pauvre. Mais le médecin a dit qu'il allait s'en sortir.

– Qui a fait venir le médecin ? ai-je demandé.

– Les deux jeunes filles qui viennent le voir. »

J'ai tout de suite compris qui étaient ces deux jeunes filles. Je n'ai fait aucune remarque, je préfère garder pour moi ce que je pense. Le boucher a raconté de lui-même que les demoiselles étaient ses camarades de classe.

« L'une d'entre elles est la fille de Gábor Cserey, a-t-il dit.

– Je sais, ai-je répondu.

– L'autre est une jeune fille juive, vous savez.

– Une Israélite, ai-je corrigé, Teréz Neumann ?

– C'est ça.

– Ça fait longtemps qu'elles viennent ici ? » ai-je demandé, avant d'entrer dans la chambre.

Nous tenions cette conversation dans une sorte d'atelier. Sur la table reposait une grande quantité de boudins à l'ail, crus et saignants, dans un immense chaudron. La pièce sentait l'ail. Cette odeur m'a rappelé ma chambre d'étudiant. J'habitais chez une veuve, près de la cuisine, et ma chambre aussi était toujours emplie d'un remugle d'ail. Le boucher s'est rendu compte que je regardais les boudins.

« Non, pas longtemps, a-t-il répondu, seulement depuis qu'il est tombé malade. Vous savez, ce garçon est très seul, quant à moi, je n'ai pas de femme et c'est ma fille qui fait le ménage pour lui. C'est un garçon studieux, à minuit il travaille encore. C'est moi qui lui prépare à manger parce que je suis un peu comme son père. Ça, pour manger, chez moi, il aurait de quoi, mais il ne mange rien. »

Il a prononcé cette dernière phrase sur un ton presque fâché, pourtant je suis persuadé qu'il s'occupe bien de cet élève. Il a une bonne tête et il parle avec l'accent des paysans de la Grande Plaine. Je me suis dit que je n'avais pas la chance d'avoir quelqu'un d'aussi honnête pour me nourrir et que personne ne s'était déplacé pour me voir quand j'étais souffrant.

Madár était couché dans un lit haut sur pieds et semblait encore très fiévreux. La pièce était basse de plafond et mal aérée. À côté du lit, j'ai aperçu une cuvette avec des linges humides. Le bord du lit était rempli de cahiers et de livres. La pièce était à peine meublée. Une lampe à pétrole posée sur une chaise à côté du lit fumait.

« Qu'est-ce qui ne va pas, Madár ? ai-je demandé. Qu'est-ce qu'il vous arrive ? »

Il a voulu s'asseoir dans le lit mais je l'en ai empêché. Ses yeux étaient encore plus brillants que d'ordinaire, luisants de fièvre. J'ai pris son pouls qui battait assez fort.

« Ce n'est plus rien, monsieur le professeur, dit-il rapidement d'une voix faible et fiévreuse. C'est fini maintenant. Le médecin a dit que j'en avais encore pour une semaine. Ce n'était pas vraiment une pneumonie mais simplement une petite *affectio*. Je vous en prie, asseyez-vous… » Il était énervé. J'ai compris que ma visite le perturbait. Sa voix était très faible, comme celle d'un enfant. Le linge de lit était douteux, il avait dû beaucoup transpirer. Sur la table étaient posés deux pots de conserves. Et un paquet de journaux, parmi lesquels *Nyugat*[1]. Je ne connais pas. Sûrement apporté par ceux-là mêmes qui ont déposé les conserves. J'ai cherché son manteau des yeux mais je ne l'ai pas vu.

« Madár, ai-je continué, je suis content que vous alliez mieux. Il faudra faire attention une prochaine fois. Je sais, je sais. Ne vous promenez pas tant, mon garçon. Surtout le soir. Pour l'instant, en tant que professeur principal de la classe... je vais vous allouer une petite aide qui provient du fonds pour les étudiants. Trente couronnes. Voulez-vous que le médecin de l'école vous examine ?... »

J'ai vu que sa bouche tremblait :

« Monsieur le professeur, je vous en prie... », mais il n'a pas poursuivi.

Il était fort troublé. J'ai éprouvé une grande pitié à son égard. J'ai tâté son front :

« Vous avez de la température ? »

Il n'en avait plus beaucoup : trente-huit. Un garçon fragile. J'ai senti que je le gênais, que je le perturbais. J'ai déposé l'argent à côté des conserves.

« Ne vous précipitez pas pour vous lever, mon garçon, lui ai-je conseillé. Vous avez le temps. Vous

---

1. De 1908 à 1941, la revue *Nyugat* fut le réceptacle des tendances littéraires modernes les plus diverses. Mouvement et forum, modèle de libéralisme et de tolérance. Son nom signifie « Occident », et annonce l'ouverture de l'horizon culturel hongrois.

allez vous remettre à niveau. Quand vous vous sentirez mieux et que vous aurez envie de lire un peu… nous en sommes à la sixième satire. *Otii laudes…* vous connaissez, n'est-ce pas ? Mais ce n'est pas important. Ce qui est important c'est que vous recouvriez la santé. Vous êtes un garçon intelligent, vous allez rattraper. Si vous avez besoin de quelque chose… Les camarades de votre classe viennent vous voir ? » La question m'avait échappé.

« Oui, Cserey et Neumann, a-t-il répondu tranquillement, pas du tout embarrassé. Vous savez, monsieur le professeur, je leur donne des cours d'algèbre, à toutes les deux. Cinq heures par semaine.

– C'est bien, ai-je dit. Alors vous pourrez apprendre d'elles où nous en sommes. Et surtout, mon garçon, ne vous levez pas trop vite… Dieu vous bénisse. Si vous avez besoin de quelque chose, vous pouvez tranquillement… »

J'étais gêné. Il fallait que je fasse quelque chose pour ce garçon, pour son manteau. Il ne peut sortir ainsi. Il est sûr de faire une rechute. Que puis-je faire ? Je ne dois pas le vexer. Être aussi troublé m'a agacé.

« Kudlicsek va vous apporter un manteau chaud, lui ai-je dit. Pas un mot, mon garçon. Nous avons, nous les professeurs, un fonds particulier. Du ministère – ai-je ajouté, pour le rassurer. Vous comprenez ? Alors faites attention et restez au calme, mon garçon. Et si vous avez besoin de quelque chose, faites-le-moi savoir. Je veux que vous laissiez un message. À Neumann. Ou à Cserey.

– Merci beaucoup », a-t-il dit d'une voix voilée.

J'ai craint qu'il ne se mette à pleurer. Il avait encore de la fièvre, le pauvre. Aussi lui ai-je serré la main, qui était brûlante et moite, et je l'ai quitté. Dans la cour, les chiens ont encore essayé de m'empêcher de sortir. Le boucher m'a couru après. Il m'a demandé si je désirais lui commander de la marchandise, en m'assurant qu'il me la livrerait à domicile. Je peux faire ça pour lui. Je l'ai prié de veiller sur mon élève et je lui ai demandé de m'apporter un kilo de pâté de foie. Peut-être aurais-je mieux fait de prendre du boudin noir ? Je n'aime pas vraiment le foie.

Demain j'irai acheter un manteau prêt à porter pour ce Madár. C'est dommage, nous n'avons aucun fonds à cet usage. Mais quand il se lèvera, je ne peux le laisser sortir dans son manteau de demi-saison. J'avais d'abord pensé lui donner un de mes anciens manteaux, que j'aurais fait retailler : il en rentrerait trois comme lui dedans. Cependant je me suis souvenu que lorsque j'étais étudiant moi-même, j'avais reçu un manteau usagé. Moi aussi, c'était mon professeur principal qui me l'avait offert pour Noël ; il se l'était procuré grâce à une collecte. Ce manteau était tellement long qu'il m'arrivait aux chevilles et qu'il fallait retrousser les manches. Quand je le portais, j'avais toujours l'impression que tout le monde savait que c'était un vêtement d'occasion. J'en ai beaucoup souffert. Y compris jusqu'à aujourd'hui, quand j'y repense, cela me fait mal. Quitte à donner quelque chose, autant lui acheter un manteau neuf.

Je ne veux pas qu'à cinquante ans, un vieux manteau vienne troubler son esprit.

Le fait que Madár soit le répétiteur de Cserey et Neumann explique beaucoup de choses. Je me réjouis presque de cette explication. Ainsi, il n'est pas extraordinaire que les filles aillent le voir quand il est malade. Je ne peux rien trouver à y redire. Cette information m'a tranquillisé. Je dirais même que c'est tout à fait louable de leur part d'aller chez lui.

11 janvier

J'ai fait envoyer le manteau à Madár par l'intermédiaire de Kudlicsek. C'est un manteau gris en drap épais. Il m'a coûté quarante-cinq couronnes. Ce n'est pas cher. Il y a même une poche à cigares dans laquelle on peut mettre un mouchoir. Le drap est d'une qualité correcte. Il va pouvoir se balader là-dedans sans attraper froid.

12 janvier

Aujourd'hui, à la récréation, je passais dans le couloir quand la fille Cserey est venue vers moi. Elle était gênée, elle n'arrêtait pas de coiffer vers l'arrière les cheveux qui lui tombaient sur la figure.

« Excusez-moi, monsieur le professeur, dit-elle. Madár vous remercie beaucoup pour le manteau.

– Le manteau ? ai-je répondu. Ah oui. Je vous en prie, c'est le corps professoral qui… C'est bien, mademoiselle. »

J'avais eu l'intention de lui dire que c'était l'ensemble des professeurs qui avaient offert le manteau. Je ne tiens pas à ce que Madár me soit reconnaissant de quoi que ce soit. Je sais à quel point une telle gratitude peut être ambivalente. Si on sait qui a donné un manteau comme celui-ci, cela fait plus mal qu'une vexation. J'aimerais éviter ce genre de choses.

« Il va mieux ? ai-je demandé.

– Oui, il va mieux, a répondu Cserey. Il va pouvoir revenir la semaine prochaine. »

Je lui ai conseillé de lui dire qu'il ne se presse pas. Nous n'avons rien dit de plus. J'espère ne plus avoir à m'occuper de Madár ni de Cserey.

Je ne souhaite pas me mêler des affaires personnelles des élèves.

13 janvier

Le facteur est venu pour moi aujourd'hui. Il apportait de l'argent. Cent couronnes de la part d'Ágoston Timár. Elles provenaient de Vienne. Il n'écrivait rien de plus que « *a conto*[1] », Ágoston Timár. Timár ! Pourquoi m'avoir envoyé ceci ? Il n'a certainement pas d'argent, sinon il m'aurait remboursé la totalité de ce qu'il me doit. Pourquoi m'avoir envoyé ceci ?

1. Acompte (en italien).

Il m'a procuré une grande joie avec cet argent. Quand on a une certaine connaissance de l'humanité, on ne se trompe pas. Peut-être Mészáros aussi me rendra-t-il ce qu'il me doit. Rien ne m'autorise à douter de lui. Il est probable qu'il commencera à s'acquitter de sa dette au début du mois prochain. Les hommes sont meilleurs qu'on ne croit.

Le fait que Timár m'ait donné signe de vie m'a fait beaucoup de bien et m'a redonné confiance. C'est le premier jour où je suis de bonne humeur depuis des mois.

L'hiver nous envahit jusqu'au cou. La ville est encerclée de neige. J'aimerais écrire à Timár mais il ne m'a pas laissé d'adresse.

20 janvier

Aujourd'hui dans la rue, j'ai vu Madár, qui est de retour depuis pas mal de temps, avec la fille Cserey. Son manteau neuf lui va très bien. Ça le change complètement. J'ai eu un sourire involontaire parce qu'il a effectivement mis un mouchoir dans la poche à cigares. Il m'a déjà remercié l'autre jour pour le manteau. Il a mauvaise mine, mais maintenant qu'il est vêtu de neuf, il va mieux se porter.

À part ça, le professeur de hongrois s'est plaint que Madár ait déclamé des poèmes barbares au cercle poétique. Des vers libres, sans rimes. Je lui en ai demandé un, je l'ai lu et je n'ai rien compris. Il s'intitule « L'enterrement de la pensée ». Pour quelle raison un jeune garçon enterrerait-il ses pensées ? Il divague.

À l'époque où j'étais étudiant, la plupart des poètes composaient des vers patriotiques ou des poèmes d'amour.

25 février

Un mois que je n'ai rien écrit. Nous sortons de l'hiver, le dégel commence déjà. J'ai fait lire aujourd'hui l'ode IV : « *Solvitur acris hiems grata vice veris et Favoni*[1]… » et j'ai attiré l'attention des élèves sur la neige qui chez nous aussi fondait.

Je n'ai rien de spécial à noter. Nous avons passé la moitié de l'année scolaire. Je signale au passage que Mészáros n'a pas fait la moindre tentative de remboursement au début de ce mois. Il m'évite quand il peut. Il a certainement une bonne raison pour cela.

Le chardonneret est crevé. Il a apparemment attrapé froid. Le canari chante moins à présent. Rien de nouveau, ni autour de moi, ni en moi.

Le directeur m'a fait remarquer aujourd'hui, en plaisantant, que ma barbe devenait complètement hirsute ces derniers temps. Il n'a pas tout à fait tort. Depuis un moment, je trouve également pénible de prêter attention à ce que je porte. De même, d'autres personnes se rendent compte que je néglige mon apparence.

1. Horace, *Odes*, I, 4. À Sextus : *Arrive le printemps, arrive la brise légère, l'hiver se rend, la glace fond aussi.*

Je marchais dans la rue l'autre jour et j'ai brusquement eu l'impression que j'étais vivant ; je ne saurais l'exprimer autrement ; comme si je me rendais compte que je respirais, que je marchais ici, dans la rue, que je disais bonjour et discutais avec les gens. Je n'arrive pas à expliquer cela – c'était une impression qui ressemblait à un vertige.

10 mars

Je suis retombé sur mon cahier aujourd'hui et cela m'a décidé à noter quelque chose. J'ai longuement réfléchi à la nécessité de le faire mais je crois qu'il vaut tout de même mieux que je le fasse.

En résumé, voici ce dont il s'agit.

Ces deux dernières semaines, j'ai fait trois fois le même rêve. Le plus remarquable est qu'en me réveillant, non seulement je ne l'avais pas oublié, mais chaque minuscule détail est resté clair et précis comme dans un film. Le voici : j'ai quinze ans, je suis tout en bras et en jambes, en culottes courtes, et je marche dans une rue d'une ville que je ne connais pas. Soudain, en face de moi, surgit Madár, mon élève. Il ne me salue pas mais se plante devant moi, narquois, avec un mauvais sourire. Il me vient immédiatement à l'esprit que je suis son professeur, et même son professeur principal, et ce ricanement moqueur et insolent me scandalise. Mais comme je vois mon reflet dans une vitrine, je comprends que Madár se rit de moi : en effet, je suis plus jeune que lui, j'ai quinze ans et je porte des culottes courtes. La colère m'envahit et je veux à tout prix persuader Madár que je suis son aîné, que j'ai cinquante ans, que je porte un manteau de fourrure et une barbe, que je suis professeur et qu'il est tenu de me saluer en premier. Je commence à déployer des efforts insensés pour m'étirer et me redresser, je roule des yeux et de toutes mes forces, de tous mes muscles, je me tends dans le but de prouver à Madár, sans perdre un instant, que je suis un adulte, doté d'une barbe, etc. J'exerce mes muscles faciaux pour faire pousser ma barbe et je n'arrête pas de tirailler ma culotte, de la tirer aux genoux pour la rallonger et qu'elle recouvre mes jambes. Cependant Madár se contente de rester là, à se moquer de moi, les mains dans les poches d'un manteau gris, dont la poche à cigares laisse dépasser la pointe d'un mouchoir. Il me dit : « Vous aurez beau faire, mon bon monsieur, vous ne grandirez jamais. » Voilà, et après, goguenard, il éclate d'un rire bruyant, fait un signe de la main et tout en se retournant de temps en temps, s'éloigne en ricanant. Moi, je reste sur place, impuissant, trépignant, je le suis du regard. Je concentre tous mes efforts pour regagner mon apparence réelle. Je veux courir après Madár et lui prouver qu'il se trompe. Mais rien à faire : dans la vitrine, je vois bien que j'ai toujours quinze ans. Entre-temps, passent à côté de moi des gens que je connais un peu, comme Kudlicsek, qui me saluent bien bas avec leurs chapeaux en me disant : « Serviteur, monsieur le professeur… » J'ai l'impression d'être au bord de l'évanouissement et tout se mélange à l'intérieur de moi.

C'est tout. J'ai fait ce rêve trois fois en quinze jours. Une autre observation que je veux noter est le fait que depuis cette période, peut-être même avant, j'éprouve pendant les cours une antipathie singulière, soudaine et violente, à l'encontre de Madár. Pourtant, il ne m'a donné aucune raison de lui être aussi hostile. En réalité, il travaille très bien, je n'entends de tous côtés que des louanges à son égard et, en latin, c'est même un de mes meilleurs élèves. Sa conduite est irréprochable. Dernièrement, il a abandonné le cercle poétique et n'a même pas déclamé un seul de ses poèmes barbares. De l'avis général du conseil des professeurs, Madár a beaucoup changé, il est devenu l'un des élèves les plus prometteurs de l'institution. Je ne le vois presque plus flâner. Je sais qu'il a accepté de devenir le répétiteur de deux autres élèves, des secondes, en plus de Cserey et Neumann, et qu'il leur donne deux heures de cours par jour. Son comportement envers moi est remarquablement respectueux et déférent : on voit qu'il m'est reconnaissant. Toutes ces raisons justifieraient une attitude plus amicale de ma part. J'ai remarqué aussi que depuis que Madár s'en occupe, Cserey et Neumann ont amélioré leurs résultats en latin et le professeur d'algèbre le constate également pour sa matière. Tout bien considéré, cette aversion si nette, si forte, presque physique que je ressens envers lui est incompréhensible. Pendant les cours, je n'aime pas le regarder. Le son de sa voix m'atteint désagréablement. Quand il m'arrive de le croiser dans un couloir, je détourne la tête. Avant d'entrer en classe, parfois, je pense que Madár y sera aussi et cela m'ôte brusquement l'envie de faire cours. Je ne me souviens pas qu'aucun de mes élèves ait jamais produit sur moi un tel effet. Je ne pense pas que ce soit une conséquence de mon rêve, je dirais plutôt que c'est l'inverse : c'est mon antipathie qui l'a produit.

J'ai décidé de vaincre cette répulsion injustifiée et injuste. Je m'évertue à m'occuper le moins possible de Madár mais si le hasard me fait tomber sur lui, je suis gentil. Je n'aime pas son regard, il a quelque chose de flou. Je n'aime pas son visage non plus, ses boutons, son grand nez.

C'est tout ce que je peux noter dans ce cahier, relativement aux semaines qui viennent de s'écouler.

17 mars

Dimanche. Il fait plus doux. Les changements de saisons m'atteignent toujours un peu. Me rendent plus nerveux. Je fais des promenades plus longues malgré la boue épaisse.

Aujourd'hui, en rapport avec mes dernières remarques dans ce journal, je dois relater un incident dont je ne suis pas très fier. Maintenant, c'est fini, il s'est produit et je ne peux rien y changer. Évidemment il s'agit de Madár. Je me suis rarement autant préoccupé d'un de mes élèves que de ce Madár. Je crois que la classe est persuadée que Madár est mon chouchou. Il a sans doute raconté que le Morse lui a offert un manteau et de l'argent quand il était malade. Moi, je sais qu'il n'est pas mon favori. Mais je ne le lui ai jamais fait sentir. Il est indéniable que je lui ai montré de la sympathie. S'il m'est devenu de plus en plus antipathique, c'est mon problème. Dans son sourire, il a un peu trop d'assurance. Parfois je me dis qu'il faudrait que je lui rabaisse un peu son caquet.

Ces derniers temps, j'étais plus irritable que d'ordinaire. Jeudi, vers la fin de l'heure, j'ai interrogé Madár. Il s'est levé tranquillement et m'a regardé. Maintenant, avec le recul, je reconnais que je me suis peut-être trompé. Mais à ce moment précis, j'ai eu l'impression qu'il me regardait avec une sorte de supériorité insolente et trop sûre d'elle-même. Mon aversion à cet instant était si violente que j'aurais pu le rouer de coups. Incompréhensible. J'ai détourné la tête pour ne pas le voir.

« Lisez – lui ai-je demandé –, *Iam pauca aratro regiae iugera*[1]...

– *Iugera regiae* », a-t-il commencé de sa voix nasale.

Je sais que ce n'est pas de sa faute s'il parle du nez. Il doit avoir un défaut, d'ailleurs c'est peut-être pour cela que son nez est si enflé. Mais le son de cette voix m'a excédé.

« Que dites-vous ? lui ai-je dit et je l'ai regardé.

– *Iugera regiae* » a-t-il répété, de son air supérieur et sûr de lui. Il n'avait pas son livre à la main. « Excusez-moi, vous vous êtes trompé. Ce n'est pas *regiae iugera.* »

---

1. Horace, *Odes*, II, 15. Contre les fastes du siècle : *Il n'y avait déjà presque plus de terre sous le soc des charrues.*

Et il a esquissé un sourire amical, un peu timide. Je savais bien que ce n'était pas *regiae iugera.* Je l'ai su à la minute où je l'ai prononcé. Ma langue a fourché. Un court instant, j'ai eu l'intention de hocher la tête et d'acquiescer, ce qui eût été la meilleure solution. Mais quand j'ai aperçu son sourire, j'ai vu rouge. La classe ricanait. Puis, il y a eu un grand silence.

Ce genre de chose ne m'est jamais arrivé en vingt-huit ans. J'ai frappé tellement fort sur le bureau que mon stylo a roulé par terre. J'ai hurlé :

« *Iugera regiae.* Notez-le bien. Ne vous avisez pas de me corriger, jeune homme. Vous vous autorisez trop de libertés. »

Madár a mortellement pâli. Il s'est mis à balbutier :

« Excusez-moi, je…

– Asseyez-vous, ai-je crié. Vous avez compris ? À votre place. »

Le visage livide, il s'est assis. J'ai pris mon chapeau et j'ai quitté la classe.

Jamais une chose pareille ne m'est arrivée en vingt-huit ans d'exercice. Qu'y a-t-il ? Que s'est-il passé ? Trois jours se sont déjà écoulés mais j'ai toujours aussi honte de moi. D'un autre côté, je me sens un peu plus léger. Je n'interroge plus Madár. Je ne le regarde plus. Pendant les cours, il y a des moments où je ressens comme de la haine envers lui.

20 mars

Madár fait tout pour attirer mon attention. D'une certaine manière, il y parvient, mais pas dans le sens qu'il recherche. Pendant les cours, il reste assis en silence, et à chaque fois que je pose une question destinée à la classe en général, il manifeste son désir de répondre ; jamais je ne l'interroge. Je sens qu'il ne me quitte pas des yeux de toute la séance. Il me fixe sans arrêt, guette mon regard d'un air à la fois suppliant, soumis, troublé et ahuri. Il m'arrive parfois de soutenir ce regard, les yeux dans les yeux ; alors, au bout d'un court instant, il détourne humblement la tête.

Par ailleurs, depuis un certain temps, je perçois une certaine tension dans la classe. Je suis moi-même plus nerveux et plus impatient. Je fais des efforts pour me maîtriser. Ce que je peux faire de mieux pour Madár est de l'ignorer.

Je ne supporte pas de le voir.

21 mars

Je n'ai pas la moindre idée de la raison pour laquelle je ne supporte pas sa vue. C'est un sentiment précis, extrêmement fort et que cependant je n'arrive pas à appréhender. J'essaie de l'analyser rationnellement ; peine perdue. Je sais pertinemment que Madár ne m'a rien fait. C'est moi qui suis en faute, c'est moi qui me suis trompé. La seule chose que je puisse lui reprocher est d'avoir manqué un peu de tact en soulignant mon erreur. D'autre part, il n'y a pas si longtemps, il m'était sympathique. Je le plaignais. Je lui ai donné de l'argent, je lui ai acheté un manteau. Je m'étais même un peu projeté sur lui en percevant dans sa situation comme une répétition de ma vie d'étudiant. Il y a trois semaines, pourtant, c'est comme si ce que j'avais appris à son sujet avait déclenché cet antagonisme. En vérité, je n'ai rien appris sur lui, rien qui ne soit à son avantage : qu'il travaille consciencieusement et avec ardeur. J'ai même entendu dire qu'il étendait aussi ses efforts à la gymnastique et au dessin. Son projet est limpide : il aborde la dernière ligne droite. S'il se concentre maintenant, il peut encore avoir la mention très bien au baccalauréat. Pour lui, ça signifie beaucoup, ça signifie tout : si le corps enseignant consacre son excellence, cela lui donnera la possibilité d'obtenir une bourse et l'exonération des droits d'inscription à l'université. Son avenir, sa vie professionnelle en dépendent. Je dois avouer que son projet n'est pas mal parti pour l'instant. En toute conscience, je ne peux pas lui donner d'autre appréciation que l'excellence. Je ne le conteste en rien.

Son regard que je sens continuellement sur moi, ce regard humble, implorant et confus, m'agace et m'insupporte. Il est vrai qu'il me suffit de tourner la tête vers lui pour qu'il baisse les yeux. Pourquoi cette aversion envers ce garçon ? Que s'est-il produit entre nous ? Jamais au cours de ma longue carrière une chose pareille ne m'est arrivée, jamais je n'ai ressenti une antipathie aussi soudaine, aussi peu justifiée envers un de mes élèves. Je ne peux en sonder la cause. Je ne peux rien y faire. Je sais que je suis injuste. Parfois je suis à deux doigts de dissiper tout ce malentendu d'un seul geste. Mais quelque chose me retient toujours. Je me dis que tout ça n'est pas pour rien, qu'il doit bien y avoir une cause. La seule chose que je puisse faire est de me comporter de façon juste à son égard.

22 mars

Je dors mal. Je retourne au cercle ces jours-ci. C'est là-bas que j'ai entendu dire qu'on n'y avait pas vu Mészáros ces derniers temps. Il a joué à crédit, ce que jamais auparavant il n'avait fait. Les rumeurs qui circulent sur lui ne sont pas des plus plaisantes. Que lui est-il donc arrivé ? Perdrait-il l'esprit en vieillissant ? On murmure qu'il va jusqu'à passer les nuits chez cette femme maintenant. Son fils a vendu la mèche à l'école ; l'épouse de Mészáros est au courant de tout. Pour l'instant, le directeur ne veut pas intervenir, eu égard à l'âge de Mészáros et à ses relations sociales. On raconte qu'il est fou de cette veuve qui a vingt-quatre ans de moins que lui. Tout cela est déplaisant pour l'institution aussi. On sait également que je lui ai prêté de l'argent l'an dernier. Il a bavardé au cercle, il s'est vanté en disant qu'il avait encore du crédit : c'est lamentable. On a regretté la perte de mon argent. J'ai rejeté cette compassion à mon égard, j'ai même fait une petite scène : j'ai menti, j'ai déclaré que Mészáros me remboursait le prêt à tempérament.

Évidemment il n'y a pas un seul mot de vrai là-dedans ; bien que nos rencontres soient quotidiennes, Mészáros n'a jamais fait jusqu'ici la moindre allusion à un quelconque remboursement. Il est vrai que nous nous adressons à peine la parole. Comme si de rien n'était. Que puis-je faire ? Au cercle, ils rongent cet os qu'ils ont sous la dent, jusqu'au moindre détail. Plusieurs personnes connaissent la veuve. Il paraîtrait que Mészáros n'est pas son seul ami. C'est incroyable, ce qui lui est arrivé. Je ne le juge pas, mais je ne le comprends pas. À son âge ? Comme si une chose pareille m'arrivait, à moi. Impensable.

23 mars

Ma gouvernante est impossible à maints égards. À midi, je l'ai vertement réprimandée. Je reconnais que je suis devenu très grincheux ces derniers temps. Mais pourquoi laisse-t-elle la porte ouverte entre la cuisine et la salle à manger ? Quand je rentre l'après-midi, l'appartement sent toujours l'ail. Je ne supporte pas cette odeur. Je lui ai déjà demandé cent fois de fermer la porte de la cuisine. Aujourd'hui, elle l'a encore laissée ouverte. Cette puanteur me rappelle toujours ma chambre d'étudiant, à côté de la cuisine. Je l'ai morigénée, peut-être plus violemment que je n'en avais l'intention. La pauvre vieille a éclaté en sanglots. Il faut que je la console d'une façon ou d'une autre. Dois-je lui demander pardon ? Impossible. Elle doit se ressaisir.

Le temps se radoucit lentement. Je me lève plus tôt. J'ai repris mes promenades au Bastion avant les cours.

25 mars

Il est partout. Sur le corso : Madár. Au Bastion : Madár. Hasard ou harcèlement ? Je penche pour le hasard ; la ville est petite. Sans doute dans le passé arpentait-il les mêmes endroits que moi, à la différence que je ne m'en rendais pas compte à l'époque. La plupart du temps, il n'est pas seul, il est accompagné soit de l'un ou l'autre de ses élèves de seconde, soit de Neumann ou Cserey. Il est plus rare que je l'aperçoive avec les deux filles à la fois. Il me salue toujours profondément, balayant la terre de son couvre-chef. Je n'accueille pas son salut différemment des autres. J'y réponds sans un mot. J'effleure le bord de mon chapeau.

Il porte presque toujours un livre. Il se peut qu'il aille chez ses élèves ou qu'il en revienne. Je l'ai vu assis sur un banc au Bastion, en train d'étudier. Maintenant que le temps s'est radouci, on peut comprendre qu'il préfère rester sur un banc au Bastion plutôt que chez lui, dans sa chambre sombre et mal aérée. Rien de répréhensible à cela. Je n'y trouve rien à redire. Mais je ne supporte pas de le voir. Je le sens venir quand il marche dans ma direction. Je détourne la tête. Il y a quelque chose dans ce garçon qui me révulse.

Peut-être son regard. Ou sa voix. Ou son visage. Je ne sais pas. Le pauvre. Je le plaindrais presque parfois, parce qu'il est innocent. Mais quand je pense à lui, ce n'est pas avec bienveillance.

27 mars

Aujourd'hui, encore une de ces situations qui font grimper la tension dans cette relation particulière que j'ai avec la classe. À la base, c'était une chose innocente. J'ai fait des efforts pour me maîtriser. Mais en même temps… J'ai posé une question sur un chapitre de Tacite, que nous avions étudié dans un cours précédent.

« Qui connaît la réponse ? » ai-je demandé, sans réfléchir. J'espérais que plusieurs d'entre eux la donneraient. Ma question fut accueillie par un silence profond. Même les filles se taisaient. Trente-trois ignorants. J'ai regardé avec quelque espoir du côté de Willimszky, le premier de la classe. Il baissait la tête. Une seule main était levée, une main rouge et longue au-dessus des têtes penchées. Bien sûr, c'était celle de Madár.

J'ai attendu trente secondes. Impossible de me résigner. En cet instant précis, j'aurais pu pardonner à Madár. Il m'aurait suffi de dire : « Allons, répondez. » Mais je n'ai pas réussi à prononcer ces mots. La main était suspendue en l'air depuis déjà trente secondes. Je sentais le regard de Madár sur moi, ce regard obsédant, suppliant.

« Bien, ai-je dit calmement. Il y en a un qui sait. Et trente-trois autres qui ne savent pas. J'en prends note. Continuons. »

La main est lentement retombée sur le banc. Il a eu du mal à la baisser, comme s'il n'en croyait pas ses oreilles. J'ai senti quelque chose changer dans son regard, qui m'a forcé à le rencontrer. Nous nous sommes fixés : moi, avec sévérité, et lui, pour la première fois, non pas soumis, mais sérieux, presque avec bravade. Je crois même que pour un court instant, nous avons essayé de contraindre l'autre à baisser les yeux. Puis il a cédé, s'est penché sur son livre. J'ai honte ; mais j'ai joui de cette très facile victoire. J'ai honte, je le répète, mais cela m'a fait du bien. S'il m'avait fixé une seconde de plus avec cet air buté, je ne sais pas ce qui se serait produit. Peut-être me serais-je levé pour aller lui mettre une claque. Je ne sais pas ce qui se serait passé. Mes tempes bourdonnaient.

Dans la classe régnait un silence pénible. Nul ne bronchait. Ils avaient compris que je venais de lâcher Madár. Moi aussi, à cette minute précise, j'avais compris. Compris que mon ressentiment était plus fort que moi. Il me fallait anéantir Madár.

Nous avons continué la lecture. Je crois que j'étais livide.

28 mars

À la récréation de dix heures, ce matin, j'étais en train de traverser le couloir lorsque, devant la salle des professeurs, quelqu'un s'est placé en travers de mon chemin. J'ai eu un haut-le-corps et j'ai failli reculer. C'était Madár.

« S'il vous plaît, monsieur le professeur… a-t-il commencé à dire en tremblant.

– Que voulez-vous ? – ai-je répondu. Que voulez-vous ? Comment osez-vous ? »

J'ai reculé d'un pas. Madár a levé la main. Ses lèvres étaient blêmes et frémissantes. Il a continué, de sa voix nasale :

« Je vous en prie, monsieur le professeur… j'aimerais seulement savoir… Si j'ai fait quoi que ce soit qui ait pu fâcher monsieur le professeur… »

Il a pris une respiration profonde, comme un soupir :

« Je vous demande pardon… jamais, jamais je n'ai eu l'intention de… »

Sa voix se coinça. Encore une seconde et il allait se mettre à pleurer. Il m'a regardé comme un chien. Il m'a fallu un moment pour retrouver ma voix.

« Que voulez-vous ? ai-je articulé. De quel droit ?… Vous n'avez pas le pouvoir de me vexer. Comment avez-vous pu imaginer une chose pareille ? »

Et, voyant qu'il attendait encore :

« Allez en cours », lui ai-je dit.

Je me suis dépêché d'entrer dans la salle des professeurs. J'ai été obligé de m'asseoir, je sentais battre mon cœur. J'ai éprouvé de fortes palpitations pendant quelques minutes. Je ne suis pas encore complètement calmé à l'heure qu'il est.

Il faudrait que j'invente quelque chose pour contrer cette aversion qui m'envahit mais elle est plus forte que ma volonté. Je serais heureux si Madár n'assistait plus aux cours. Voilà ce à quoi j'ai pensé cet après-midi.

29 mars

Il semblerait que Madár ait modifié sa tactique. Il ne se manifeste plus. Ni hier, ni aujourd'hui. Il n'a pas levé la main une seule fois. Il reste assis à sa place sans bouger. Je ne sens plus son regard sur moi. J'ai prudemment tourné les yeux vers lui aujourd'hui, par deux fois : il lisait. Il ne me regarde pas. Il ne demande pas à répondre. Quand je pose une question, il ne lève pas le bras avec les autres. Il a visiblement changé de tactique.

Il faut que je comprenne pourquoi il m'est impossible d'apprécier ce Madár.

3 avril

Je crois que je commence à y voir un peu plus clair.

4 avril

Je ne suis pas encore très sûr, mais je me rends compte de quelque chose. Pour l'instant, je reste très prudent. J'ai largement le temps. Madár persiste dans sa stratégie. Il ne se manifeste pas. Comme s'il ne connaissait pas les réponses à mes questions. Il ne bronche pas de toute l'heure. C'est bien comme ça. On verra bien qui cédera le plus vite. Je commence à soupçonner quelque chose. Je crois qu'un jour, je le tiendrai dans le creux de ma main, ce Madár.

Il faut que j'avance en faisant très, très attention. J'ai supprimé ma promenade au Bastion depuis quelques jours. Je vais marcher dans le faubourg, le long des rues qui mènent au cimetière.

Il fait étonnamment chaud. Les cônes fleuris des marronniers surgissent çà et là. Je vois souvent Mészáros passer devant chez moi. Il semblerait que la saison l'incite à rendre des visites plus fréquentes au faubourg. Aujourd'hui, j'étais en train de corriger des devoirs devant ma fenêtre et vers sept heures du soir, je l'ai aperçu qui se dirigeait d'un pas mal assuré vers l'extérieur de la ville. Se serait-il mis à boire aussi dans l'après-midi ?

Le devoir de Madár était irréprochable. Je lui ai mis la meilleure note. Nul ne peut me reprocher d'être partial. Mais en ce qui concerne une certaine question, je reste sur la brèche.

6 avril

Rien. Il faut que je change d'itinéraire. Je devrais peut-être parler à un des autres élèves… Frideczky, je crois, pourrait m'apprendre deux, trois choses. Mais je n'ai pas trop envie de le solliciter. J'ai le temps. Largement. Et maintenant, il va continuer à faire beau.

7 avril

Cette nuit, encore ce même rêve agité, insoutenable. Quoi qu'il en soit, je dors mal. Je me réveille en sursaut au moindre bruit. Comme si cette impatience recommençait. Comme l'an dernier. Il faut que je trouve quelque chose pour l'apaiser. Je vais m'efforcer de me fatiguer.

9 avril

Aujourd'hui, chez moi, j'ai vidé deux bouteilles de vin, dans le simple but de tuer la soirée. Je vais me coucher. La tête lourde. Je suis content d'avoir bu ce vin parce que je suis plus calme à présent. Mais j'ai la tête lourde.

13 avril

Rien. Mais ce n'est plus qu'une question de vigilance maintenant. La piste est sûre, il ne me reste plus qu'à attendre des preuves.

15 avril

Toujours rien. Si, plus précisément, dans la matinée, visite impromptue de l'inspecteur. L'un d'entre eux est renommé pour ce genre de visite, à l'improviste. Je m'y suis habitué au fil des années. Ce genre de choses énerve encore beaucoup les jeunes professeurs.

La porte s'est ouverte à neuf heures et demie. Personne n'était au courant de sa présence en ville. Il est arrivé hier soir. Il agit toujours de la sorte. Il a l'habitude de prendre une chambre au séminaire. Il surgit au lycée au premier cours du matin. Comme il vient de le faire chez moi. Je crois qu'il a mon âge. Il entre silencieusement, sourit, salue, la classe se lève. Sur le crâne, il porte une petite calotte de soie noire et il est toujours vêtu de sa soutane noire. Il demande le cahier de la classe, se dirige vers le fond de la salle et s'assoit au bord du dernier banc. Il chausse ses lunettes. Puis il dit d'une voix douce :

« Veuillez continuer, je vous prie, faites comme si je n'étais pas là. »

À chaque occasion, il dit la même chose. Aujourd'hui aussi. Dans ces moments-là, je sens toujours la même petite pointe d'inquiétude au creux de l'estomac qu'il y a vingt ans. Comme quand j'étais encore un jeune professeur. Tout dépend de lui : avancement, évaluation. Aujourd'hui ça m'a fait sourire. Il ne sait pas encore ce que je sais, moi : je ne souhaite ni avancement ni évaluation. Cela m'est devenu parfaitement égal. Je ne veux plus rien. Si, Madár, celui-là, je vais le coincer… mais ce n'est pas important. Ce vieux petit détective si poli peut prendre toutes les notes qu'il veut sur moi dans son carnet.

Le trac habituel planait dans l'atmosphère. J'ai interrogé quelques élèves. Après plusieurs réponses timides, parvint du banc au fond de la classe la demande suivante, proférée d'une voix calme et douce :

« Merci beaucoup. Je constate que cette classe est mixte. Peut-être pourriez-vous interroger les jeunes filles ? »

Toujours les mêmes manières, toujours cette politesse doucereuse. Elles me laissent complètement indifférent, mais cette fois sa demande m'a gêné quelque peu. Il est vrai que je ne suis pas tout à fait au clair avec mes élèves filles. Je les mets rarement sur la sellette. Dans la mesure du possible, j'évite de m'occuper d'elles : cela m'est pénible. J'ai d'abord interrogé Neumann. Elle a très bien réussi sa traduction, un texte d'Horace. Après, ç'a été le tour de Makkai. Je n'ai pas la moindre idée de ce qu'elle sait. C'est d'une voix angoissée et haletante qu'elle a distillé des bribes de réponses, avec une lenteur infinie. Pas un seul mot n'a franchi ses lèvres sans qu'elle soit sûre de sa justesse. Makkai a raison de vouloir devenir professeur : elle sera une excellente pédagogue.

J'ai cru que ça suffirait. Deux jeunes filles avaient démontré ce qu'elles savaient faire. Même si cela m'est égal… puisque je compte partir en retraite l'an prochain… D'une certaine façon, j'étais quand même inquiet. L'habitude est plus forte que tout. L'ancienne crainte. Elle perdure. Je sais que cet homme est rusé. Je n'ai jamais vraiment eu maille à partir avec lui mais je sais qu'il est tout sucre tout miel mais malin. Je n'aimerais pas que ma carrière se termine sur un blâme. Je ne veux pas qu'on dise que c'est pour un problème de ce genre que je m'en vais.

J'ai attendu. Il n'a pas cédé. Il s'est mis à feuilleter le cahier de classe :

« Cserey », a-t-il prononcé d'une voix flûtée, tranquillement, doucement.

Cserey s'est levée. Elle était très pâle. Je ne l'avais pas interrogée depuis longtemps. J'ai conscience qu'elle s'applique mais ce qu'elle sait ne m'intéresse pas. J'ai des raisons particulières de ne pas l'interroger. D'abord, elle m'est antipathique. Pas autant que Madár, mais indirectement à cause de lui. L'écume de l'antagonisme que je ressens envers Madár rejaillit sur Cserey. J'ai bien vu qu'elle était dans tous ses états : le trac. Si elle a peur, l'affaire est déjà à moitié perdue. J'ai presque éprouvé de la pitié pour elle. Je l'ai regardée et j'ai vu qu'elle était livide. J'ai été sur le point de lui faire un petit signe. Pour la rassurer, pour qu'elle n'ait plus peur.

« Je vous en prie », a dit l'inspecteur en feuilletant un volume d'Horace, qu'il avait emprunté au garçon assis au bout du banc. « Peut-être l'ode XXXI, *Mors Cleopatrae…* »

Toujours avec la même intuition, il avait trouvé ce texte que nous n'avions vu qu'une fois, sans l'approfondir. Il s'est levé, a arrangé la petite calotte de soie sur sa tête, les lunettes sur son nez, et s'est renfoncé dans l'encoignure de la fenêtre, les bras croisés.

Je le connais depuis deux décennies. J'aurais pu m'habituer. Mais depuis vingt ans, il y a toujours un moment au cours de chacune de ses visites où j'ai l'impression d'être un élève qui tremble devant son professeur et qui ne demanderait qu'à se débarrasser de son livre, à sortir de la classe en courant et à changer ses projets d'avenir pour embrasser, disons, le métier de serrurier. Ce moment était venu : celui où mon cœur se met à palpiter, en même temps que celui de mes élèves.

Cserey a mis un temps fou à trouver l'ode XXXI. J'ai vu que ses mains, tout en feuilletant le livre, tremblaient. Lorsqu'elle a commencé à lire d'une voix frémissante :

« *Nunc est bibendum : nunc pede libero*[1] », j'ai compris tout de suite que c'était fichu. Cserey n'avait jamais porté la moindre attention à cette belle ode. Il est vrai que nous ne l'avons vue qu'en passant. Tout bien considéré, ce texte ne convient pas à une jeune

1. Horace, *Odes*, I, 31. Aux amis : *Il nous faut boire à présent : à présent, d'un pied libre…*

fille. *Nunc est bibendum,* c'est plutôt pour les garçons. De toute façon, je savais que c'était fichu.

D'une voix faible et tremblante, Cserey a lu la première partie, comme si c'était une prière. Puis elle a tourné les yeux vers moi. J'ai hoché la tête pour l'encourager, oui, ça allait, elle avait très bien lu. Elle s'est arrêtée :

« Dois-je continuer à lire ? » demanda-t-elle.

Tous ses espoirs reposaient sur moi. Je ne pouvais pas la laisser tomber. J'ai à nouveau fait signe de la tête :

« Certainement, continuez.

– Je crois que ça suffira pour l'instant, a contredit la voix tranquille venant de la fenêtre. Veuillez traduire ce passage, mademoiselle. »

La fille Cserey restait muette.

« Eh bien, ai-je dit en prenant le livre en main. Voyons donc. Écoutez, Cserey. Allons : *Nunc est bibendum...*

– Maintenant est venu le temps de boire, a répondu Cserey, complètement désemparée.

– Très bien, ai-je continué. Nous pourrions dire également : buvons à présent ! Très bien. *Nunc pede libero pulsanda tellus*[1]... »

Cserey m'a regardé comme si je lui avais parlé anglais. Perplexe, tétanisée et appelant au secours. Mes lèvres mimaient la réponse sans qu'aucun son ne sorte. Je connais cette expression et je sais que si un élève lève les yeux en direction de son professeur

1. ... *maintenant battons la mesure en dansant librement.*

de cette façon-là en présence d'un inspecteur, tout est fichu. C'est un regard de connivence.

Une minute peut-être s'est écoulée ainsi. Je savais quelle jouissance de telles minutes apportaient à l'homme assis au fond.

« Je crois savoir, a-t-il repris au bout d'un moment, d'un ton extrêmement calme, que l'ode XXXI fait partie de votre programme. Il me semble aussi que vous en avez déjà terminé avec Horace au mois d'avril. Nous allons peut-être interroger quelqu'un d'autre. Vous pouvez vous asseoir, mademoiselle. »

Cserey s'est assise.

« Quelqu'un d'autre peut-être ? » a-t-il répété.

Moi, je savais que pour l'ode en question, je ne pouvais compter sur personne, sinon Madár. Et encore, ce n'était pas sûr. Je ne m'étais guère soucié de cette ode.

« Que celui qui veut traduire cette ode se manifeste », a exigé calmement l'inspecteur.

J'ai rarement vu une classe plus silencieuse. Pas une seule main en l'air. Seul quelqu'un s'est levé derrière mon dos. Lentement, en prenant son temps. C'était Madár.

« Comment vous appelez-vous ? demanda l'inspecteur.

– Pál Madár. »

Il ne m'a pas regardé. C'est l'inspecteur qu'il regardait en souriant, d'un air présomptueux et arrogant. Je suis retourné vers l'estrade et me suis assis.

« Commencez, dit l'inspecteur. Prenez le livre.

– Je sais l'ode par cœur, monsieur l'Inspecteur », a répondu Madár avec un sourire confiant en direction de la fenêtre. Puis, de sa voix nasale et basse, il s'est mis à réciter et traduire. L'ode en entier. Il la connaissait, en effet.

Tous les regards étaient fixés sur Madár. Y compris le mien. Impossible de regarder autre chose. Il traduisait facilement et selon les règles, en donnant dans l'ordre chaque vers en hongrois. Lorsqu'il arriva à la phrase suivante : « *Tempus erat dapibus*[1]... », un geste de la main l'a arrêté.

« *Tempus erat* ?

– *Tempus est*, a-t-il répliqué. *Imperfectum pro praesenti*[2]... »

Au bout d'une courte pause, il a terminé :

« *Graeco more*[3]... »

L'inspecteur a hoché la tête :

« Remarquable. »

Je ne me souviens pas qu'il ait jamais loué un élève. Lui et Madár se mirent à converser en latin. La classe retenait sa respiration. « C'est bien », lui dit-il à la fin.

Ensuite il est venu vers l'estrade, devant moi :

« Je vous félicite pour votre élève, monsieur le professeur principal. »

La classe s'est levée. Je l'ai accompagné jusqu'à la porte. Pour la dernière fois. Il ne me verra plus. Lorsque je suis revenu vers les élèves, ils étaient encore debout. Je leur ai fait face, debout à côté de l'estrade.

---

1. *... C'était le temps des banquets...*
2. *C'est le temps.* Le présent à la place de l'imparfait.
3. *Selon la mode grecque.*

« Vous pouvez vous asseoir, ai-je dit. Vos réponses ont été lamentables. Je n'en attendais pas davantage. Elles ne valent même pas d'être notées. J'espère que vous êtes conscients … »

J'ai repris mon souffle. Cela faisait longtemps que je n'avais pas été aussi énervé :

« … qu'un de vos camarades, Madár, a sauvé l'honneur de la classe. Et pour attester la valeur de son interrogation, je vais lui mettre la note maximale. »

J'ai sorti mon carnet et j'ai inscrit la note. Personne n'a dit un mot. Je n'ai pas regardé Madár. Je craignais qu'il ne soit encore en train de sourire comme tout à l'heure. J'avais peur de perdre mon sang-froid.

Cette journée a été celle de Madár. Je crois que mon jour viendra aussi, bientôt. Je ne dois pas en douter. Pour l'instant, il faut attendre. Je veux procéder avec beaucoup de prudence.

15 avril

Au cours de la réunion, l'inspecteur a couvert Madár de louanges. Il n'a rien dit sur moi. Il a infligé un blâme à Mészáros.

17 avril

Pas de doute, je suis sur la bonne piste. J'aimerais bien en discuter avec quelqu'un. Mais si j'en parle trop tôt, je crains qu'on ne flaire quelque chose.

Il fait chaud aujourd'hui, le printemps est précoce. J'ai failli sortir sans manteau. Une lancinante migraine me met au supplice. À présent, chaque soir, je bois une bouteille de vin rouge, parfois une bouteille et demie, pour m'endormir. C'est ainsi à chaque printemps. Je suis très éprouvé par les changements de saison.

Madár ne porte plus le manteau que je lui ai donné. Certes il fait trop chaud pour cela. Il ne met plus de pardessus et si je ne m'abuse, il a un nouveau costume. Marron, bien repassé. (Il est vrai qu'il n'en a pas changé depuis des semaines.) Son apparence s'est améliorée : il a l'air plus net, plus soigné. Il s'est fait couper les cheveux. Nous allons voir.

20 avril

Il ne se passe rien. Il a plu toute la journée. Impossible de sortir.

21 avril

Je me suis fait tailler la barbe aujourd'hui. J'ai vraiment une autre tête avec cette barbe courte.

Sinon, toujours rien.

24 avril

Hier, je les ai vus. Ils marchaient le long du Bastion. Ils étaient seuls tous les deux, pas de tierce personne qui les accompagnait. Ils étaient devant moi, ils ne pouvaient pas me voir. Arrivés au tournant de la promenade, ils ont ralenti le pas. Madár était plongé dans un discours fébrile.

Quand j'ai atteint le virage à mon tour, ils avaient déjà coupé par la rue transversale.

25 avril

Ce soir, j'ai rencontré le médecin du quartier qui voulait à tout prix que je l'accompagne au cinéma. J'y suis déjà allé à deux reprises mais chaque fois en matinée, avec les élèves, pour des programmes éducatifs. À la première séance, ils ont montré la région du Bas-Danube, et à la deuxième, les mystères des fonds marins. Cette dernière projection était fort intéressante malgré des images un peu floues. J'ai demandé au docteur quel était le programme du jour. Il m'a répondu que c'était une « soirée réservée aux messieurs ». Uniquement sur invitation. Le préfet de police en serait, de même que tous les autres messieurs de la bonne société. Le docteur croit savoir que ce soir, il n'y aura que des films courts. Des films licencieux.

J'ai résisté : je n'y suis pas allé.

26 avril

On peut dormir la fenêtre ouverte.

À trois maisons d'ici, il y a un acacia qui fleurit déjà. La rue est embaumée de son parfum. C'est une odeur entêtante et douce. L'an dernier, je ne l'avais même pas remarquée. Cette année, elle est tellement forte qu'elle m'empêche presque de dormir. Elle me donne mal à la tête.

Ces derniers temps, ma gouvernante a pris l'habitude de s'asseoir devant la maison en rentrant des vêpres. Elle ne parle à personne, elle se contente de rester assise en silence. Je crois qu'elle a de plus en plus de mal à travailler et que son ouïe a baissé également. Il se peut que l'an prochain, j'envoie cette pauvre femme à la retraite en même temps que moi, qu'elle rentre chez elle, dans son village.

Il est probable que je déménagerai à ce moment-là aussi.

27 avril

Je les tiens.

28 avril

Je me suis promené tout l'après-midi à la lisière de la ville. J'avais besoin d'aérer ma tête. Établir un semblant d'ordre dans ma pensée. J'y ai réussi, en partie. J'ai aussi réfléchi sur la marche à suivre. Je ne suis pas tout à fait certain de ce que je vais faire. Ce n'est pas le plus important : ce qui est fondamental, c'est que cette fois, je les tiens.

Après le dîner, je me suis installé pour tout écrire.

La lettre aussi, je vais la recopier, par sécurité, au cas où elle s'égarerait. Il n'y a aucun risque. Ce soir, je n'ai pas bu. J'ai fermé la fenêtre pour ne pas être dérangé par le parfum capiteux de l'acacia. Je vais attendre que la bonne en finisse avec la vaisselle. Je l'entends chanter dans la cuisine. J'ai besoin de calme absolu ce soir.

Voilà. Madár est donc entre mes mains. Les choses ne se sont pas passées exactement comme je l'avais prévu… mais ça n'a aucune importance. C'est le résultat qui compte.

Ce matin, je leur ai fait faire un devoir en classe.

Déjà, je m'étais réveillé de bonne humeur. C'est une sensation qu'on ressent parfois. Le temps était superbe aussi, comme si nous étions à la fin du mois de mai. Ma bonne humeur m'a suivi en cours. J'ai donné le sujet et distribué les cahiers. Le texte était de Tacite. Je l'avais bien préparé. Il fait partie des sujets pour le baccalauréat.

Je regardais la classe : elle travaillait consciencieusement. J'ai réprimandé Babuják parce qu'il utilisait une antisèche. Après cet incident, plus rien de spécial. Les fenêtres étaient ouvertes, le soleil brillait.

À midi moins le quart, Madár a fermé son cahier. Naturellement, il était le premier. Même Willimszky planchait encore. Je ne voyais pas Madár, mais je l'ai entendu fermer bruyamment son cahier et s'étirer. Je lisais le cahier de classe. J'étais assis en biais, je lui tournais le dos, comme d'habitude.

On a parfois des intuitions : cinq minutes plus tard, j'ai éprouvé la certitude absolue que Madár trafiquait quelque chose de louche. Il bougeait la main. Sans tourner la tête, je l'ai lentement suivi des yeux.

Il a fait passer un mot à Puliszka, derrière lui.

Puliszka n'a pas relevé la tête mais, d'un geste, il a poussé le billet sous le banc. Il a utilisé sa main gauche tout en continuant à écrire de sa main droite. À ce moment-là, Madár était à nouveau droit sur son siège et fixait le vide devant lui.

Puliszka a levé la tête au bout d'un instant. D'abord, c'est moi qu'il a regardé, puis Frideczky. Puis il a toussé faiblement. Quand j'ai tourné les yeux vers lui, il s'est empressé de baisser la tête.

Un peu plus tard, il a toussé à nouveau. Frideczky, qui occupe le banc à côté de lui, est séparé de lui par l'espace qui existe entre les deux bancs. Or il se trouve que cet espace est situé juste devant l'estrade : c'est là que, d'habitude, je marche de long en large durant les interrogations.

Le billet s'est envolé vers Frideczky. On voit bien que Puliszka est un fin tireur. Le mot a atterri précisément sous le nez de Frideczky, qui s'est empressé de le recouvrir de sa paume. Lui aussi a continué à travailler avec ardeur pendant une minute.

Puis, à son tour, il s'est mis à tousser. À ma profonde surprise, c'est Babuják, ce crétin, qui a levé la tête. Il a d'abord louché vers moi, puis derrière lui, vers Frideczky. Puis à nouveau vers moi et, pendant ce temps, il dodelinait de la tête sans regarder en arrière. Je n'aurais jamais imaginé Babuják capable de tant de ruse. On dirait que son cerveau saisit assez bien certaines choses. Il a plongé sa main droite derrière lui vers le banc où était assis Frideczky. Il a récupéré la lettre, l'a glissée dans son cahier, entre le buvard et la couverture.

Babuják occupe un banc sur la deuxième rangée, derrière les filles. Précisément entre Cserey et Neumann. Avant qu'il ne puisse entreprendre quoi que ce soit, je l'ai regardé et il m'a fixé en retour. Au même moment, d'un geste involontaire, sa main a fermé son cahier.

« Eh bien, Babuják ? lui ai-je demandé. Vous avez fini ? Mais c'est vraiment très bien d'être devenu si rapide dans votre travail ces derniers temps ! »

Babuják n'a rien répondu. Je me suis levé et lentement, je me suis avancé dans le passage entre les bancs. J'ai soulevé le cahier de Babuják, pétrifié dans la contemplation de ma main. J'ai ramassé le cahier et je l'ai posé sur mon bureau.

« Ceux qui ont terminé peuvent me rendre leur devoir. »

Cinq paires d'yeux m'ont regardé fixement. Madár, Puliszka, Frideczky, Babuják.

Et Cserey.

Puis Willimszky, Madár et Neumann se sont traînés à pas lents jusqu'au bureau et m'ont tendu leurs cahiers. Je n'en ai ouvert aucun. J'étais debout devant la fenêtre ouverte et j'observais la classe.

Madár a regardé sans mot dire Puliszka qui regardait Frideczky qui, lui, fixait Babuják de ses yeux exorbités. Cserey ne regardait nulle part : elle était penchée sur son cahier. Babuják, saisi de culpabilité, baissait la tête. Il restait encore quelques minutes avant la sonnerie. La classe a commencé à s'agiter sans bruit. Les élèves ont fermé leurs cahiers, ils ont toussé, se sont étirés, ont raclé le parquet de leurs pieds. J'ai fait le tour des rangées en relevant leurs devoirs.

Puliszka a bondi pour me venir en aide. D'habitude, c'est lui qui se charge de me porter les cahiers dans la salle des professeurs. D'un signe, je l'ai arrêté.

« Je vais les apporter chez vous », a proposé Puliszka.

Il lui est arrivé plusieurs fois de me porter les devoirs jusqu'à mon domicile. Il était visible qu'à cet instant, il aurait donné n'importe quoi pour être en route vers mon appartement, avec tout le paquet. Madár était assis, les bras croisés. Je crois qu'il était livide. Il contemplait ses chaussures sous le banc.

« Je vais le faire, ai-je dit à Puliszka. Vous pouvez rester, mon ami. Aujourd'hui, nous n'allons pas les emporter chez moi. Je reste ici, dans la salle des professeurs. »

La sonnerie a retenti. Puliszka a fait une dernière tentative. Il s'est levé et puis s'est emparé des cahiers.

« Laissez ! ai-je crié. Vous allez les poser immédiatement !… »

Il s'est écarté avec soumission.

J'ai porté seul le paquet dans la salle des professeurs. Je l'ai posé à ma place attitrée sur une des étagères de la bibliothèque. J'ai cherché le cahier de Babuják. La lettre y était tapie entre la couverture et le buvard. C'était une feuille de brouillon arrachée à un bloc et plusieurs fois pliée. Je n'ai lu que le nom et l'adresse du destinataire qui, de l'écriture instable de Madár, s'énonçaient ainsi :

« Pour la prometteuse et indépendante mademoiselle Bébi Cserey.

Premier banc à gauche, numéro 3. »

J'ai relu les termes de cette adresse. Pourquoi Bébi ? Qui est-ce ? À ma connaissance, Cserey se prénomme Margit. Et pourquoi indépendante ? Qu'est-ce que ça signifie ? J'ai tourné et retourné la lettre entre mes mains sans l'ouvrir tout de suite. Elle était étroitement pliée. Quelqu'un est entré dans la salle. Je l'ai glissée dans la poche supérieure de ma veste.

Ensuite je suis allé déjeuner au restaurant. Il était tôt : la salle était encore presque vide. Je n'ai vu aucune personne de ma connaissance. De toute façon, je n'avais l'intention d'ouvrir cette lettre qu'après déjeuner. Ils ont mis un temps fou pour servir la soupe. Je me suis ennuyé. Mais la pensée que je les tenais enfin m'a extraordinairement rasséréné.

Je ne me souviens pas d'avoir jamais éprouvé autant d'intérêt à l'égard d'un de mes élèves. L'institution a souvent connu des scandales. Une fois, un des lycéens a commis un vol. À l'époque, c'est déjà moi qui avais mené l'enquête. Mais ce scandale, cette enquête et d'autres incidents du même genre que j'ai vus survenir avec des élèves au cours de presque trois décennies m'ont laissé complètement indifférent. Jamais je n'ai éprouvé ce que je ressens à présent, c'est-à-dire une implication personnelle dans l'infraction commise. Comme si l'affaire me regardait, et pas seulement parce qu'il s'agissait d'élèves de l'établissement…

J'ai sorti la lettre et je l'ai posée sur la table, à côté de mon assiette. Il me paraît vraisemblable qu'ils correspondent ainsi depuis pas mal de temps, y compris pendant les cours. Cela fait environ une semaine que je les ai vus ensemble pour la dernière fois. Je ne comprends pas pourquoi ils échangent des lettres alors qu'ils pourraient tout se dire à la récréation. Ou alors quand ils se voient l'après-midi. Je ne comprends pas. La seule chose que je sais, c'est que mon intuition ne m'a pas trompé. J'ai compris aussi que là se trouvait la source de mon antipathie à l'encontre de Madár, cette hostilité particulière et inexpugnable. La lettre que je tenais entre mes mains en attestait.

Quand on m'a apporté la soupe, j'ai déplié la feuille. Je l'ai lue d'un seul trait. Je la recopie, telle quelle :

« 11 h 30. Pourquoi ne me regardes-tu pas ? Le Morse croit que je fais toujours mon devoir mais c'est à toi que j'écris. Qu'est-ce que tu as ? Pardonne-moi. Si tu savais comme je suis triste. Tu peux me dire ce que tu veux, tu peux me demander ce que tu veux, mais pardonne-moi. Hier je suis passé chez toi mais ton frère m'a dit que tu ne m'avais pas attendu alors je me suis dit que j'irais au cimetière, sur la tombe que tu sais, dans l'espoir que tu y serais. Mais ensuite j'ai pensé que tu ne t'y trouverais certainement pas parce qu'il était déjà tard. C'est pourquoi je suis rentré chez moi à six heures et que j'y suis resté toute la soirée. Le boucher a tué un cochon, ils l'ont grillé devant ma fenêtre, ça puait tellement que l'air était irrespirable. Que puis-je faire pour que tu me pardonnes ? Tu peux exprimer n'importe quel souhait. Demain, si tu veux, je t'apporte le Babits[1], je le dépose chez toi si tu n'es pas là. Hier soir, j'ai lu *Prince, et si l'hiver aussi venait*[2] *!* Pour être tout à fait honnête, je n'ai pas vraiment saisi ce qu'il a voulu dire avec le prince et l'hiver, mais c'est très beau. Il y a un poème sur l'Amérique. Bébi. Quand tu liras ma lettre, regarde-moi. Parions que tu vas me regarder. Si tu ne te réconcilies pas avec moi, je laisse tout tomber ici et moi aussi, j'embarque pour l'Amérique. Il me reste deux couronnes. Après-demain, Neumann et les deux veaux de seconde vont me payer. Ton père aussi va me payer, ce qui me fait assez mal. Je ne peux pourtant pas lui dire que je te donne des cours gratuitement ? Pourquoi ? Quitte à rendre le Morse fou de rage, je passerai le bac avec mention. De toute façon, il fulmine déjà, toujours à cause de

1. Mihály Babits : écrivain hongrois (1883-1941), un des animateurs de la célèbre revue *Nyugat.*

2. *Herceg, hátha megjön a tél is !* : recueil de poèmes (1911) du jeune Babits.

l'inspecteur. Rien que pour ça, je l'aurai, la mention. Je ne sais pas pourquoi il m'en veut. Tout le monde me fait du mal, et maintenant, tu t'y mets aussi. Tout le monde s'en prend à moi. Ma mère m'a écrit pour me dire qu'elle était malade. Ma pauvre mère. Elle a quarante ans et elle a dû devenir servante. Te rends-tu compte comme c'est horrible ? C'est pourquoi je supporte tout et que j'avale tout. C'est pourquoi je suis obligé de m'excuser auprès du Morse, même si c'est une vieille rosse enragée qui m'a pris en grippe. Ma mère m'écrit qu'elle a soulevé un poids trop lourd et que maintenant, elle a mal au ventre. Ma pauvre, pauvre mère. C'est affreux, cette pauvreté. Elle se plaint dans sa lettre que je ne sois pas rentré à la maison pour Pâques. Mais toi, tu sais pourquoi je ne peux pas y aller. Je ne supporte pas de voir qu'il n'y a plus rien dans la maison. Déjà, à Noël, elle a été forcée de vendre une chaîne et une montre pour installer un arbre et pour que le dîner soit comme avant quand mon père était vivant. S'il vivait, tout serait différent. Je pense maintenant que ce n'était pas un homme ordinaire, mon père. Il n'avait pas d'éducation mais il réfléchissait. C'est mieux. Ce n'est pas lire qui importe mais réfléchir. Il vivait toujours dans les bois, il était taciturne, il parlait peu. Tout ça est affreux. Alors, arrête. Ça suffit maintenant, ne sois plus fâchée. Toi, ma chérie. Je ne peux rien te dire d'autre, ma chérie. Tu m'es si chère, tu ne sais même pas à quel point. Cet après-midi, il y a cours d'hygiène, viens, et je m'assiérai derrière toi. Fais attention en lisant cette lettre. Je me méfie du Morse. Il se peut qu'il ne soit pas aussi bête qu'il en a l'air. Je ne vois rien d'autre à te dire, ma chérie. Il sonne bien, ce mot : chérie. Ne te moque pas quand tu liras ça. Fais-moi signe, pour me dire que tu comprends. Viens cet après-midi. Après, si tu veux, on ira au Bastion. Le Morse chasse ailleurs en ce moment, plutôt du côté du cimetière. Tu pourrais revenir chez moi mais non, je ne veux pas, parce que aujourd'hui ils fabriquent le boudin et toutes les pièces en sont remplies, y compris ma chambre. Mais même sans cela, je ne veux pas que tu viennes. Il se passerait la même chose que l'autre jour. Mais si tu veux, viens quand même. Tant pis, ce sera comme tu voudras. Viens. Ou va à la tombe. Tu sais laquelle, Bálint Kolozsváry, savonnier, il a vécu cinquante-sept ans. C'est l'endroit le plus sûr. De toute façon, je te déposerai le livre cet après-midi. J'ai marqué deux lignes avec mes ongles. Bébi, Bébi chérie. Tu n'imagines pas à quel point je suis malheureux. Je fais partir la lettre, il est moins le quart. »

En marge, écrit de travers :

« À déchirer immédiatement. »

J'ai lu la lettre d'une seule traite, pendant que ma soupe refroidissait. C'est maintenant, après coup, que je me rends compte que c'est la première lettre d'amour que je lis de ma vie. Son écriture lui ressemble. Antipathique, indécise, incertaine. J'ai rangé la lettre dans ma poche et j'ai commencé à manger. Je mentirais si je prétendais qu'elle m'a laissé indifférent. J'ai éprouvé un léger sentiment de dégoût. Je ne peux même pas dire que je suis satisfait de l'avoir lue. A posteriori, je pense qu'il aurait sans doute été plus sage de ne pas le faire. Les remarques me concernant m'ont laissé assez froid. Elles m'ont moins surpris que je ne l'aurais cru. La « vieille rosse enragée » m'a plus déprimé que mis en colère. J'ai plutôt pensé qu'il y avait un peu de vrai là-dedans.

Ce qui m'a inquiété, c'est la tonalité de l'ensemble. Elle est ambiguë et quelques points de la lettre demeurent obscurs. Je n'arrive pas à me contenter de penser qu'il s'agit là d'amours adolescentes. Il y a peut-être quelque chose de plus. De plus et de distinct. Le ton permet de conclure à l'existence de quelque chose de différent entre eux. « Il se passerait la même chose que l'autre jour… » – que s'est-il passé l'autre jour ? C'est l'un des points à éclaircir. Je me suis dit aussi que j'étais un peu responsable envers le père de Cserey. Peut-être faudrait-il le mettre au courant, pour qu'il flanque le répétiteur à la porte. Mais je vais encore attendre.

D'autres convives sont venus s'asseoir à ma table. J'ai bu un café après le repas et, contrairement à mes habitudes, un alcool de noix. J'éprouvais une forte pression dans mon crâne. J'ai allumé un cigare, je n'avais pas pris ma pipe. La preuve se trouvait dans ma poche mais au lieu de me rassurer, cela me déprimait plutôt. J'ai repassé la lettre dans ma tête et je n'y voyais pas plus clair : deux points en particulier me paraissaient obscurs. Premièrement, cette lettre et tout ce que j'y ai découvert mais que je soupçonnais depuis longtemps – et dont elle m'a fourni seulement la preuve – ne peuvent constituer la cause de cette antipathie que je ressens depuis un certain temps envers Madár : si je veux être vraiment sincère, je dois avouer que mon hostilité est si forte, si prégnante qu'elle frôle la haine. Ce garçon n'a rien fait pour mériter ça. Il a manqué de tact à une occasion et il n'est pas sympathique par certains détails, mais c'est tout. Pourtant, seul face à ce cahier, je dois confesser que je suis au bord de la haine envers lui. J'aimerais lui faire du mal. Mais pourquoi ?

Ce sentiment est indigne de moi. Je dois le vaincre. Pour en revenir aux points obscurs, le deuxième est le ton de la lettre. Elle n'est pas une simple missive entre élèves, elle trahit quelque chose de plus que cela. Sa tonalité révèle la passion. Je crois que c'est ce ton qui fait que la lettre dépasse le stade des amours adolescentes. Le garçon se plaint et formule des exigences. Qu'y a-t-il entre eux ? Y aurait-il quelque chose de sérieux ? C'est ce qu'il faut que je sache. Or, il n'y a que le garçon ou la fille qui puisse me l'apprendre.

La troisième question que je me pose à moi-même dans ce carnet : en quoi cela me concerne-t-il ? Non pas en qualité de professeur principal, mais simplement moi. En quoi cela me regarde-t-il ? Je crois que cela ne me regarde en rien. Le garçon a dix-huit ans, la fille dix-sept ans passés. Ce ne sont plus des enfants. Ce sont des jeunes gens qui vont passer leur baccalauréat d'ici deux mois et qui se lanceront de par le monde. Qu'est-ce que tout cela peut me faire ? Madár écrira encore beaucoup d'autres lettres comme celle-ci et Cserey en recevra beaucoup.

Il n'y a pas dans une telle lettre d'amour de quoi se formaliser.

Le serveur avait déjà desservi les tables quand j'ai quitté le restaurant. J'ai marché deux heures durant.

Pendant ce temps, Madár a certainement informé Cserey que la lettre qui lui était destinée était en ma possession. Que ressent-elle ? Est-elle bouleversée ? Il faudrait que je mette au clair le rôle de Cserey. Il se peut que ce soit juste le garçon qui fasse son siège. Je crois que c'est ainsi qu'on appelle ça. Il y a une fâcherie entre eux. Le garçon demande pardon de quelque chose. Il est possible que le rôle de la fille soit tout à fait innocent dans cette histoire. D'un autre côté, elle va chez lui, chez un garçon, dans sa chambre, la lettre le dit sans ambiguïté. Une jeune fille et un jeune homme seuls dans une chambre... Beaucoup de choses peuvent s'y produire. Le garçon écrit : « Ce sera comme tu veux. » La question est de savoir ce qu'elle veut.

Ainsi, Madár sait que « je chasse ailleurs ». On dirait que je ne me suis pas trop trompé de cible. Cet après-midi, j'ai grimpé au cimetière et cherché la tombe de ce Bálint Kolozsváry, qui est mentionnée dans la lettre. Elle est située assez haut, sur le flanc droit de la colline, le long d'un chemin transversal. Je connais les Kolozsváry de réputation, c'est une famille très respectée. Des patriciens. Une belle sépulture : plaque de marbre aux lettres gravées d'or effacées par le temps et une colonne ionique cassée en deux, ornée d'une couronne de marbre. Bálint Kolozsváry a vécu cinquante-sept ans. Les ifs retournés à l'état sauvage dissimulent presque entièrement la tombe. J'ai découvert un banc sur la droite, derrière un de ces ifs. Il avait l'air si accueillant que je m'y suis installé. Eux aussi, sans aucun doute, ont l'habitude d'y prendre place. Le buisson cache ceux qui y sont assis. Quelle jeunesse étrange et futile, quelle idée inconsistante de se promener dans un cimetière. Il est vrai que vu du banc, le panorama est magnifique. On voit la ville entre deux peupliers. Les clochers de ses quatre églises, l'ancien mur d'enceinte. Je suis resté assis longtemps. En contemplant la ville, je me suis dit que ce que je faisais était ridicule. La chose la plus sensée était de déchirer cette lettre et de traiter cette histoire par le mépris, de donner à Madár sa note d'excellence et à la fille Cserey sa mention « bien ». Et ensuite de les laisser tranquilles. Ne pas tenir compte de cette lettre. Considérer tout ça avec hauteur. *Iuventus ventus*[1].

Seulement, maintenant que je suis descendu du cimetière, je n'éprouve plus dans mon être cet apaisement magnanime. Je ne suis plus d'humeur *iuventus ventus*. Ce que je ressens est complètement différent.

Ce que je voudrais maintenant, c'est élaborer un stratagème pour séparer Madár de cette fille.

Il faut que je découvre quelle est la nature de leur lien. Où ils en sont. Le voilà, mon désir.

Je vais dormir : la nuit porte conseil.

29 avril

La nuit est passée, j'ai dormi. La lettre est dans mon carnet. Aujourd'hui, nous sommes mercredi, je n'ai pas cours. J'ai jusqu'à demain pour prendre une

1. Folle jeunesse.

décision. J'ai relu la lettre. Je ne comprends pas non plus pourquoi il l'appelle Bébi. Son prénom est Margit[1].

30 avril

J'ai fait cours, normalement, sans aucune allusion à la lettre. Je me rends compte de la cruauté de mon attitude. Madár avait le teint gris et de profonds cernes sous les yeux. Il n'a probablement pas fermé l'œil de deux nuits. À cause de « la vieille rosse », du « Morse » et du discrédit jeté sur la jeune fille.

Je ne leur ai même pas accordé un regard.

Je n'ai fait que des interrogations pendant toute l'heure. À la fin du cours, j'ai appelé Cserey, de façon inattendue. C'est venu comme ça, je ne sais pas pourquoi moi-même, je n'en avais pas l'intention. La classe sait probablement que je détiens la lettre et ils ont dû croire que j'allais en parler. Frideczky, Puliszka et Babuják étaient verts de peur. Cserey n'osait pas affronter mon regard. Comme je l'interrogeais calmement, elle est peu à peu revenue à elle. Peut-être vont-ils en conclure que je n'ai pas trouvé la lettre ? Je l'ai interrogée, lentement, patiemment.

Pendant qu'elle répondait, j'en ai profité pour la regarder plus précisément.

---

1. Bébi, usuellement, est un diminutif du prénom Erzsébet (Élisabeth) et non de Margit (Marguerite).

Je ne l'avais jamais observée plus en détail. Si, la nuit de Noël, à l'église, mais il faisait sombre. Je l'ai enfin bien regardée. Je ne comprends pas Madár. Cette fille n'est même pas jolie.

Je crois que selon les critères de la beauté féminine, Zakár et Lángos sont bien plus jolies. On pourrait presque dire de Lángos qu'elle est belle, avec sa chevelure blond vénitien, sa peau très blanche et ses formes bien développées. D'ailleurs, je trouve que pour une lycéenne, elle s'habille avec pas mal de liberté.

Elle est beaucoup mieux que Cserey. Celle-ci est de taille moyenne, mince et svelte. Je n'ai pas vu ses jambes, cachées par le banc. Mais à partir de la taille, du point de vue de la féminité, Lángos est mieux lotie, alors que le torse de Cserey est presque comme celui d'un garçon. Elle a le teint mat et ses mains, surtout ses doigts, sont tout en longueur ; je l'ai remarqué quand elle tenait son livre.

Je ne vois rien de spécial dans son visage. Je l'ai observé assez attentivement. C'est un visage étroit et l'an dernier, elle a été obligée de couper ses cheveux court, à cause d'une maladie. Sa chevelure est noire comme un corbeau. Sa bouche est plutôt grande et ses lèvres minces. Ses dents sont saines.

Ce qui est beau chez elle, ce sont peut-être ses yeux : gris-bleu, assez larges. Elle a des sourcils longs et fins qui s'étirent vers les tempes. Je n'ai aperçu rien d'autre de remarquable chez elle.

Ce sont peut-être ses cheveux courts qui la font ressembler à un garçon : d'ailleurs, ce n'est pas sans attrait, bien que Lángos soit beaucoup plus féminine.

Le front de Cserey est assez haut et elle repousse ses cheveux pour le dégager.

Je l'ai fait asseoir sans aucune remarque.

Quand elle a compris que c'était terminé, que je n'avais rien d'autre à lui dire, elle a enfin levé les yeux vers moi. Elle m'a regardé d'un air à la fois craintif et plein d'espoir, et elle a même esquissé un sourire fugace. J'ai eu l'impression que ce sourire était empreint de reconnaissance.

Malgré tout, je garde la lettre sur moi.

Je ne daigne pas accorder un seul regard à Madár.

3 mai

Ce matin, je suis passé devant la chapelle Sainte-Marie. On y célébrait la messe ; j'ai entendu chanter. Je n'ai plus pénétré dans une église depuis Noël. Je me suis arrêté un instant, j'ai écouté les chants et je suis entré. La chapelle était remplie de fleurs printanières. Je suis resté debout dans une rangée pendant une dizaine de minutes. Au cours de ces messes du mois de mai règne une atmosphère particulièrement chaleureuse.

5 mai

J'observe Cserey. J'ai remarqué aujourd'hui qu'elle portait à l'annulaire de sa main droite un anneau étroit, orné d'une petite pierre rouge. C'est une bague bon marché et sans élégance.

6 mai

Mészáros n'esquisse pas le moindre geste pour tenter de rembourser sa dette. Quand nous nous rencontrons, il se comporte comme s'il n'avait jamais été question d'argent entre nous.

Aujourd'hui, j'ai été à deux doigts de le lui rappeler d'une manière ou d'une autre. Et puis, de façon totalement inattendue, frappé d'une conviction absolue, je me suis demandé à quoi bon. À quoi me servirait cet argent ? Qu'est-ce que j'en ferais ?

7 mai

Je me sens incroyablement épuisé. Cette histoire de Madár m'a plus éprouvé que je ne l'aurais cru. Je suis contraint d'y penser plus que je ne le souhaiterais. J'ai honte de l'avouer mais c'est comme ça : je lis la lettre quasiment tous les jours. Depuis environ une semaine. Je crois que si on me le demandait, je serais capable de la réciter par cœur. Plus je la lis, plus je suis convaincu que Cserey est innocente. Je crois que de sa part, il s'agit plus d'amitié, de camaraderie.

Sa personnalité, son apparence extérieure renforcent ma certitude. S'il s'agissait de Lángos, d'accord, je serais prêt à croire ce genre de choses. J'ai entendu dire que Lángos se promène en compagnie d'étudiants en droit. Mais Cserey ? Que dois-je penser de Cserey ? Dans cette lettre, la seule affirmation qui l'implique est celle selon laquelle elle se rend chez Madár.

Je n'arrive pas à prendre la moindre décision. Le mieux serait de laisser tomber toute cette affaire. Mais le problème, c'est que je n'aurais pas la conscience tranquille si je le faisais.

Madár est, à ce que je vois, complètement désorienté. Sa terreur des premiers jours est passée. Il ne doit pas comprendre mon silence. Je ne m'occupe pas de lui : rien de surprenant à cela. Il évite mon regard. C'est à son tour à présent.

À midi, quand j'ai quitté l'établissement, il y avait dans la rue une paysanne qui vendait des violettes. Je dois avouer – à ma grande consternation d'observer chez moi un tel signe de sénilité – que j'ai failli lui en acheter un bouquet. Je me suis réfréné à temps. J'aurais voulu voir la tête de ma gouvernante si j'étais rentré à la maison, un bouquet de violettes à la main.

Je passe peu de temps chez moi en ce moment. Je m'ennuie tout seul. La plupart du temps, je rentre du cercle vers dix heures après avoir lu tous les journaux qui s'y trouvent. Je me couche presque tous les soirs avec des maux de tête.

9 mai

J'ai fait quelque chose d'inutile et d'irréfléchi aujourd'hui. Je marchais le long de la Grand-Rue et mon tailleur, celui qui m'a confectionné mon costume bleu marine il y a deux ans, était debout sur le pas de la porte de son magasin.

« Beau temps, monsieur le professeur, m'a-t-il dit en m'accostant. Et que dirait monsieur le professeur d'un costume de printemps ? a-t-il demandé. Cela fait un moment que nous n'avons pas eu l'honneur… »

C'est vrai : je ne me suis pas fait confectionner de vêtement depuis longtemps. Mais je possède encore un costume de printemps en excellent état, de couleur marron. Il a trois ans et le tissu n'est luisant à aucun endroit. Je n'avais nulle intention d'acquérir un nouvel habit cette année.

« Nous avons un tissu gris… de Zsolna… » a-t-il continué tout en m'attirant dans sa boutique.

Il me l'a présenté, et en effet, c'était un tissu agréable, d'assez bonne qualité. Gris clair. Un peu trop printanier à mon goût. Je ne porte jamais de teintes aussi claires, même en été. Le tailleur m'a tenu tout un discours pour me persuader que le tissu était exceptionnel, absolument pas trop clair, et pour me prouver que j'en avais besoin.

« De toute façon, monsieur le professeur s'habille trop foncé, a-t-il déclaré. Puis-je me permettre de lui demander pourquoi ? À l'âge de monsieur le professeur, bien des messieurs portent des pantalons de tennis en été. »

Ça, ce n'est pas vrai mais je l'ai laissé parler. J'ai commandé le costume. Cent couronnes. Ce n'est pas cher pour un tissu de Zsolna. À présent, avec le recul, je regrette de m'être laissé faire. Je n'ai nullement besoin d'un costume gris clair.

10 mai

Tant qu'à être embarqué dans les dépenses irresponsables, je me suis acheté une paire de chaussures pour aller avec le costume neuf. Ces commerçants ont le don de vous embobiner. On dit que le commerce marche mal. Je suis passé devant le magasin de mode destiné à la bonne société cet après-midi et je me suis arrêté pour jeter un œil sur les chaussures en devanture. Nul doute que j'ai plus besoin de souliers que de vêtements.

Mes bottines, celles que je porte en ce moment, sont assez avachies. De manière générale, je n'accorde pas à l'habillement une importance particulière mais j'ai pensé que les bottines usées jureraient avec le nouveau costume. C'est pourquoi je suis entré dans le magasin et j'ai demandé qu'on me montre les chaussures. Ensuite, tout s'est passé comme il est de coutume dans un magasin de ce style. Ils m'ont d'abord vendu des souliers de couleur jaune. Assez confortables, en *boxcalf*. Ensuite, pour aller avec les chaussures, une demi-douzaine de paires de chaussettes. J'avais besoin de faux cols, ça, c'est moi qui leur en ai demandé. En revanche, le chapeau n'était pas nécessaire. Ils m'ont littéralement coiffé d'un chapeau gris à larges bords et au ruban gris clair. Enfin, une cravate bleu foncé à pois blancs, accessoire dont je n'éprouvais pas le moindre besoin.

Cinquante-huit couronnes.

Je ne regrette pas, au fond, mais ça m'irrite de me rendre compte qu'on ne s'améliore pas avec l'âge. Aucune de ces affaires n'était vraiment indispensable, sauf les chaussures.

11 mai

J'aimerais savoir si Madár et Cserey se donnent toujours rendez-vous au cimetière. J'ai été sur le point d'y monter cet après-midi. Mais supposons que mon hypothèse se vérifie et que je les surprenne derrière la tombe du fabricant de savon ? J'ai imaginé la scène et j'ai jugé plus sage de ne pas y aller.

Pas à cause d'eux d'ailleurs, mais à cause de moi. Il me déplairait beaucoup, en effet, d'être forcé de voir Cserey en compagnie de Madár. Une sensation assez pénible s'est emparée de moi à cette évocation. J'en ai presque eu la nausée.

Encore cette petite Cserey : plusieurs fois, ces temps-ci, je l'ai mieux regardée pendant les cours. Elle est beaucoup moins développée que ses compagnes. Plus adolescente, plus puérile. Ce n'est pas encore une femme, elle n'est peut-être même pas encore formée. Si Madár fabrique quoi que ce soit avec cette enfant, c'est une canaille.

J'ai pensé à eux ce soir. Que Madár soit amoureux de cette fille, c'est son affaire. S'ils avaient l'un et l'autre trois, quatre ans de moins, je considérerais leur camaraderie d'un bon œil. Cela dit, même si c'était le cas… je n'aime pas l'apparence extérieure de Madár. Son nez, sa bouche, son front boutonneux. Je crois que c'est ce qui me soulève le cœur. Cserey a beau ne pas être jolie, c'est tout de même une jeune fille agréable à regarder. Elle pourrait se trouver un autre galant que ce Madár.

Je réalise que ce ne sont plus des enfants et qu'ils ont dû dépasser le stade du jeu. Ce sont les deux expressions ambiguës dans la lettre de Madár qui me font poser des questions. Un certain dégoût physique, d'une grande violence, m'envahit si je l'imagine lui, Madár, faire quelque chose avec cette fille.

Disons, par exemple, qu'ils s'embrassent. Cela me révulse profondément. C'est une image impure mais j'ai eu ce soir la vision de la bouche large et entourée de boutons de Madár en train de baiser les lèvres de la fille Cserey… Des frissons d'horreur m'ont parcouru.

Se pourrait-il que je sois le seul à trouver cela répugnant ? Après tout, c'est un jeune homme. En tous les cas, cette histoire me prouve clairement que j'avais raison en ce qui concerne l'enseignement mixte. Maintenant l'expérience justifie mon opinion.

Il faut que je fasse quelque chose. Cette situation, entre Madár et moi, est bancale. Il sait que je suis en possession de sa lettre. Lui, je le laisserais volontiers souffrir. Mais j'ai pitié de Cserey. C'est par rapport à elle que cette missive imbécile me chagrine. Cela me fait mal de penser qu'elle croit que je suis au courant de quelque chose la concernant et que je suis en train de projeter une riposte contre elle. Elle a beau être une élève, elle n'en est pas moins une jeune fille. J'aimerais la tranquilliser d'une façon ou d'une autre.

Je dois faire ce geste par rapport à moi-même. Que Madár croie ce qui l'arrange.

13 mai

On m'a livré le costume gris. Je n'éprouve pas le désir de le mettre tout de suite. Je l'ai accroché dans l'armoire, à côté de mes récentes emplettes, les chaussures neuves et le chapeau. Sa coupe est légèrement différente de celle de mes costumes plus anciens. Ceux-ci ont une double rangée de boutons alors que le nouveau n'en a qu'une. Il n'est pas aussi ample que les autres. Le tailleur a décrété que c'est ainsi qu'on taille les costumes clairs.

Il ne me va pas si mal. Je l'ai vu à l'essayage. Il faut que je m'habitue.

Demain je vais rendre les devoirs. J'ai replié la lettre comme elle était quand je l'ai découverte. J'ai trouvé une solution à mon problème. Demain, je vais faire un autre devoir. Je n'ai pas noté le précédent. J'ai remis le mot dans le cahier de Babuják, entre la couverture et le buvard.

14 mai

Babuják a retrouvé la lettre. Après que j'eus remis les cahiers, il lui a fallu un certain temps avant d'oser ouvrir le sien.

« Je n'ai pas mis de note cette fois-ci, ai-je dit, avant de donner le sujet. Le travail d'aujourd'hui est la suite de celui que je vous rends. Faites attention. Je noterai les deux devoirs en même temps. »

Je suis certain que la lettre s'est retrouvée entre les mains de Cserey à la fin de l'heure.

Je suis très satisfait de cet arrangement. Que Madár pense ce qu'il veut. Mais je suis content que Cserey ne se sente pas gênée vis-à-vis de moi. Les élèves filles, c'est délicat, je le vois bien. Je n'arrive pas à réagir avec suffisamment de fermeté à leur égard.

Je ne les connais pas assez bien pour évaluer leur sensibilité.

16 mai

Ce qui est sûr, c'est que ce sont des créatures différentes. Peut-être que je me trompe mais il me semble que depuis deux jours, Cserey a meilleure mine. Les derniers temps, elle était pâle. Et toujours très sérieuse. Aujourd'hui, pendant le cours, je l'ai vue rire avec Neumann. Peut-être se moquaient-elles de moi. Cela m'a presque fait du bien.

Il fait un temps radieux. Je me suis demandé ce matin si je n'allais pas mettre mon nouveau costume. Je crains qu'il ne me rajeunisse trop. Finalement je ne l'ai pas mis.

18 mai

Pendant ces douces soirées de fin de printemps, comme en ce moment, on ne peut se résoudre à aller se coucher.

Il fait si chaud qu'au cercle, certains d'entre nous jouent au tarot en bras de chemise. Hier soir, quelqu'un a fait monter le tsigane de chez « L'aigle ». Je suis resté là-haut au-delà de minuit. Beaucoup de convives ont chanté ; moi aussi, j'ai eu envie de chanter, parce que j'avais bu du vin. Je me suis retenu jusqu'à minuit. Après minuit, assis avec les autres, je me suis rendu compte que moi aussi, je chantais.

Cela m'arrive très rarement.

Pour être à l'aise avec le tsigane, pour chanter, il faut quelque chose que je ne possède pas. Maintes fois, au cercle, les notables racontent des anecdotes, après ils se mettent à boire, puis font monter le tsigane. J'ai essayé plusieurs fois de rester avec eux. J'ai beuglé comme eux, j'ai bu, j'ai chanté. Mais toujours avec l'impression de ne pas être dans le ton, de ne pas le faire comme les autres. Il me manque quelque chose. Quand je m'amuse, je sens que ce n'est pas tout à fait sincère. Même quand je suis de bonne humeur. Même quand je crie à l'unisson des autres et que je le fais du fond du cœur. Cela ne me va pas bien. Je ne fais pas partie de leur monde. Il faut avoir quelque chose de particulier pour faire ce que font les messieurs du comitat et moi, je ne l'ai pas.

J'ai toujours l'impression que les membres de la compagnie échangent des regards entre eux quand je quitte la salle, après de tels divertissements.

Et qu'ensuite, ils soupirent.

Je ne sais pas chanter ces belles mélodies avec autant de facilité que les autres. Pourtant je n'ai pas une vilaine voix. J'aime bien l'entendre. D'autres personnes me l'ont dit d'ailleurs, qu'elle n'était pas pire qu'une autre. Mais surtout je ne sais pas parler avec le tsigane comme il convient. Jamais je ne lui ai dit : « Mozsi ! » ou : « Écoute, viens voir par ici ! » Tout simplement, ça ne passe pas. Je n'arrive pas à le tutoyer non plus. Hier soir aussi, c'était la même chose, j'ai commis ce genre de bévue. Tout le monde tutoyait le tsigane, je suis le seul à lui avoir dit, alors que j'étais déjà passablement ivre :

« Je vous prie de jouer ceci… »

Je m'en suis rendu compte au moment où je le prononçais. Trop tard. Le maire adjoint a fait une grimace et s'est mis à rire. Je sentais qu'il avait raison de se moquer. J'ai songé à me lever et à rentrer chez moi, mais j'étais déjà bien gris : je suis resté.

Ils ne se sont plus occupés de moi.

Je me suis assez bien amusé quand même.

Mészáros est apparu vers minuit, venant on ne sait d'où. Il s'est montré à nouveau très amical avec moi : il ne m'avait pas manifesté autant de sympathie depuis des mois. Il s'est assis à côté de moi dès qu'il est arrivé. J'ai fait apporter du vin pour lui. Il a tout de suite appelé le tsigane. Voilà comment il lui parle, lui :

« Alors maintenant, mon petit Mozsi, ouvre grand tes oreilles ! Tu sais qui est ce monsieur ? il m'a montré d'un geste. C'est l'honorable monsieur Morse. Quand monsieur Morse a décidé de s'amuser… »

Tout le monde s'est esclaffé, moi aussi. On ne peut en vouloir à Mészáros. Dans ces moments-là, il est très sympathique. En ville, chacun sait que mon sobriquet est le Morse. Tout au long de la soirée, c'est ainsi que Mészáros s'est adressé à moi. « Ah ! Mon petit Morse ! – a-t-il dit. – Quelle magnifique soirée ! »

Tout compte fait, je me suis plutôt bien amusé.

Effectivement, la soirée était très douce. Au cercle, les fenêtres des salles étaient restées grandes ouvertes. Je sentais bien que tout cela ne me convenait pas, mais la musique et le vin me faisaient du bien. Sans doute en avais-je besoin. De toute façon, il est difficile de trouver le sommeil par ces chaudes soirées de fin de printemps.

Il était bien plus de minuit quand je suis rentré chez moi. Avant de nous séparer, Mészáros m'a soulagé de cinquante couronnes.

Aucune allusion aux mille deux cents couronnes précédentes.

Sur le chemin du retour, la lune était pleine. Pas âme qui vive sur la Promenade du Bastion. J'ai fait deux allers-retours, histoire de m'aérer la tête. Le feuillage sur les arbres est déjà aussi dense, aussi touffu qu'en été. C'était vraiment une très belle nuit.

Je ne m'étais pas promené ainsi la nuit depuis longtemps. Je dois avouer qu'une pensée particulièrement stupide m'a traversé l'esprit. Je devais être vraiment très soûl.

20 mai

Cet après-midi, dans la rue Zrinyi, je suis passé devant la chapelle de Marie où se déroulait l'office. Par la porte, j'ai aperçu l'autel à nouveau couvert de fleurs. Ces offices du mois de mai sont très beaux. Dommage que je ne sois pas pratiquant. Pouvoir prendre part à des célébrations aussi belles doit vous soulager.

J'ai décidé d'aller dîner à « L'aigle » pendant quelques jours. À cause du tsigane. Il est vraiment pas mal, ce tsigane, et j'aime bien l'écouter.

Je voudrais attirer d'une façon ou d'une autre l'attention des élèves filles sur cette belle habitude des offices de mai. Je ne sais pas pourquoi cela m'est venu à l'esprit. En tout cas, Cserey ferait mieux d'assister à ces beaux services dans l'après-midi plutôt que d'aller s'asseoir sur un banc avec Madár, derrière la tombe du fabricant de savon.

Ces derniers temps, je ne les ai pas vus ensemble ; je crois que c'est mauvais signe.

Si je conseillais aux jeunes filles d'assister aux offices, je ne réussirais qu'à me rendre ridicule. Je ne comprends pas pourquoi cette idée m'est passée par la tête. J'ai des pensées plutôt étranges ces derniers temps.

21 mai

Il est possible que je me trompe mais il me semble que Cserey est bien plus gaie depuis qu'elle est persuadée que je n'ai pas lu la lettre. Que Madár se réjouisse plus ou moins m'importe peu. À ce que je constate, il n'est pas particulièrement joyeux. En cours, il se fait tout petit et – serait-ce un effet du printemps ? – de plus en plus de boutons éclosent sur son visage.

En revanche, le temps réussit à Cserey : il y a des jours où elle est presque jolie. Pas belle, loin s'en faut. Mais en y mettant un peu de bonne volonté, on pourrait la trouver jolie.

23 mai

Ah, si seulement je savais pourquoi il l'appelle Bébi dans la lettre ! Qu'est-ce que c'est que ce nom ? Est-ce qu'ils l'utilisent seulement entre eux ? Et de façon générale, qu'est-ce que c'est que ce nom ? Bébi ? Est-ce Madár qui l'a surnommée ainsi ou est-ce ainsi qu'on l'appelle dans sa famille ? Si tel est le cas, ce n'est pas si mal, comme surnom. Bébi, ça ne veut rien dire, c'est juste un diminutif innocent. Mais en gros, il lui va bien.

Bébi. Aujourd'hui, en cours, j'ai failli lui dire : « Tenez-vous droite, Bébi. » Elle se tient mal, les épaules vers l'avant. Heureusement, je me suis rattrapé à temps. Je n'ai rien dit.

26 mai

À midi, après les cours, elle marchait devant moi dans la rue. Elle portait des chaussures à bride jaunes et des bas gris.

28 mai

Une pensée m'obsède constamment. Toujours la même. Madár embrasse-t-il cette Cserey ? La serre-t-il entre ses bras ? Si tel est le cas, ne serait-il pas de mon devoir d'intervenir ? De prévenir d'une manière ou d'une autre la jeune fille ? De lui dire que Madár n'est pas celui qui lui convient ? D'ailleurs, il est sans doute en mauvaise santé, en tout cas il en a l'air.

Hier avant le cours, je me suis demandé pourquoi l'idée que Madár puisse éventuellement entretenir avec Cserey des rapports physiques me gêne et m'insupporte à ce point. Quand je dis « rapports physiques », je ne pense à rien de particulièrement méchant : le simple fait qu'il l'embrasse, le simple fait qu'il puisse lui prendre la main suffisent pour que la haine envers Madár me submerge. Pourquoi Madár ? Pourquoi lui ? Pourquoi ce gamin chétif ? Où a-t-elle la tête ? Je pense que Puliszka, par exemple, est beaucoup plus séduisant. Il est blond, de grande taille, et sa physionomie possède quelque chose d'à la fois aimable et fier.

Je m'évertue à imaginer que Madár n'existe pas. Je ne lui veux aucun mal : simplement, je me persuade qu'il n'est pas de ce monde, qu'il n'est jamais né. Je passe la classe en revue et je me demande sur qui, en l'absence de Madár, Cserey aurait jeté son dévolu. Je m'arrête sur Puliszka. Puliszka est vraiment sympathique. Il n'a pas de boutons, lui. Dans l'hypothèse – que je trouve intéressante – où Cserey aurait jeté son dévolu sur Puliszka, je tente d'imaginer cette situation et d'analyser comment je réagirais envers Puliszka. Je me livre à cet exercice pour essayer de cerner la cause de mon antipathie envers Madár. Force m'est de constater que l'expérience ne réussit qu'à moitié. Puliszka ne trouve pas grâce non plus à mes yeux. Je ne le considérerais pas avec une bienveillance particulière non plus si je le savais proche de Cserey.

Je ne pense qu'à ça. C'est une idée fixe. Elle me dévore de l'intérieur. Madár l'embrasse-t-il, cette petite Cserey ? Il me faut une certitude. Peut-être cela ne me ferait-il plus rien si j'étais sûr qu'il l'embrasse sur la bouche. Mais, elle, non, je ne peux pas envisager qu'elle fasse ça. Pourtant, entre amoureux, c'est ce qui se fait en premier, les baisers. Coutume barbare. Certains peuples ne connaissent même pas le baiser. À mon avis, c'est une habitude malsaine bien que – comme on dit – elle soit aussi vieille que le monde. De plus, Madár ne doit même pas être tellement propre. C'est dégoûtant.

Avant de m'endormir, j'ai pensé à Cserey qui va dans la chambre de Madár. Elle franchit le seuil, ils se disent bonjour. Que font-ils ? Il est plus que probable qu'ils commencent tout de suite par s'embrasser. J'ai tenté de me représenter la scène logiquement. Il est possible qu'il n'embrasse que la joue de la jeune fille et non sa bouche. Ça, passe encore… J'espère… Mais après ? Est-ce qu'ils s'assoient l'un à côté de l'autre ? Où ? Il n'y a pas de canapé dans la chambre de Madár. Peut-être y a-t-il deux chaises, je ne me rappelle pas précisément. En revanche, je me souviens des rideaux à la fenêtre. Pas de tableaux aux murs mais des rideaux à la fenêtre. C'est sûrement Madár qui les a fait poser. Il n'est pas exclu qu'ils s'asseyent sur le lit. Et une fois installés là, continuent-ils à échanger des baisers ? C'est sûr et certain : il prend la fille dans ses bras. Cette petite Cserey est assez mince. Quand je pense aux mains moites et longues de Madár quand il enlace Cserey, et que c'est avec ces mains qu'il la touche, ça me rend malade de dégoût. Je n'ai pas réussi à trouver le sommeil.

Si j'avais une certitude, peut-être cela me laisserait-il indifférent. Or je ne peux l'obtenir que de Cserey. Ou de Madár. Mais comment m'enquérir d'une chose pareille ? C'est impossible. J'ai beau me persuader que c'est mon devoir de le faire, je n'y crois pas : rien ne m'y oblige.

Je n'ai qu'un seul et unique devoir dans cette histoire : celui d'être juste.

29 mai

Dans un mois, ce sera le baccalauréat. Je veux noter une chose liée à ça qui m'est passée par la tête pendant l'heure de cours. Je me suis dit qu'il restait encore un mois, et qu'ensuite ils allaient partir. Ils vont s'envoler, tous les trente-quatre. Je n'enseignerai plus l'an prochain. Je ne tiendrai plus personne sous ma férule. Quant à eux, ils vont quitter la ville pour la capitale ou ailleurs, dans une ville universitaire. Au moment où je m'en suis rendu compte, j'ai pris peur. Ma main est restée suspendue en l'air, avec mon crayon. Cette peur était une chose nouvelle, forte, douloureuse. Me tiennent-ils tellement à cœur à présent ? Je ne sais pas. Jamais je n'ai ressenti un tel attachement envers des élèves. En général, ils arrivent, ils s'en vont. Mais quand j'ai imaginé ce qui allait se produire d'ici quatre semaines, leur départ de la ville ou, s'ils y restent, le fait qu'ils ne seront plus dépendants de moi et que je ne pourrai plus ni les surveiller, ni les pourchasser, ni veiller sur eux, j'ai été envahi par un abattement que je n'ai jamais connu auparavant.

Plus que quatre semaines en tout. Incroyable.

Être aussi attaché à cette classe me surprend. Il m'est difficile d'imaginer que je n'aurai plus jamais aucune classe. Je vais regretter de ne plus voir certains élèves. Par exemple, Puliszka. Ne plus voir Cserey, je ne le conçois pas volontiers. C'est une très gentille élève. Le matin, en allant en cours, j'oublie mes pensées du soir et je me réjouis vraiment à l'idée de voir Cserey. Elle a un aspect fort aimable. Ces derniers temps, elle me regardait avec confiance et attention. Son visage figure parmi ceux qu'on a plaisir à contempler. De tels visages sont rares. Je lui indiquerais volontiers sa voie, je l'aiderais volontiers en quoi que ce soit, si elle avait besoin de moi. Mais je ne crois pas qu'elle ait besoin de moi. Ses parents, d'après ce que je sais, s'en tirent plutôt bien. Elle ira à la faculté de médecine, elle veut devenir médecin. Les filles d'aujourd'hui sont particulières. De mon temps, les jeunes filles restaient dans leur ville natale jusqu'à leur mariage. Cette petite Cserey, cette Bébi comme d'aucuns la nomment, va partir d'ici pour devenir médecin. Elle vivra seule dans la capitale. Ses parents, tout braves gens qu'ils sont, ne se doutent peut-être même pas de ce que cela signifie. Dans la capitale, mille dangers guettent une jeune fille. Il m'est difficile d'imaginer que cette très jeune fille vivra seule. Dans la rue, elle sera exposée à des inconnus qui lui adresseront la parole. Sa logeuse lui cherchera sans doute querelle. Je les connais, moi, ces logeuses. Peut-être ne serait-il pas superflu d'avertir les parents de Cserey à propos de tout cela. Peut-être ne serait-il pas inutile de leur expliquer que ce serait plus avisé de leur part de garder leur fille chez eux pendant quelques années. Jusqu'à ce qu'elle soit plus forte. Elle est encore très vulnérable à présent. Une adolescente fragile.

Margit Cserey ne me fait pas vraiment l'effet d'être une femme. Ce que je veux dire, c'est que, lorsque je la vois assise devant moi, je ne pense pas tout de suite que c'est une femme. Avec Lángos, Zakár, Makkai, le cas est différent : c'est la première chose qui me vient à l'esprit. Avec Cserey, pas du tout. La seule chose que je ressens, c'est qu'il s'agit d'une gentille élève. Je ne me demande pas si c'est une fille ou un garçon. L'autre jour, quand elle s'est levée à la sonnerie et qu'elle est sortie de la classe, je me souviens d'avoir été presque étonné de la voir porter une jupe. Cette surprise était idiote mais c'est ainsi. Elle porte habituellement une jupe marron à carreaux. Je crois qu'elle est assez courte.

Cette sympathie pour elle m'occupe. Ce n'est pas du côté des élèves que je m'attendais à trouver quelqu'un envers qui j'éprouverais une telle sympathie. Timár avait raison : il faut aimer quelqu'un – cette expression est peut-être trop forte, il suffit de trouver quelqu'un de suffisamment sympathique pour donner soudain plus de sens au quotidien. Cette sensation de vide et d'attente, si lourde, si pénible, a disparu. Le matin, je me réveille de bonne humeur, je sens que la journée a un but, comme s'il fallait régler une affaire ou comme si on avait la perspective d'une visite agréable.

Je suis content quand je vois Cserey. Elle a un visage aimable, un peu désemparé. Ses yeux expriment beaucoup de sympathie. Elle peut me regarder avec confiance et admiration. Je crois qu'elle est très naïve. Madár n'a pas dû avoir à fournir trop d'efforts pour gagner sa confiance par quelque procédé insidieux.

Mais dès la fin des cours, je ne sais plus quoi faire de mes journées. Quand je pense que dans quatre semaines je n'aurai plus rien à faire, cela me rend de mauvaise humeur.

Au cours de ces quatre semaines, il faut absolument que j'apprenne quelque chose : est-ce qu'ils s'embrassent ? Après ce sera trop tard. Ils ne dépendront plus de moi. Je n'aurai plus rien à voir avec eux. J'ai déjà pensé que je pourrais peut-être parler à

Madár, avec une certaine confiance. M'adresser à son âme. Pensée saugrenue. Il nierait, c'est certain.

30 mai

Il me faut noter une chose surprenante. Depuis des années, j'ai une habitude particulière, une habitude ridicule mais contre laquelle je ne me défends même plus. Il m'est difficile de la confesser. Ce n'est pas de la superstition : c'est plus que cela. C'est plus que ridicule : c'est inavouable. Voilà : tous les soirs, dans mon lit, avant de m'endormir, avec l'index et le majeur de ma main droite, je touche le cadre en bois de mon lit, au-dessus de ma tête, et je pense à quelque chose. Par exemple, je pense : « santé », et je touche le bois. Ou « avancement », « bonne nuit », ou « incendie ». Ce qui me vient à l'esprit, ce qui me préoccupe, ce que j'aimerais voir se produire, ou pas. Quelquefois, très rarement, je touche le bois pour quelqu'un d'autre. Très rarement. La dernière fois, ç'a été quand le directeur était malade, sans vraiment faire exprès j'ai touché le bois avant de m'endormir, ce n'est pas comme si j'aimais particulièrement le directeur mais je le plaignais. Je sais que c'est une habitude ridicule. Mais ce n'est pas que ça. Je crois que c'est une dernière survivance de la prière, une sorte de dégénérescence religieuse. Je ne prie plus jamais, depuis des décennies. De mes anciennes habitudes d'enfant ne subsiste plus que ce rituel risible.

Depuis quelques jours, avant de m'endormir, je tape deux fois. La première fois, je pense : « santé » et la deuxième fois : « Cserey ». Tant j'éprouve de sympathie pour elle. Je tape dans son intérêt. À vrai dire, ce n'est pas pour « Cserey » que je touche du bois : par trois fois, je l'ai fait pour « Bébi ». C'est plus simple ainsi et je sais de quoi il s'agit.

31 mai

De la ville émane une odeur tout à fait particulière au mois de mai. Surtout le matin. Ces semaines-là ne ressemblent en rien aux véritables saisons : ce n'est plus le printemps et pas encore l'été. Il fait chaud.

Aujourd'hui, j'ai été sur le point de revêtir mon nouveau costume gris. Je l'ai sorti, et une idée grotesque m'a traversé l'esprit, tellement grotesque que j'ai éclaté de rire, ce qui ne m'était pas arrivé depuis longtemps, et qui plus est, seul dans ma chambre.

C'était ce matin.

Dans l'après-midi, je n'ai pas réussi à me libérer de cette obsession. C'est bizarre, ce genre de choses. Comme si un étranger était arrivé à l'improviste dans la maison avec un projet que je ne partagerais pas, mais qu'il passe son temps à essayer de me persuader en alignant des arguments, des explications pour me convaincre. Tout ça est évidemment absurde ; mais il faut discuter avec lui.

Voilà à quoi j'ai consacré mon après-midi.

Maintenant, après dîner, l'idée ne me paraît pas si impossible. Le soir, toute absurdité semble plus vraisemblable. Je suis fatigué, vidé. Je sens une fragrance absolument nouvelle, très puissante, qui a envahi la ville entière. C'est un parfum entre la fleur et le fruit que je n'arrive pas à définir précisément et qui produit une atmosphère à la fois épuisante et excitante. Peut-être va-t-il pleuvoir.

1er juin

Ce matin, je me suis rasé. Nous sommes mercredi, je n'ai pas cours aujourd'hui. J'avais le temps. J'ai enlevé ma barbe.

À présent, je n'ose plus me regarder dans la glace. Hier soir, je me suis endormi sur la décision de ne pas le faire, sur la certitude que c'était absurde. Quand je me suis réveillé ce matin, j'ai senti tout de suite qu'il avait plu. Quand je suis sorti, la terre était encore humide et fumante de vapeur. J'ai fait un tour au Bastion. Je suis rentré pour neuf heures. Ce que j'ai fait pendant la demi-heure qui a suivi, je ne l'ai pas encore vraiment compris. J'étais d'excellente humeur. Je dirais même d'une bonne humeur fébrile. Je me suis planté devant le miroir, j'ai pris des ciseaux et j'ai tailladé ma barbe. Après je suis allé chercher mon vieux rasoir, je l'ai aiguisé et, lentement, je me suis rasé. Je me suis débarrassé de ma moustache en même temps. Je crois que j'ai agi sous l'emprise d'un accès de folie.

Au cours de cette entreprise, je me suis coupé, au niveau de la pomme d'Adam. Ça a beaucoup saigné. J'ai perdu l'habitude de me raser. J'ai laissé plein de poils de barbe sur mes mâchoires mais je n'ai pas insisté pour obtenir un rasage parfait, ma main n'était pas assez assurée.

Je n'ai aperçu aucun changement tout de suite. Pour être tout à fait honnête, plus tard non plus. Debout devant la glace, j'ai regardé mon visage glabre et je n'ai vu aucune différence. Le changement spectaculaire auquel je m'attendais vaguement n'a pas eu lieu. J'ai plutôt ressenti une sorte de soulagement, comme lorsqu'on répare une faute. Mon visage ne m'a semblé ni nouveau ni étranger. Au contraire, il m'est apparu comme le seul véritable. Comme si l'autre visage, avec la barbe, n'avait été qu'un masque. Comme si j'avais avancé masqué pendant des années. J'ai enfin retrouvé ma vraie figure. Je suis redevenu moi-même.

Je me suis longuement contemplé dans le miroir.

Deux rides profondes entourent ma bouche. Je ne savais pas qu'elles étaient là. Quand j'ai commencé à me faire pousser la barbe, il n'y en avait pas encore la moindre ébauche. Elles se sont fabriquées au cours de ces cinq dernières années. J'ai eu l'impression d'être un chirurgien qui, en ouvrant le ventre d'un malade pendant l'opération, y découvre quelque chose de totalement différent de ce à quoi il s'attendait. Une autre maladie. Ces deux rides, je ne les connaissais pas. Elles sont profondes, dures.

Mon visage est maigre, presque émacié. Je ne constate que maintenant à quel point j'ai les joues creuses. Avec le temps, j'avais également oublié à quoi ressemblait mon menton. Je n'en avais plus la moindre idée. En fait, il est carré, comme une petite boîte. Je ne m'en souvenais plus du tout.

Mes yeux sont enfoncés dans leurs orbites. Des cernes profonds les entourent. J'ai des pommettes saillantes. Je ne sais pas quand tous ces changements se sont produits. Je n'ai pas fait attention. Je suis mal en point, dirait-on.

J'ai retourné le miroir et l'ai rangé dans le tiroir. Mes mains se portaient constamment à mon menton, inconsciemment, il me fallait sans arrêt toucher mon menton et mon visage. Je me sentais très bizarre. J'éprouvais un arrière-goût de tromperie après tout ça. Je ne sais pas ce que j'avais espéré. C'est grotesque. À quoi avais-je bien pu m'attendre ? À ce qu'un beau jeune homme blond surgisse de derrière ma barbe ? Sottise.

Je ne savais pas que j'étais en si mauvaise forme. Je me suis rendu compte aujourd'hui que je grisonnais. Près des tempes et en longues traînées dans ma chevelure. Ma gouvernante, après s'être répandue en exclamations sur ma nouvelle tête, en est arrivée à la conclusion qu'elle me préférait avec la barbe.

Mais elle est âgée et elle n'y voit pas très bien non plus : ça ne compte pas.

De toute façon, cela m'est complètement égal de savoir qui me trouve comment, avec ou sans barbe. L'opinion des gens m'indiffère. Certes, je sens que mon visage est mis à nu, qu'il a même quelque chose de clérical. Maintenant seulement, je m'aperçois qu'il y a dans chaque visage glabre à la fois quelque chose de brutal et d'un peu théâtral. La barbe donne un air plus sincère, plus naturel. Peu importe. Ce qui est fait est fait.

D'ailleurs, si je veux, je pourrai faire repousser ma barbe d'ici l'automne.

Pour l'instant, il vaudrait mieux que je trouve un barbier pour qu'il me rase correctement. Il y en a deux dans la Grand-Rue, l'un qui s'appelle Sátory, et l'autre Venczel. J'allais chez Sátory il y a cinq ans. Après je n'en ai plus eu besoin. Venczel est un peu moins propre mais il a la main plus légère.

Il fait tellement chaud que je me suis changé après déjeuner. J'ai revêtu le costume gris. Il n'est pas mal, seulement un peu serré aux épaules et à la taille. Pas mal du tout, pas banal. Coupe moderne. Mais agréable à porter par cette chaleur parce qu'il est léger. Je me suis changé de pied en cap : j'ai mis les nouveaux souliers, et aussi la cravate bleue qu'ils ont réussi à me vendre.

Le chapeau est un peu grand. J'ai mis du papier journal dans la doublure. Le bord est large, presque à l'italienne. Il est entouré d'un ruban de soie gris clair. Jamais je n'ai possédé un tel couvre-chef. C'est tout à fait inhabituel pour moi. Jusqu'ici, j'ai toujours porté des chapeaux ronds.

Cela dit, il y a toujours quelque chose de rassurant dans les affaires neuves. Dans nos vieux habits, c'est comme si on était condamné à porter nos misères et nos soucis anciens. Les vêtements neufs nous rafraîchissent. Je suis allé chez le barbier.

Deux surprises singulières m'attendaient sur le chemin.

D'abord, dès que j'ai franchi le seuil de ma maison, j'ai croisé trois élèves de première. Ils m'ont regardé, et puis ils ont continué leur route en devisant tranquillement. Ils ne m'ont pas reconnu.

Le tailleur, lui, m'a reconnu. Il m'a complimenté pour le costume. J'ai vu qu'il me suivait des yeux. Il n'a pas été le seul. Dans notre ville, on remarque tout, y compris un costume neuf. Je me suis aperçu que, malgré soi, quand on est vêtu de neuf, on marche en bombant davantage le torse, avec plus de superbe.

Je me suis arrêté devant une vitrine. Et c'est là que j'ai éprouvé un vrai choc. Je me suis vu des pieds à la tête. J'ai failli m'évanouir.

L'homme que je voyais dans la devanture était un inconnu. Plus jeune que moi. Mince. Le genre dont on dit qu'il est d'âge moyen. L'homme qui se reflétait dans la vitre dépolie paraissait la quarantaine. J'avais le même aspect à cet âge-là. Sauf que je n'avais jamais été aussi bien habillé. Je crois être élégant à présent. Incroyable, l'effet produit par un costume. Une cravate. Et surtout par le chapeau.

Avec ce chapeau, je ressemble à un étranger.

En chemin vers le barbier, je n'ai rencontré personne de connaissance. L'officine de Venczel s'est beaucoup développée ces cinq dernières années. Il s'est procuré quatre miroirs et s'est abonné à plus de journaux ; sur chaque tablette de lavabo est posé un flacon de liquide antiseptique.

C'est Venczel lui-même qui m'a rasé. Il n'a pas émis la moindre remarque sur le fait que je m'étais coupé la barbe. Il ne m'a rien demandé. D'une main douce et légère, il m'a ôté les touffes de poils que j'avais laissées. Il a soigné ma coupure à la gorge avec de l'alun. Il a arrangé ma cravate.

Je ne suis pas satisfait de mon col. La cravate de soie glisse par en dessous et on voit les boutons. Je suis obligé de la remettre souvent en place. En voyant mon reflet dans la glace du barbier, je me suis dit que si je veux faire cours, je devrai assurer les élèves de mon identité, leur dire que c'est bien moi.

Quand ce fut terminé, Venczel s'est penché, a secoué la serviette comme un drapeau et m'a dit fort civilement :

« La chenille s'est transformée en papillon.

– Pardon ? ai-je demandé.

– Ce que j'entends par là, a-t-il continué toujours avec la même politesse, c'est que je ne donnerais pas trente-cinq ans à monsieur le professeur. Non, même pas trente-cinq : trente-trois. »

Il exagère, évidemment, comme tout barbier. Mais il a aussi un peu raison. Il n'y a que ces deux nouvelles rides. Ma bouche est assez mince comme ça, sans moustache.

« Un peu pâle, non ? lui ai-je demandé.

– Oh, pensez donc, a-t-il répliqué. Ça n'empêche pas de se marier.

– La chenille, ça, c'est vrai. Mais le papillon ? Allons, regardez-moi ! »

Et j'ai montré les deux rides du doigt.

« Elles n'y étaient pas il y a cinq ans, lui ai-je dit. Et ça non plus. »

J'ai touché ma tempe. Venczel a haussé les épaules et a regardé autour de lui, puis il s'est penché vers moi et m'a confié en chuchotant :

« On peut remédier à beaucoup de choses, il suffit d'un peu d'habileté manuelle, on peut faire des massages. Et en ce qui concerne les cheveux blancs, seuls en ont ceux qui le veulent bien. Si monsieur le professeur suivait mes conseils… »

Il s'est tu en accompagnant son silence d'un geste large et éloquent. Je l'ai regardé, choqué : était-il devenu fou ? Ce barbier était capable de se mettre à me teindre les cheveux. Je lui ai dit ce que j'en pensais.

Pendant que j'écris, je ne peux m'empêcher de lever la main vers mon visage et de toucher mes joues. Il rase bien, ce barbier, il n'y a rien à redire. Ma figure est complètement lisse.

Je n'arrive pas à m'endormir.

2 juin

La journée a été pénible. Chacun m'a complimenté et y est allé de ses remarques. Quelqu'un m'a conseillé de me laisser au moins repousser la moustache. Le directeur, fidèle à lui-même, m'a fixé d'un air ébahi en bougonnant. Il est le seul à ne pas m'avoir fait de compliments. D'autres m'ont lancé des piques : les gens, en général, sont bêtes et méchants.

Ils ont également examiné mon nouveau costume. Mon chapeau. Pour ce genre de personnes, tout devient un événement remarquable. Jusqu'à ma cravate dont Mészáros s'est étonné. Il m'a regardé comme si j'étais un revenant.

« Fais attention ! m'a-t-il dit, en levant brièvement un index menaçant.

– À quoi ?

– Fais attention, je te dis », a-t-il répondu mystérieusement.

Qu'est-ce que ça signifie ? À quoi faut-il que je fasse attention ? Je crois que Mészáros a plus de raisons de prendre garde que moi. Toutefois, ce que je craignais le plus était la réaction de la classe : il me fallait affronter les élèves. C'est chose faite maintenant.

Il est indéniable que certains d'entre eux m'ont contemplé bouche bée comme si j'étais une figure de cire. Comme s'il m'était poussé quatre oreilles. Mon cours ne s'est jamais déroulé dans un calme si profond. Je ne sais si c'est l'effet du grand silence ou seulement dû à mon imagination, mais il m'a semblé que même ma voix a changé depuis hier. Elle est beaucoup plus tranquille.

Je n'ai regardé Cserey qu'à la fin de l'heure. Elle me fixait de ses yeux qui semblaient plus grands, dilatés. Quand elle s'est rendu compte que je la regardais, elle a souri.

Elle sourit à chaque fois qu'elle se rend compte que je la regarde.

3 juin

J'ai parcouru le calendrier aujourd'hui. C'est invraisemblable qu'il ne reste plus que quatre semaines à peine, dont cinq dimanches et quatre jours où je n'ai pas cours. C'est incroyable comme cette année a passé vite. Impossible que ce soit déjà fini. Après, que va-t-il se produire ? Je n'ose pas y penser. D'abord les vacances, puis la retraite, une grande vacance, et enfin le tombeau – est-ce tout ? Comment en suis-je arrivé là ? Je ne comprends pas. C'est pourtant ainsi que tout s'est passé, que la vie s'est écoulée. Ce n'était rien. Ça continuera à n'être rien.

Je pourrais enseigner encore un peu.

Mais non, je n'ai plus aucune envie d'enseigner.

Maintenant que je me suis coupé la barbe, ils ne vont même pas comprendre pourquoi je pars à la retraite. Cela m'est égal, de toute façon, ils ne comprennent rien. Qu'est-ce que nous, les êtres humains, comprenons les uns aux autres ? Rien. Nous ne savons même pas ce que nous sommes. Tout est différent de ce que nous croyons, entièrement différent.

Je me suis promené toute la journée. Je ne supporte pas de rester chez moi. En marchant dans la rue, je me sens plus léger. Sur le chemin, on croise des connaissances, on bavarde. Dans la rue, il y a de la vie, chez moi, il n'y a rien. Cette chambre, c'est déjà un tombeau.

Le soir, je rentre tout de même à la maison après sept heures. Je sais que passé cette heure, ce n'est plus la peine d'être dehors : il fait encore jour, mais il n'y a plus grand monde dans les rues.

Beaucoup de gens me suivent du regard ces temps-ci, quand j'arpente la ville. Je ne sais pas ce qu'ils regardent. Ils devraient être habitués maintenant, le prodige dure depuis trois jours.

Aujourd'hui j'ai rencontré le directeur dans la Grand-Rue. Il s'est arrêté et comme à son accoutumée, il a graillonné :

« On se promène ?

– Oui, ai-je répondu. Par ce beau temps !

– Oui, a-t-il dit. Bien sûr, c'est le printemps.

– Quel printemps ? » ai-je demandé, bêtement. Je connais notre directeur, je sais que c'est un vieux renard. Chacune de ses paroles dissimule un autre sens.

« C'est ce beau temps, dit-il en clignant des yeux, qui fait sortir les gens… Je ne te voyais jamais avant. Je veux dire, ici, sur le corso. Alors ? Hein ? »

Il s'est penché vers moi avec un sourire malin :

« Ou bien… c'est que… tu cherches quelqu'un, peut-être ? Dis-moi… tu ne songerais pas à te marier ? Hein ? »

Il a piqué mon gilet avec son doigt, au-dessus de mon estomac, et s'est esclaffé. Que faire d'autre ? Moi aussi, j'ai ri.

« On m'a raconté, a-t-il continué, que tu t'es mis à t'amuser ces derniers temps. Hein ? Que tu as donné dix couronnes au tsigane – c'est vrai ?

– Mon Dieu, tu sais, monsieur le Directeur, ai-je dit, parfois, je m'ennuie… »

Il a tapoté mon épaule.

« Surtout ne fais pas de bêtises, m'a-t-il recommandé. Tu as bien coupé ta barbe, pas vrai ? Alors, pas de bêtises, n'est-ce pas ? »

Il m'a laissé là. Je l'ai suivi du regard, ahuri. Qu'est-ce que je pourrais faire comme bêtise ? Je ne connais personne. Je ne fréquente personne. Que me veulent-ils donc ? Tout de même, j'ai bien le droit de couper ma barbe, non ? Cela ne regarde personne.

Mais cette rencontre m'a contrarié. Je suis rentré chez moi peu après. Mon irritation est passée maintenant, j'ai décidé de ne pas m'en faire.

Si on ose m'adresser encore une remarque, lui ou un autre, je donne ma démission.

4 juin

Il faut que je parle à quelqu'un. Si seulement Timár était là. Je dois me confier à quelqu'un. Cet après-midi, j'ai été sur le point de rentrer dans une église pour me mettre à genoux et prier. Cela me désespère de ne pas être pratiquant. J'aimerais tellement tout dire à quelqu'un de confiance. Si une telle personne n'existe pas, alors à Dieu. On peut faire confiance à Dieu. Dieu écoute. Il écoute même un peu trop, à mon avis.

J'ai constamment soif. J'ai essayé de boire du vin mais cela ne me soulage qu'à moitié. Au déjeuner, j'en suis déjà à consommer huit, voire neuf décilitres de vin. Cela ne m'aide pas. Il n'y a plus que le matin où je me sente bien. Mais après, je ne sais pas quoi faire. Si je pouvais parler à quelqu'un. J'ai songé à inviter Madár. Certes, il est repoussant, mais il est aussi intelligent. Peut-être que si je lui parlais…

Je me suis dit aujourd'hui : Dieu miséricordieux. Comme une supplique. Si j'étais croyant, peut-être tout serait-il plus facile. Mais à qui m'adresser à présent ? À ce cahier ? Je n'ai pas confiance en lui. Je n'ai confiance en personne, ni en rien, ni homme, ni papier, rien. Je ne me fais même plus confiance à moi-même.

Tout à l'heure, à midi, j'ai cru que j'allais craquer. Que j'allais passer devant le banc où elle est assise et lui caresser les cheveux. Rien d'autre, même pas lui toucher le visage, juste les cheveux. Il n'y a là rien d'extraordinaire. Elle pourrait considérer ce geste de la même manière que celui d'un professeur tapotant l'épaule d'un élève. Les autres n'y verraient sans doute rien de plus. Je n'effleurerais même pas sa peau. Son cou est assez gracile, elle porte une mince chaîne d'argent.

J'aimerais lui acheter quelque chose. Dommage que ce ne soit pas dans les mœurs. Nous, les professeurs, pourrions offrir aux élèves de terminale un petit cadeau en souvenir. N'importe quel cadeau, peu importe. La mode est au bracelet-montre en ce moment, peut-être quelque chose de ce genre-là. Qu'elle porterait sur elle.

5 juin

Parler à quelqu'un, parler, parler... Poser des questions, parler d'elle. À Dieu. Ou au Diable. Ou à Madár. Aujourd'hui, je me suis aperçu que Venczel, le barbier, tripotait mon menton. J'étais assis sur son siège, les yeux fermés, et je ne les ai pas ouverts. Je l'ai laissé faire. C'était plutôt agréable. Je lui ai dit :

« Ça ne sert à rien, Venczel. À rien. » Il a ôté ses mains de mon visage et il a ricané :

« Monsieur le professeur serait étonné... Qu'il vienne un après-midi... »

Il est certain que c'est un bon barbier. Mais moi, je sais que ses massages ne servent à rien.

Depuis que j'ai confié à ce journal que j'ai eu envie de lui caresser les cheveux, je suis plus calme. D'une façon ou d'une autre, il faut formuler les choses, c'est très important. Je suis absolument certain que si je pouvais m'exprimer librement à ce sujet, tout s'allégerait. J'ai beaucoup de choses à demander à Madár. Je suis stupéfait de me rendre compte du nombre de choses que je veux savoir. Je pourrais passer des heures à lui poser des questions.

Il m'intéresserait de savoir si... mais je n'arrive pas à l'écrire. C'est terrible, mais je ne peux pas.

6 juin

Aujourd'hui, réunion de préparation pour le baccalauréat. La date de l'examen a été arrêtée : il aura lieu le 6 juillet. Quatre jours de plus que ce que je pensais.

Nous sommes également tombés d'accord sur Madár : s'il ne commet pas d'erreur et obtient une mention très bien au bachot, suivant en cela les vœux de l'Inspecteur général, le directeur le proposera pour une bourse d'études supérieures.

À midi, en marchant dans la rue, j'ai été pris de vertige. J'ai dû m'appuyer à un arbre un instant. Depuis des jours je ne mange pas correctement, c'est peut-être pour ça.

7 juin

Il fait nuit, je viens de rentrer chez moi. J'écris, assis devant la fenêtre ouverte. Je tiens à noter que je vais peut-être devenir croyant. Il faut que je trouve une solution. Je suis descendu du cercle au Bastion. Puis j'ai parcouru la Grand-Rue. J'ai descendu la rue Florián jusqu'au bout. Le portail était ouvert, j'ai vu une cour profonde, grossièrement pavée, avec un puits, une cabane à outils au fond, une voûte en arche et, derrière le porche, un laurier dans un tonneau. À gauche de la porte, l'atelier, et à droite, le logement. Les fenêtres sont basses. La maison est de plain-pied. L'odeur qui s'échappait du porche était un peu moisie et douceâtre, un mélange de miel et de tonneau. Il y avait encore de la lumière dans l'atelier. Les fenêtres de la partie habitée étaient déjà noires. Les volets sont de couleur brun foncé. Le numéro de la maison, le 18. Je suis passé devant elle une fois, lentement. Après, j'ai entendu résonner les pas de quelqu'un qui arrivait de l'autre bout de la rue. J'ai vite quitté les lieux.

J'ai la tête comme si j'avais bu. Brûlante mais claire. C'est une ivresse profonde et étrange ; différente de celle causée par le vin : le cerveau reste lucide. Trop lucide. Je comprends tout, je vois tout. Quand je passe devant une vitrine, j'aperçois mon reflet et je pense avec un léger mépris : quel pantin. Ce que j'aimerais, c'est me glisser dans une peau qui ferait de moi un autre, un autre différent de celui que je suis. Je voudrais que ma voix change. Ou que mon visage se métamorphose. J'accueillerais volontiers n'importe quelle transformation pour fuir celui que je suis actuellement, pour ne plus être dans l'impuissance. Je n'ai aucune échappatoire. Je dois rester ici, dans cette peau-là, sans espoir, comme dans une prison menaçant ruine, un lieu de plus en plus obscur, de plus en plus impitoyable.

Qu'est-ce que la Beauté ? C'est la question que je me suis posée pendant ma promenade : qu'est-ce que la Beauté ? D'où vient-elle ? Qu'y trouvons-nous ?

Une main est-elle belle ? Un regard ? Un geste ? Au-delà de tout ça, très loin, je sens quelque chose. Quelque chose d'infiniment bon et apaisant. Mais moi, qu'est-ce qui est beau chez moi ? Rien. Je pense aujourd'hui que seuls ceux qui sont en harmonie avec le monde peuvent être beaux.

Parfois, pendant quelques instants, j'éprouve le sentiment que tout ce qui s'est produit, ou pas, durant ma vie, tout ce que j'aurais aimé faire, tout ce dont j'ai été empêché par lâcheté, par manque de volonté ou par peur du dérangement, que tout cela à présent est rassemblé. Dans ces moments-là, je perçois le cours de ma vie comme un grand flux régulier qui irait vers son accomplissement.

Le plus souvent, je me sens comme quelqu'un qui s'éveille d'un cauchemar et, tout en reprenant ses esprits, se rend compte que jadis on l'a assommé, détroussé et laissé pour mort, pendant que les voleurs s'enfuyaient avec son bien. Voilà ce que je ressens.

Autre sensation : un certain goût dans la bouche. Ce n'est ni la saveur d'un fruit ni celle de quelque nourriture. Je ne sais pas à quoi il correspond. Il est douceâtre et odorant. Parfois il m'envahit tellement que j'en ai la nausée.

Aujourd'hui, en cours, je me suis promené dans les rangées. Il se passe quelque chose dans la classe. J'ai décelé une lueur dans leurs yeux. Ils ne me regardent pas comme avant. Je n'irais pas jusqu'à dire que leurs regards contiennent de la moquerie. Je crois plutôt que je les amuse. Leurs yeux trahissent encore un peu d'étonnement aussi. Ils m'observent à nouveau à chaque heure. Il se peut qu'ils soient en train de réfléchir à un nouveau sobriquet : « Morse » ne convient plus puisque je n'ai plus de moustache.

Dans ses yeux, je ne discerne aucun changement. Ils ne montrent ni raillerie ni étonnement. Elle me regarde comme avant. J'ai eu l'impression aujourd'hui qu'elle me plaignait. Je ne sais pas pourquoi. Je suis sûr d'avoir senti de la compassion chez elle.

Je suis passé devant le banc où elle est assise. L'un de ses livres était posé un peu trop au bord du banc ; sans le faire exprès, je l'ai frôlé et il est tombé par terre, devant le banc. Elle s'est levée d'un bond pour le ramasser ; ses cheveux, quand elle a des gestes brusques, tombent tout de suite et cachent son visage.

Je me suis baissé et j'ai ramassé le livre.

« Tenez, ai-je dit.

– Merci », a-t-elle répondu.

C'est la première parole personnelle que je l'ai entendue prononcer.

8 juin

Aujourd'hui, la classe riait pour une cause inconnue. Ils n'ont pas cessé de toute l'heure. Madár également. Ça éclatait ici et là, dans un coin ou un autre ; quelques rangées se retenaient, mais les autres n'y arrivaient pas. Je n'ai pas osé les interroger sur les causes de leur hilarité. Peut-être un événement s'est-il produit avant le cours, quelque chose de drôle ; il leur suffit d'un rien. Mais il est possible que l'objet du rire soit ailleurs. Je n'ai pas osé leur demander. J'ai touché ma cravate à deux reprises mais elle était en place. À la fin de l'heure, je me suis hâté vers la salle des professeurs pour contrôler mon habillement ; tout était en ordre. Nul doute qu'ils ont ri pour une tout autre raison.

Madár a fait montre d'une extraordinaire bonne humeur. Je l'ai rarement vu aussi joyeux. Il semblerait qu'il soit sûr de lui, en ce qui concerne la bourse d'études.

Je crois que Madár sent mauvais. Peut-être suis-je le seul à avoir cette impression. Il me suffit de le regarder pour sentir une puanteur irritante. C'est certainement mon imagination.

Ce soir, je suis rentré du cercle avec Mészáros. Il m'a raccompagné chez moi. Il était bien disposé aujourd'hui. En traversant les allées sombres du Bastion, il s'est arrêté brusquement et a sorti une cigarette.

Dans l'obscurité, il a mis un temps fou à l'allumer. J'ai attendu. Puis il a dit :

« Fini.

– Quoi ? ai-je demandé.

– Toute l'histoire, a-t-il répondu à voix basse. Pfff... terminée. Tu sais, ce dont je t'avais parlé. Ce n'est plus la peine. Ni ça, ni rien d'autre. Je suis fatigué.

– Mais... ai-je commencé.

– Rien. » Il m'a pris par le bras. Nous avons fait quelques pas en silence dans la pénombre.

« Mon vieux, a-t-il continué. À partir du mois prochain, je vais commencer mes remboursements. Tu te rends compte, elle se marie. Avec un commis au greffe. C'est mieux ainsi.

– Mais pourquoi ? dis-je brusquement. Pourquoi lui laisses-tu faire ça ?

– Qu'elle parte, m'a-t-il répondu d'un ton absorbé. Qu'elle se marie. Tout ça ne me dit plus rien, ce bel été... tu connais ça, toi ? Qu'elle convole. Je sens que la fête est finie. Je commence à faire le ménage.

Je me suis lassé de ma longue adolescence. Terminé. Tu sais, chacun d'entre nous a arrêté son développement à un certain stade.

– Tu crois ?

– Oui. Chez moi, par exemple, l'adolescence a duré cinquante-quatre ans. Je commence à y voir clair à présent. J'aimerais faire un peu d'ordre autour de moi. Il n'est pas trop tard, n'est-ce pas ?

– Non, il n'est jamais trop tard, lui ai-je dit.

– Tu vois, toi, tu comprends ça. Je me suis calmé. J'ai dépassé tout ça. J'ai le sentiment que plus rien ne peut m'arriver. C'est ça, mon ami, je suis au-delà de cette histoire. Si je continuais maintenant, ce serait forcé, artificiel. Je n'ai plus besoin de ça. Tu vois, mon vieux, j'ai l'impression d'avoir eu mon dû. Cette chose s'est présentée…

– Et ?

– C'est venu tard dans ma vie. Tu sais que je n'ai pas été lâche. Je ne me suis pas protégé. Je n'ai pas fui. Ma femme, tu es sans doute au courant, a voulu se tuer. Pas à cause de moi, non, mais comme elle l'a dit, à cause de la honte. Je l'ai écoutée, j'étais paralysé, tu comprends, mon vieux, je ne pouvais rien faire pour elle. Comme si cela ne dépendait pas de moi. Je n'aurais pas pu lever le petit doigt pour elle si elle s'était donné la mort. Pourtant, je l'aime, c'est une femme courageuse. Et cependant… Je n'y pouvais rien. Je sentais que si je cédais à la lâcheté à ce moment-là, alors…

– Alors, quoi ?

– Alors, dit-il plus doucement. Alors, c'est que Dieu aurait pétri les êtres humains en vain. Que ça n'en valait pas la peine. Oui, c'est pour ça. Maintenant, je suis tranquille, j'ai été payé. Tout ça n'a pas été pour rien. Tu comprends ?

– Bien sûr », ai-je répondu.

Effectivement, je comprenais. Beaucoup mieux à présent que l'autre fois. Il s'exprimait de façon plus calme aussi. Nous marchions sous les platanes, il faisait frais. Il s'est arrêté soudain et m'a interpellé :

« Dis-moi, toi : qu'est-ce qui t'arrive ? »

Il m'a posé cette question d'une voix basse, confiante, presque chaleureuse.

« Moi ? Mais rien, ai-je répondu vivement.

– Je te le demande, dit-il lentement, parce que tu es vraiment bizarre depuis quelques jours. Complètement étrange. Qu'est-ce que tu as ? Il se passe quelque chose. D'autres que moi s'en sont rendu compte.

– Rendu compte de quoi ? ai-je demandé.

– Tu sais, moi, j'ai l'impression... C'est comme ça que j'étais il y a six mois. On a presque peur de soi-même. Peur de faire quelque chose, je ne sais pas, moi. Mettre le feu à la ville. Faire un scandale. Je te sens dans cette disposition. Mais fais attention. Moi, j'ai dépassé cela. Toi, fais attention. »

Il m'a tendu la main.

« D'accord, ai-je dit. Je vais faire attention. »

La façon dont il m'a serré la main était étrange : lasse, nerveuse.

... Je réfléchis au fait que Dieu a pétri les êtres humains en vain. Peut-être est-ce ce que je ressens. Mészáros l'a exprimé de façon assez précise. Je me suis réveillé en pleine nuit et me voilà à nouveau assis devant ce cahier. Il est deux heures. Ce qui m'a réveillé c'est que j'ai rêvé que je tombais dans les ténèbres, je dégringolais. Je croyais que c'était un rêve ; maintenant je suis éveillé ; ma lampe est allumée ; mais ce n'est pas un rêve. Cela s'est produit pendant mon sommeil. Comme si quelque chose s'était déchiré en moi. Tout est devenu clair, simple, compréhensible. Je sens mon sang bourdonner dans mes oreilles. Je tombe, je dégringole. Demain matin, il faut que j'aille chez elle. Que je lui parle. Que je lui demande ce qu'elle a l'intention de faire cet été. Ce qu'elle lit. Ce qu'elle aime faire. Elle est comme moi, un être humain. Ce n'est plus possible de souffrir comme ça, c'est sûr. Personne ne peut souhaiter ça, personne ne peut souhaiter qu'un autre, qu'un innocent souffre ainsi. Ni les hommes, ni la loi ne peuvent exiger cela de moi. Ni Dieu. Ni la Nature. Je ne veux rien d'elle, juste lui parler, calmement. À présent, je suis seul, et je vois son visage, je recouvre ses yeux de mes mains, pour ne pas les voir, parce que cela me terrorise. Mais ça ne m'aide pas, son visage est en moi et ses yeux, je les vois. Il faut que je lui parle. Elle a peut-être besoin de quelque chose, je peux peut-être l'aider. J'ai très mal. C'est la nuit. Personne vers qui me tourner. Quelque chose s'est déchiré en moi. De quoi parlait Mészáros ? De mettre le feu à la ville ? Pas une mauvaise idée. À cet instant, cela ne me paraît pas impensable. Si les cloches se mettaient à sonner, si une voix se mettait à hurler « au feu », je ne serais pas surpris. Je tombe, je dégringole. Ça ne s'arrête pas. Rien ne saurait être pire que ce que je ressens. Il vaudrait mieux aller jusqu'au bout de cette chute et se fracasser ; tout, plutôt que l'attente de la chute.

À cet instant, il me semble être à distance de tout : de ma maison, de mon âge, des hommes. J'ai l'impression d'être une créature. Jamais je ne me suis perçu ainsi. Je ne suis qu'une créature qu'on a posée ici. Ce n'est pas moi qui ai voulu être là... Je souffre maintenant, pourquoi ? Je n'ai causé de tort à personne. Je n'ai pas nui aux autres. Alors pourquoi cette torture ?

Je ne savais pas que cette douleur pouvait être physique. Que ça fait mal comme un estomac ulcéré ou un bras cassé. Quand je pense à elle, j'éprouve une souffrance dans mon corps.

Si elle aime Madár, alors moi aussi, je veux aimer Madár. Il faut que je le sache. L'aime-t-elle ? C'est un gentil garçon, courageux. Mais si elle ne l'aime pas, je le piétinerai. Il me reste encore quatre semaines. Elle dépend encore un peu de moi. Quatre semaines où existe encore un certain type de relation entre elle et moi. Je signifie encore quelque chose pour elle, ne serait-ce qu'en tant que professeur. Dans quatre semaines, je ne serai plus rien pour elle. Un nom, une figure. Un homme qui va et vient dans cette ville. Je ne pourrai même pas lui adresser la parole. Ni la gronder, ni la complimenter. Si je mourais sur l'heure, elle serait obligée d'assister à mon enterrement. Mais je ne veux pas mourir tout de suite. Je ne veux rien d'autre que parler avec elle. Si j'avais de l'humour, si je n'étais pas aussi maladroit, peut-être que ce ne serait pas si difficile. Il y a des gens qui parlent facilement, en blaguant. Je pourrais l'arrêter dans la rue, lui demander quelque chose, par exemple des nouvelles de sa famille. Et, en plaisantant, je pourrais lui demander ce qu'elle a rêvé. Ou ce qu'elle pense de moi, sans la barbe. Tout ça. Mais je ne peux pas. Je ne sais pas causer sur un ton badin. Je suis persuadé que si je lui adressais la parole, ce serait la catastrophe. Ce serait l'aboutissement fatal de cette chute.

Le jour point. Il doit être cinq heures. Assis à mon bureau, j'attends l'aube. Comme si j'étais paralysé. Je n'arrive pas à bouger, je n'arrive pas à me recoucher dans mon lit. J'ai froid et je me dis que je vais écrire une lettre à Timár. Je ne connais pas son adresse, ça ne fait rien. Je l'enverrai sans adresse, dans l'inconnu, poste restante à Vienne. Mais je n'ose pas l'écrire, cette lettre. Alors j'ai déchiré les dix dernières pages de ce journal, je les ai mises sous enveloppe et j'ai écrit l'adresse. Ágoston Timár, Vienne. Poste restante. Il la recevra peut-être. Je me sentirai peut-être mieux de lui envoyer ces dix pages, même si elles ne lui parviennent pas.

Il fait jour. Je suis tout à fait calme maintenant. J'éprouve le besoin de ranger les notes éparpillées sur mon bureau. J'ai bien réfléchi et il me semble urgent de faire de l'ordre autour de moi. De déchirer et de jeter tout ce qui est superflu. De tout remettre à sa place. Je vais y consacrer les journées d'aujourd'hui et de demain. Il me faut passer en revue mes livres, ranger mes lettres et mes affaires. Le désordre règne autour de moi. Je veux tout ranger. Je sens que chacun de nous vit dans l'obscurité. Je ne me prépare à rien de précis mais il faut que je sois prêt à tout instant. N'importe quoi d'imprévu peut surgir, comme a surgi ce visage. La mort peut advenir ainsi. Ou l'obligation de partir en voyage du jour au lendemain. Il ne faut faire confiance à personne, il ne faut compter sur personne. Pas même sur moi. J'ai toujours cru que je possédais mon libre arbitre. Or je ne suis pas tout à fait libre de ma volonté. Quelque chose peut m'atteindre à chaque instant. Je ressens le besoin de créer de l'ordre.

Il est bientôt temps de m'habiller.

9 juin

J'ai posté la lettre.

10 juin

Aujourd'hui, je me suis rendu compte que deux personnes s'étaient encore arrêtées sur mon passage, qu'elles m'ont suivi du regard et ont échangé des remarques me concernant. La classe est calme, ils ne rient plus, mais je vois bien qu'ils me regardent tous. Qu'est-ce qu'ils peuvent bien regarder ? Dans la salle des professeurs, j'ai l'impression que moins de collègues engagent la conversation avec moi que d'ordinaire. Ils ne m'évitent pas mais ils m'adressent moins la parole. Je suis sûr qu'ils voient quelque chose sur moi. Mais quoi ? C'est insaisissable. J'ai toujours l'impression que quelque chose ne va pas dans mes vêtements. Par exemple que ma cravate a encore glissé de mon col. Dans ces moments-là, je porte brusquement ma main à mon cou et parfois, je pousse un soupir de soulagement car, en effet, ma cravate est sortie du col. Mais d'autres fois, il n'y a rien ; la cravate est à sa place ; chaque partie de mes vêtements est en ordre ; et pourtant, j'ai le sentiment d'être observé. Ce sont peut-être mes cheveux qui sont décoiffés ? Quelque chose dans mon regard, qui n'est plus comme avant ? Mais j'ai beau m'examiner : je ne trouve rien. Incompréhensible. Je dois faire attention. Particulièrement à la classe. Leurs regards sont rivés sur moi en permanence. Madár, lui, semble ne pas me quitter des yeux. Il est possible que je me trompe là-dessus, que ce ne soit qu'une impression. Je ne regarde jamais dans sa direction. Mais il n'y a pas que lui. Tous, ils me fixent tous. Y compris Babuják et son regard niais, toujours posé sur moi. Je n'ai d'abord rien dit mais au bout d'une demi-heure, j'ai hurlé dans sa direction :

« Qu'est-ce que vous avez à me fixer ainsi ? Vous me prenez pour quoi ? Pour un train ? Qu'est-ce que vous avez à me regarder bouche bée comme ça ? Répondez immédiatement ! »

Bien sûr, il n'a pas répondu, il s'est mis à bredouiller. Il est passé par toutes les couleurs. Impossible d'obtenir une réponse intelligible de sa part. Ce matin, pendant que le barbier me rasait, je me suis longuement observé, en détail. Je n'ai rien vu. Seuls mes yeux paraissent fatigués mais c'est parce que je dors peu. C'est tout. À la fin du rasage, je lui ai même demandé :

« Dites-moi, Venczel… Mais soyez sincère : est-ce que vous percevez un quelconque changement chez moi ?

– Un changement ? a-t-il demandé avec étonnement.

– Je veux dire, quelque chose de frappant. Vous me connaissez depuis longtemps. Vous ne voyez vraiment rien ?

– Non, a-t-il répondu sans hésiter. Rien. C'est-à-dire… Ce grain de beauté, sur le cou de monsieur le professeur, est un peu plus important qu'il y a quelques années. Il a la taille d'une noisette ; avant il n'était pas plus gros qu'une lentille. Mais on peut faire disparaître les grains de beauté très facilement et sans laisser de traces. À part ça, non, je ne vois rien. »

Ce coiffeur passerait volontiers son temps à me remettre à neuf : c'est sa passion. Tous les matins, sans me demander mon avis, il me masse le visage pendant trois, quatre minutes, autour de la bouche, sur les deux rides : je m'y suis habitué. Oui, c'est sa marotte. Je le laisse faire, je ne veux pas le perturber : malgré tout, je ne constate pas l'amélioration spectaculaire censée résulter de ses soins. Cela dit, il ne me les fait pas payer. C'est une manie chez lui que d'embellir le client.

Je ne comprends pas pourquoi on se retourne sur moi, vraiment je ne comprends pas. Se pourrait-il que je parle à mi-voix quand je marche seul dans la rue ? Je me le demande à présent. On n'est pas conscient de ça. Il m'est souvent arrivé d'observer des personnes âgées qui se promènent seules en marmonnant ou en remuant les lèvres sans sortir un son, et de sourire à leur vue. Signe de sénilité. Peut-être devrais-je demander à quelqu'un de me surveiller. Je suis certain que si je payais Kudlicsek, il me suivrait volontiers pour m'observer. Ainsi je saurais aussi pour quelle raison les gens me suivent du regard. Kudlicsek, ce n'est pas une mauvaise idée. Si ces regards appuyés ne cessent pas, je me ferai surveiller par Kudlicsek.

Ma chambre est rangée de façon acceptable à présent. J'ai tout déchiré, tout brûlé. Au sommet de la grande armoire, j'ai découvert une chouette empaillée. Sur le moment, je n'ai pas su comment elle était arrivée là. Puis je me suis rappelé qu'il y a un certain temps, une classe de troisième me l'avait offerte pour ma fête. Elle était grise de poussière. Maintenant que j'ai un peu bougé les meubles, j'ai remarqué à quel point cette pièce, où je vis, est négligée. Chaque coin est plein de poussière. Des toiles d'araignée ont envahi le plafond. Cela me fait réaliser à quel point ma gouvernante n'est plus bonne à rien. Elle a sans doute vraiment vieilli ces derniers temps. Tout est sale et négligé autour de moi, tout va à vau-l'eau. Je ne serais pas fâché qu'elle s'en aille. Elle est inutile. Elle est trop âgée et trop affaiblie. Cet après-midi, j'ai eu besoin d'une valise dont je pensais qu'elle pouvait contenir de vieux livres et cahiers. J'ai dû le lui répéter deux fois tellement elle est dure d'oreille. Quand elle a enfin saisi que je voulais cette valise, elle s'est mise dans tous ses états : elle a secoué la tête et a commencé à marmonner.

« Vous partez en voyage ? a-t-elle demandé.

– Mais non, ai-je répondu. Je veux simplement vérifier ce qu'il y a dans cette valise. »

Elle m'a regardé d'un œil vague et confus. On dirait que son cerveau s'est ramolli. Elle a continué à secouer sottement la tête et à murmurer dans sa barbe :

« Il part en voyage. »

Puis elle est sortie de la pièce à petits pas, d'une démarche lourde. J'ai longuement réfléchi. Je vais la renvoyer. Elle mérite de se reposer. Qu'elle retourne dans son village. Je crois savoir qu'elle a un peu d'argent de côté. Je ne peux plus la garder. D'ailleurs, je préfère rester seul. J'engagerai une femme de ménage. Je mangerai au restaurant midi et soir. De toute façon, la nourriture qu'elle me prépare est immangeable. Et puis effectivement, si par hasard je devais partir en voyage, ce sera plus commode si elle n'est plus là.

Je suis allé la rejoindre dans la cuisine et j'ai entrepris de lui parler avec précaution. Elle était assise sur une chaise basse près du fourneau à ne rien faire. Quand je suis entré, elle a esquissé un mouvement pour se soulever péniblement de son siège mais je l'ai fait rasseoir. Je lui ai demandé si elle avait de la famille. Elle a tout de suite compris où je voulais en venir et elle s'est mise à pleurer sans bruit.

« Mais non, lui ai-je dit. Allons. Si vous ne souhaitez pas partir, restez donc encore chez moi, madame Márta. Je disais ça comme ça, je me demandais si vous n'étiez pas trop fatiguée. Quel âge avez-vous, au fait ?

– Soixante-cinq ans, dit-elle. Mais si, je vais partir, j'ai soixante-cinq ans. »

Soixante-cinq ans, en effet. Je me suis efforcé de la consoler mais elle s'est accrochée à son idée de partir. À la fin, c'est moi qui la priais de rester mais elle n'a pas changé d'avis.

« La maison n'est pas en ordre, a-t-elle dit plus tard, d'une façon inattendue, laconique et mystérieuse.

– Qu'est-ce qui n'est pas en ordre ? ai-je demandé, un peu effrayé.

– La maison, a-t-elle répondu d'un air niais. Elle n'est pas en ordre. Plus rien ne va ici, monsieur. Monsieur ne prend plus aucun repas chez lui. Ça fait un an déjà. Je vais partir. J'ai de la famille. Je peux partir. De toute façon, Monsieur aussi va s'en aller, en voyage. »

Elle en est restée là, butée. À penser que j'allais partir en voyage et que la maison n'était pas en ordre. Quand j'ai quitté la cuisine, elle m'a rattrapé et m'a demandé :

« Jeannot… Je peux l'emporter ?

– Le canari ? » lui ai-je demandé. Cet oiseau m'était complètement sorti de la tête. Je ne l'entendais même plus siffler ces derniers temps. Il est vrai que je ne suis pas souvent chez moi. La plupart du temps, je rentre à la nuit tombée, quand les oiseaux se taisent dans leur cage.

« Oui, a-t-elle répondu, les yeux brillants. Jeannot.

– Mais bien sûr…, lui ai-je dit. Tout ce que vous voudrez. »

Je suis très content de cette décision. Il vaut mieux qu'elle s'en aille. Elle m'a annoncé qu'elle partirait le 15. Elle va me chercher une femme de ménage. C'est beaucoup mieux ainsi.

Je me réjouis de rester seul à la maison.

11 juin

C'est la meilleure solution, rester seul chez moi. J'ai besoin de sentir que je suis seul. Que personne ne me surveille. Que personne ne contrôle mes habitudes. Que personne ne m'observe. On a parfois besoin d'une solitude totale. Je vais habituer ma future femme de ménage à ne venir que dans la matinée, pour une ou deux heures. Ça sera très apaisant d'être seul. De pouvoir fermer la porte de la maison avec la certitude d'être absolument seul.

Aujourd'hui, je l'ai regardée, pour la première fois depuis des jours. Elle ne s'en est pas rendu compte. Elle était penchée sur son livre, en train de lire. Je pourrais dire que cela fait des jours que je ne la regarde quasiment pas : je n'ai plus besoin de la voir, il me suffit de savoir qu'elle est là, assise à sa place habituelle. Cette assurance m'apaise instantanément, il ne m'en faut pas plus. Je ne la surveille pas et j'évite de la regarder. J'ai presque peur, si je jette les yeux sur elle, si je m'attarde à l'observer, de lui découvrir quelque défaut. Elle pourrait esquisser un mouvement disgracieux. Ou rire de façon déplacée. Ou lancer un regard niais à quelqu'un. C'est ce que j'aimerais éviter. Donc, dans la mesure du possible je ne la regarde pas. Mais aujourd'hui, je l'ai fait, sans faire exprès. Dès l'instant où j'ai vu sa tête penchée, et pendant un long moment, toute mon angoisse s'est dissipée dans la certitude qu'elle était assise là, si proche, à deux pas de moi, que je pouvais la voir, je n'avais qu'à me lever, à me diriger vers elle et je pourrais lui parler… J'ai le droit de lui adresser la parole. Il me reste encore trois semaines où je peux le faire. L'appeler par son nom. Prononcer son prénom et son nom : M. Cs. Bébi, hélas, je ne peux pas le dire. D'autres ont le droit, moi, non. Ce nom, je n'y pense qu'une fois par jour, parfois je le prononce à voix haute, avant de m'endormir, quand je touche le bois de mon lit pour elle.

Madár lui a écrit : « Toi, ma chérie. Tu m'es si chère. » Et encore : « Je ne peux rien te dire d'autre, ma chérie. » Il a raison dans un certain sens. Parce que ces mots formulent de façon assez précise un certain sentiment, expriment une tendresse qu'il serait impossible de décrire, y compris avec des mots plus compliqués. « Chère » est un drôle de mot. Cher, un kilo de viande aussi peut être cher. Chère, chérie, quel genre de mots est-ce là ? Est-ce qu'il les lui dit ? Ne se moque-t-elle pas de lui ?

Pendant l'heure de cours, en la regardant, je me demandais quel effet produirait ma voix si elle s'élevait dans ce silence et si je lui disais : « Toi, ma chérie. » Puliszka se précipiterait chez le directeur. Il est certain que celui-ci m'emmènerait dans la salle des professeurs, me ferait boire un verre d'eau, appellerait sans doute un médecin et m'enjoindrait de rentrer chez moi pour attendre le résultat de l'enquête disciplinaire. Voilà ce qui se passerait vraisemblablement. Pourtant, ce n'est pas grand-chose, rien que trois mots. Trois ridicules petits mots, tout simples.

Ses souliers sont assez éculés. À la fin du cours, quand elle est sortie, je suis resté sur l'estrade. Ce sont des chaussures basses, jaunes, avec des brides, aux talons usés. Peut-être marche-t-elle avec les pieds un peu en dedans. Je ne sais pas pourquoi mais me rendre compte que les talons de ses souliers sont usés m'a fait du bien.

12 juin

À midi, au moment de quitter le lycée, j'ai rencontré Kudlicsek qui balayait la cour. Peut-être suis-je énervé et soupçonneux, ou bien c'est l'effet de mon imagination, mais il m'a paru qu'il ne soulevait pas sa casquette avec l'empressement et le respect qu'il manifeste d'habitude. Il était debout sous un marronnier. Je suis allé vers lui :

« Vous avez beaucoup de travail, Kudlicsek ? » lui ai-je demandé.

Je dois effectivement m'imaginer des choses vu la précipitation avec laquelle il a abandonné son travail, s'est redressé et a ôté sa casquette. Il m'a répondu qu'à la fin de l'année scolaire, en général, il avait beaucoup de travail.

« Parce que sinon vous pourriez venir chez moi un après-midi, lui ai-je dit. J'aimerais réorganiser mon appartement. Je voudrais déplacer certains meubles d'une pièce à une autre. Et l'une des persiennes de la fenêtre donnant sur la rue a besoin d'être réparée. »

Il m'a répondu qu'il viendrait.

Je lui ai offert un cigare.

Tout de suite, il est devenu plus gentil. Il m'a promis de passer demain après-midi. Pendant ce temps, il me considérait avec déférence, cette forme de déférence qui m'est familière chez Kudlicsek, et qui n'est jamais qu'une variante de la fourberie.

« Dites-moi donc, Kudlicsek, lui ai-je demandé tandis qu'il me donnait du feu, quelles sont les nouvelles du lycée ? Hein ? Vous êtes toujours au courant de tout, avant nous, les professeurs.

– Il y a toujours des nouvelles, a-t-il répondu sans prendre de risques.

– Concernant les élèves, hein ?

– Oui, aussi.

– Et les professeurs ?

– Aussi.

– Et sur moi, lui ai-je dit sur le ton de la blague, vous qui savez toujours tout, que savez-vous sur moi ? Il n'y a rien qui circule sur moi ?

– Quelles informations peut-il donc y avoir sur monsieur le professeur ? a-t-il dit prudemment. Je ne sais rien. Monsieur le professeur le sait sûrement mieux que moi.

– Mais quoi ? lui ai-je demandé.

– Que… Rien. » Il était embarrassé. « Rien, monsieur le professeur. Que pourrais-je donc savoir ?

– Tout de même, Kudlicsek, ai-je repris. Nous nous connaissons depuis longtemps, n'est-ce pas ?

Ça ne jase donc pas ? Vous savez bien que les gens bavardent toujours. »

Il a hoché la tête :

« Ça oui, ils bavardent.

– Vous voyez bien, ai-je continué. Ils racontent des choses à propos de tout le monde. Je suis sûr qu'ils en disent sur mon compte aussi. Alors, qu'avez-vous entendu ? »

Il est demeuré récalcitrant.

« Mais rien, sur monsieur le professeur, rien du tout ! » Puis il a ajouté : « Je peux venir demain après-midi. » J'ai bien vu que quelque chose le dérangeait. Il louchait en direction des fenêtres du directeur. Je l'ai laissé. Nous avons confirmé le rendez-vous de demain après-midi.

Je sens quelque chose rôder autour de moi. Mon environnement subit des transformations. Hier, je me suis réveillé dans la nuit et, assis dans mon lit, j'ai eu l'impression que ce n'était pas moi qui avais changé mais le monde autour de moi. Moi, je reste le même, c'est l'univers qui m'entoure qui se métamorphose. Je le ressens dans la ville. Certaines rues ne sont plus les mêmes, des lieux familiers me sont devenus comme étrangers, le Bastion, la Grand-Rue, et même la rue Florián.

Je n'y mets presque plus les pieds, sauf si je suis obligé de couper par là. Je préfère me promener à des endroits que je fréquentais rarement jusque-là. Cet après-midi, je suis allé à la gare, je me suis assis sur un banc et j'ai assisté à l'arrivée et au départ de deux trains. Sur le quai, on attendait les nombreux passagers, des épouses, des proches. Les scènes d'adieux ou de retrouvailles m'ont distrait, voire étonné. Le train de Budapest ne s'est arrêté que deux minutes. Dans le wagon-restaurant, j'ai vu un monsieur aux cheveux blancs, assis à une table avec une lampe rouge, en train de lire un journal français. Le monde doit être immense. Assurément, des millions de choses s'y passent, et dans leur perspective tous mes malheurs, tout ce qui me concerne et tout ce qui me touche, deviennent ridicules et insignifiants. Il existe des villes qui portent ces noms : Antwerpen, Firenze, Buenos Aires. De tout cela, je ne connais rien. Il existe au monde des malheurs et des bonheurs à côté desquels tout ce qui peut m'arriver, chaque événement, du plus horrible au plus heureux, produit le même effet qu'une mouche qui se décolle et tombe d'une fenêtre à l'automne. C'est-à-dire rien. Je ne suis personne. Pourquoi considérer ce qui m'arrive comme immensément important ? Comme une injustice énorme, un malheur invraisemblable et un bonheur indicible. Je suis stupéfait qu'une passion aussi démesurée trouve place dans ma vie. Je la ressens comme une source d'énergie tellement puissante qu'elle pourrait éclairer, mouvoir et chauffer toute une planète. J'ai l'impression de n'être plus qu'un vecteur et que cette incroyable force, ce terrible courant qui fait tourner un monde, l'illumine et le réchauffe est parvenu jusqu'à moi et me traverse, mais que moi, je suis si mauvais conducteur, si faible que je ne supporte pas cette énergie, que je suis incapable de la transmettre. Ce qui m'arrive n'est qu'une minuscule secousse dans l'univers. Le courant poursuit sa route au triple galop. Le soubresaut passe inaperçu.

J'ai acheté un journal de Budapest.

Ce soir, j'ai fait une chose que je ne fais jamais : j'ai lu les informations du jour. Les nouvelles et les événements du monde, en provenance des villes étrangères. Un immeuble s'est écroulé à Paris. Trois morts. À Dombovár, un jeune paysan a tué son patron. À Budapest, une bonne a ouvert le gaz : elle a péri. En Chine, les gens meurent à cause des famines. Quand on lit attentivement un quotidien, on a l'impression que la vie sur terre n'est qu'une série de catastrophes injustes… Ce qui se produit en dehors de ça est tellement accessoire qu'ils ne jugent pas nécessaire d'en parler. Nulle part je n'ai lu que Mária X* est partie faire son marché en chantonnant de bonheur ou que le colonel Z* a passé sa journée dans la bonne humeur et le contentement. Il semblerait que ce ne soit pas important. Il n'est question que du bec de gaz, du tramway, de la hache, du feu, de l'eau et de la destruction. On ne parle que de souffrance, et qui plus est, d'innocents qui souffrent. Lire de fond en comble les nouvelles du jour de temps en temps est très intéressant. Ça m'a calmé parce que je me suis dit que je fais partie de la communauté des hommes, puisqu'ils souffrent tous et que moi aussi, je souffre.

13 juin

Kudlicsek est venu et, pendant qu'il réparait les persiennes, il a émis l'opinion selon laquelle l'appartement ainsi réorganisé était moins joli qu'avant. La vérité c'est qu'il y a moins de meubles dans ma chambre car j'ai déplacé tous ceux qui étaient superflus dans la salle à manger. Dans la chambre il ne reste pas grand-chose d'autre que le lit, le bureau, une grande armoire et trois chaises. D'une manière générale, je me suis rendu compte, à toutes les questions qu'il n'arrêtait pas de poser, qu'il était en mission d'espionnage. Je lui ai offert de la pálinka et lui ai donné cinq couronnes. Il a beaucoup bavardé. Il a confirmé la nouvelle que Mészáros ne fréquentait plus le faubourg. Le directeur ne lui demandait plus d'espionner Mészáros, a-t-il dit sans vergogne.

« Ah, et alors, lui ai-je demandé, sur qui se renseigne-t-il à présent ? »

Il a haussé les épaules, assez cavalièrement.

« Il y a toujours quelque chose », a-t-il répondu. Je dois me rendre à l'évidence : il ne me dira rien. De toute façon, c'est sans importance. Je réalise qu'il ne peut pas parler.

« Kudlicsek, ai-je dit, entre vous et moi : ce ne serait pas de moi qu'il s'agirait, par hasard ? »

Il s'est arrêté de travailler et a pudiquement fixé le bout de ses chaussures, puis il a avoué avec précaution :

« Oh, des bruits qui courent, vous savez…

– Mais avec qui ?

– Oh, ce n'est rien… a-t-il continué. C'est juste les gens, en ville, ça bavarde… Et il y a des choses que monsieur le professeur Szilassy a dites à l'époque. Que monsieur le professeur allait partir à la retraite l'année prochaine. »

Je crois que je suis devenu livide. J'ai été obligé de m'asseoir.

« Moi, Kudlicsek ? lui ai-je demandé. Vous êtes sûr ?… Mais alors le directeur ?… Et monsieur le professeur Szilassy, qu'a-t-il encore raconté à cette époque ?

– Rien, rien d'autre, simplement que monsieur le professeur est quelqu'un de très nerveux.

– Et le directeur ?

– Lui aussi, il a dit la même chose : que monsieur le professeur était très nerveux. Voilà, c'est ce qu'on raconte. Et aussi que monsieur le professeur est épuisé. Qu'il fait ce métier depuis vingt-huit ans. Et puis, monsieur l'inspecteur général a noté aussi que monsieur le professeur était sur les nerfs.

– Dans quel sens, Kudlicsek ? »

Il est descendu de l'échelle. Il a fait un geste vague de la main. Il a rangé ses outils :

« Mais au sens ordinaire, monsieur le professeur. C'est un élève qui a porté ça à l'attention du directeur. Un élève de la classe de monsieur le professeur.

– Madár, ai-je dit.

– Oui, c'est lui, a-t-il répondu. Il s'est plaint que monsieur le professeur ne l'interrogeait jamais. Et que cela pourrait lui coûter sa bourse. Et aussi que monsieur le professeur s'énerve pendant les cours. Bien entendu, monsieur le directeur l'a éconduit mais ensuite, il m'en a touché un mot… Vous connaissez monsieur le directeur, n'est-ce pas ?… »

Il m'a regardé avec un certain sourire, l'air insolent. Je me suis penché vers lui :

« Il vous a chargé de me surveiller… non ? Kudlicsek, soyez franc. Vous pouvez me parler en toute confiance. Et alors, qu'est-ce que vous avez remarqué me concernant ?

– Vraiment rien, monsieur le professeur, rien du tout, a-t-il répondu sur un ton amical. Monsieur le directeur ne m'a rien confié en particulier… mais comme je passe beaucoup de temps à aller et venir en ville… il sait que les gens parlent, alors… Pour quelle raison monsieur le professeur est-il si nerveux ? Vous connaissez monsieur le directeur, n'est-ce pas ? Lui, il considère que toute information concerne la discipline. Voilà comment il appelle ça. Il dit que ça fait partie de ses obligations. Vous savez, vraiment, je ne peux dire que le plus grand bien de monsieur le professeur. Quelle est la cause de la nervosité de monsieur le professeur ? Qui peut la connaître ? Peut-être n'y a-t-il aucune raison. Monsieur le professeur est le seul à la savoir. »

Il a fait une pause.

« Et d'ailleurs, si ça se trouve, a-t-il repris d'un air important et avec une certaine condescendance, il n'y a peut-être même pas de raison. Pour monsieur le professeur Mészáros, il n'y en avait pas non plus. Un beau jour, il est devenu nerveux, lui aussi.

– Que voulez-vous dire par là ? lui ai-je demandé. Tout de même pas que monsieur le professeur Mészáros… »

Kudlicsek a porté la main à son cœur :

« Moi, monsieur le professeur ? Monsieur le professeur me connaît bien. Il n'est simplement question que de son possible départ à la retraite. C'est de ça qu'on parle en ville. On dit que monsieur le professeur est fatigué et qu'il a besoin de calme. Au bout de vingt-huit années…

– D'accord, Kudlicsek, mais qu'est-ce que vous en dites ? J'entends par là, vous personnellement ? De quoi vous êtes-vous rendu compte ? »

Il s'est gratté le menton :

« La seule chose dont je me sois rendu compte, c'est que monsieur le professeur s'est coupé la barbe.

– Ça, ce n'était pas très sorcier, ai-je répliqué avec impatience. Et après ?

– Après, rien. Si. Que monsieur le professeur se promène toute la journée… Voilà, je n'ai rien pu dire d'autre. Monsieur le directeur a pensé que c'était certainement ça, que monsieur le professeur était fatigué et qu'il souhaitait prendre sa retraite.

– Dites-moi, Kudlicsek, ai-je continué sur le ton de la confidence, il n'y a rien d'autre à part ça ? Vous ne percevez aucun changement en moi ? Par exemple, dans ma voix, mon apparence ou mon comportement ? Vous voyez ce que je veux dire. Vous comprenez, Kudlicsek, on vieillit. Je ne m'en étais pas rendu compte. Et un jour… je peux partir à la retraite.

– Non, absolument rien. Vraiment, sérieusement. Mais si monsieur le professeur tient à savoir, la seule chose que j'ai remarquée… Mais non, cela ne peut intéresser monsieur le professeur.

– Vous ne savez pas à quel point tout m'intéresse. Allez, parlez donc, Kudlicsek. Ainsi…

– Ne le prenez pas mal, monsieur, mais quand monsieur le professeur marche dans la ville, il lui arrive parfois de s'arrêter et de rester sur place pendant dix, quinze minutes sans bouger. Pas devant une vitrine mais n'importe où. Monsieur le professeur s'arrête et regarde devant lui, perdu dans ses pensées.

– Peut-être que je parle aussi, Kudlicsek ? Je veux dire : est-ce que mes lèvres remuent comme pour parler mais sans qu'un son ne sorte ? Dites-moi !

– Ça non, a-t-il affirmé délibérément. Simplement, monsieur le professeur s'arrête et fixe l'espace devant lui, et si quelqu'un le salue, il ne s'en rend pas compte, il pense à autre chose. L'autre jour – mais je vous en prie, ne le prenez pas mal – monsieur le professeur est resté planté devant un réverbère pendant dix minutes ! Je passais par là et je vous ai salué mais vous n'avez pas fait attention à moi. Après, monsieur le professeur a souri, secoué la tête et continué son chemin.

– J'ai souri, et j'ai secoué la tête ?

– Oui. Sûrement que vous réfléchissiez à quelque chose, c'est tout.

– C'est tout, ai-je répété. Mais dites voir, Kudlicsek, vous faites un observateur remarquable. Je ne me doutais pas que vous étiez si doué. Je vous suis très reconnaissant de tout ce que vous m'avez dévoilé. Vous avez parfaitement raison. En fait, ces derniers temps, j'ai moi-même pris conscience de ma distraction. C'est sûrement de cela qu'il s'agit quand on parle de ma nervosité. Je suis trop distrait. Vous savez, ce doit être le printemps. Et puis, il se peut bien que ce ne soit pas du bavardage complètement infondé, ces rumeurs sur ma retraite l'an prochain. Ce n'est pas impossible. Mais pas certain encore. Rien n'est certain. Le fait est que je suis fatigué. Mais gardez tout ce que je vous dis pour vous, Kudlicsek. Vous êtes un homme formidable et surtout un brillant observateur. Kudlicsek, je vais vous demander quelque chose...

– Mais je vous en prie, demandez-moi, a-t-il répondu avec courtoisie.

– Voilà... Vous parcourez la ville de long en large, n'est-ce pas ? Pour votre travail ? Alors, si vous m'apercevez dans la rue... comme, vous savez, comme ce que vous m'avez décrit tout à l'heure... Alors, venez vers moi et interrompez-moi. Vous comprenez ? Dites-moi bonjour ou n'importe quoi. Vous avez saisi ?

– Mais... monsieur le professeur voudrait, dit-il avec embarras, que je l'interpelle en pleine rue ?...

– Absolument, Kudlicsek, absolument. Comme si vous m'annonciez quelque chose, par exemple. Je vous en donne le droit. Et même, je vous en prie. Chaque fois que vous me ferez remarquer que je me perds dans mes réflexions, je vous donnerai une couronne. Vous m'avez compris ?

– Mais oui, répondit-il.

– Dans ce cas vous pouvez partir, ai-je dit. Donc, c'était Madár ? me suis-je enquis alors qu'il se tenait déjà sur le seuil. Le boutonneux ?

– Oui, le boutonneux, monsieur le professeur, dit-il en se retournant.

– Bien. Partez maintenant. Alors on fait comme on a dit, n'est-ce pas ? Vous êtes quelqu'un de bien, Kudlicsek. »

Oui, c'est vraiment quelqu'un de très bien, ce Kudlicsek. J'ai repensé à notre conversation et j'ai l'impression de tenir toute l'explication : si je suis aussi distrait qu'il le dit, je ne dois pas m'étonner que les gens s'ébahissent de mon comportement. De cette intense agitation, du fait que je m'arrête dans la rue, n'importe où, que je m'immobilise pendant quelques minutes en regardant devant moi : distraction typique, maladie de professeur. Me dire qu'il ne s'agissait que de cela m'a presque apaisé. Je peux me tranquilliser car s'il y avait autre chose, Kudlicsek me l'aurait dit. Quelle excellente idée de lui avoir confié la tâche de me surveiller. De la distraction. Oui, Kudlicsek m'a entièrement rassuré en utilisant ce mot.

C'est bizarre mais je me souviens de la scène qu'il m'a décrite. Quand je me suis arrêté dans la rue, que j'ai ensuite souri, secoué la tête et continué ma route. Ce dont je ne m'étais pas rendu compte, bien sûr, c'est que j'étais si longtemps resté sur place, comme Kudlicsek l'a noté. J'ai cru que cela n'avait duré qu'un instant. Je me souviens clairement de ce que je pensais ; je me demandais si je ne pourrais pas lui emprunter un crayon pendant un cours. Je lui dirais que j'ai oublié le mien chez moi. Et le lendemain, au lieu de le lui rendre je lui en donnerais un neuf à la place. Il n'y a là-dedans rien d'impossible. Je ne peux pas demander l'impossible. Je ne peux rien lui demander. Seulement il m'est venu à l'esprit que si je demandais un crayon, Willimszky allait m'en tendre un immédiatement, que je serais obligé d'accepter sans mot dire. Un crayon, ce n'est pourtant pas grand-chose mais c'est encore plus difficile à me procurer que je ne l'imaginais. C'est là que j'ai secoué la tête et que j'ai souri. Mais que ça ait duré dix minutes, j'en suis stupéfait. Je me souviens maintenant.

Ainsi donc, Madár est allé se plaindre auprès du directeur. Madár, à qui j'ai acheté un manteau quand il était malade. Le directeur a bien fait de l'éconduire. Moi aussi, je vais faire de même. Demain, je vais le convoquer ici, chez moi, et je lui dirai en face que c'est un fourbe et un hypocrite, et je le jetterai dehors. Qu'il sache qu'il ne l'emportera pas au paradis et qu'il se souvienne de cette dernière semaine.

En fait, je n'ai pas cours demain, seulement après-demain. Je lui commanderai de venir dans l'après-midi et ensuite je le flanquerai dehors. Lui parler ne fera peut-être pas de mal. Il se peut que je sois injuste. Je me prépare déjà depuis longtemps à avoir un jour une conversation avec lui.

Il fait très chaud. Je porte constamment mon costume gris par cette chaleur. Il n'a plus la même tenue qu'au premier jour, il est tout froissé. Je n'ai pas vraiment songé à le repasser : il ressemble déjà à un vieux vêtement.

J'entends ma gouvernante qui fait ses paquets. Je lui ai demandé d'emporter quelques ustensiles de cuisine superflus. Je n'ai nul besoin de ces cuvettes et de ces marmites. Elles lui seront sans doute plus utiles qu'à moi et ça lui fait plaisir. Je crois qu'elle va emporter pas mal d'objets parce qu'une étincelle s'est allumée dans ses yeux au moment où je lui en ai accordé l'autorisation. Peut-être est-elle en train de piller ma salle à manger également. Peu m'importe, qu'elle prenne ce qu'elle veut, mais surtout qu'elle s'en aille vite. C'est étrange tout de même, une femme aussi âgée, déjà un pied dans la tombe, et qui a encore envie de s'emparer de marmites et de verres. Moi, j'ai l'impression de devenir plus léger à chaque objet dont elle me libère et je serai content, lorsqu'elle sera enfin partie, de me retrouver parfaitement seul dans la maison.

Ma chambre est relativement bien rangée à présent. Il y reste assez peu d'objets et chaque chose est à sa place. Il fait très chaud, j'ai très soif. J'ai beau boire du vin, ça n'étanche pas ma soif.

14 juin

Ma gouvernante a fait emporter ses affaires ce matin. Très tôt, car je dormais encore. Elle prend le train du soir. Quand je suis passé dans la salle à manger à mon réveil, j'ai trouvé la crédence à moitié vide. Un employé des chemins de fer est venu chercher son bagage, qui a quitté la ville ce matin. Je suis content qu'elle ait emporté tant de bricoles superflues. Bien que je ne lui aie pas donné la permission de se servir dans la crédence, maintenant cela me réjouit qu'elle l'ait fait. Tout ce fatras inutile – bon vent.

J'ai dû me rendre à la banque dans la matinée dans le but de retirer de l'argent pour payer la gouvernante. J'en ai profité pour m'informer sur la somme totale dont je dispose. Elle se monte à plus que je ne croyais. Il me reste encore douze mille trois cents couronnes. Je leur ai également demandé, au cas où je voudrais les retirer, s'ils me les donneraient tout de suite ou s'il me faudrait attendre quelque temps. Ils m'ont répondu qu'ils pouvaient me délivrer la somme immédiatement mais en déduisant un certain montant. Ils m'ont demandé si je souhaitais le faire. Le directeur est sorti de son bureau et m'a demandé si c'était vrai que j'avais l'intention d'acheter la maison où j'habitais. Ça m'a agacé qu'il dise ça, parce que ce n'est pas vrai. Je lui ai répondu que je n'envisageais pas cet achat mais que je pourrais avoir besoin de mon épargne. Ce qui est la vérité. Je les ai quittés, et je reconnais qu'ils ont manifesté une très grande politesse à mon égard.

Depuis qu'il m'est venu à l'esprit de retirer mon argent pour le garder ici, à la maison, j'ai fini par trouver cette idée pas si mauvaise. Je sais qu'à chaque instant il peut se produire quelque chose, par exemple je pourrais recevoir une nouvelle qui me forcerait à partir en voyage. Rien n'est impossible. Timár, peut-être, m'écrira ; il m'invitera chez lui. Ce ne serait pas la pire des choses qui m'arriverait. Si Timár m'appelle à le rejoindre, je serai obligé d'y aller sans délai. Maintenant que ma gouvernante va me laisser dans quelques heures, un ordre plus grand régnera dans la maison. Je saurai enfin que je suis seul. Personne ne me dérangera. J'attends ce soir. Je crois que je serai beaucoup plus tranquille une fois que je serai complètement seul à la maison.

Oui, si je rapporte l'argent chez moi, je pourrai le conserver à l'intérieur de ce cahier, dans le tiroir fermé à clé. Ainsi je le garderai toujours à portée de la main ; les intérêts, je m'en moque. Demain, si je passe par là, je leur dirai, à la banque, de préparer mon argent. Il sera en bonne place ici, dans mon cahier. Je veux rassembler dans cette chambre tout ce dont je pourrais éventuellement avoir besoin. Les persiennes ferment parfaitement maintenant ; si j'en décide ainsi, personne ne peut voir à l'intérieur de chez moi. J'ai cherché la clé qui verrouille la chambre. À présent que je vivrai seul, je la fermerai à clé la nuit. Je ferai de même pour la porte d'entrée, j'y veillerai en personne. Mes vêtements sont ici, j'ai fait descendre ma grande malle pour qu'elle soit à ma portée, si nécessaire.

15 juin

Ma gouvernante est partie hier soir. Au moment des adieux, elle a encore versé quelques larmes et a voulu me baiser les mains. Je lui ai donné trois cents couronnes. Un porteur des chemins de fer est venu chercher ses bagages. Il m'a fallu me débarrasser de cette femme : à la fin, elle avait du mal à quitter les lieux. Maintenant, enfin, je suis seul.

Je me suis accordé avec la femme de ménage pour qu'elle vienne tôt le matin, à sept heures, quand je suis encore à la maison. Elle fera le ménage dans ma chambre et elle partira. Je partirai moi aussi, tout de suite après, je fermerai toutes les portes à clé et rabattrai les volets.

Cette prudence s'avère essentielle pour moi à présent : j'ai rapporté l'argent de la banque et je le garde maintenant dans le tiroir, dans ce cahier, dissimulé entre la couverture et la première page. Douze mille trois cents couronnes. J'ai soigneusement recompté. Le retrait s'est effectué sans aucune remarque de leur part. C'est le directeur en personne qui m'a remis l'argent. Il ne m'a posé aucune question : il est possible que je l'aie vexé hier.

Je crois que cet argent est en lieu sûr à présent.

Je suis absolument seul dans la maison. Je peux aller, venir à ma guise, sans que personne m'épie. Je pourrais recevoir de la visite, nul n'en saurait rien. N'importe qui pourrait venir me voir sans que personne ne s'en aperçoive.

J'ai fermé les persiennes et donné un tour de clé à la porte. Plus personne ne me surveille, plus personne ne m'entend. Je pourrais accueillir n'importe quel visiteur ou me mettre à hurler – je suis seul, personne ne me voit, personne ne m'écoute.

Cet après-midi, j'ai rempli ma grande malle. Je veux que tout soit à sa place. Si quelque chose arrivait, s'il me fallait partir en voyage, tout est prêt. J'ai mis deux costumes, deux paires de chaussures et du linge de corps dans la malle. Je l'ai installée au pied de mon lit. J'ai dissimulé la clé du tiroir où est caché mon argent sous le matelas. Personne n'irait la chercher là.

Je dois faire attention, il me faut être prudent. La ville est petite. La nouvelle que je conserve mon argent chez moi peut se répandre à tout instant. Si je m'éloigne, on peut me cambrioler. On peut m'attaquer la nuit. Je ne possède pas d'arme. Il faut que je me prépare à toute éventualité. Dans cette ville, où tout le monde sait tout, y compris que de temps en temps je m'arrête dans la rue et que je me mets à réfléchir, je dois m'attendre à ce que certaines personnes finissent par se douter que je cache mon argent chez moi. Je dois absolument me procurer une arme. Mais je ne comprends rien au maniement des armes à feu. Alors j'ai apporté dans ma chambre la hache qui se trouvait dans la cuisine et je l'ai adossée au mur derrière ma table de nuit. Si je me réveille parce que quelqu'un fourgonne du côté de la fenêtre ou tente de faire sauter les verrous de la porte, la hache se trouve immédiatement à portée de main. J'ai besoin de cette sécurité et, dans le fond, en ce qui me concerne, c'est le moyen de défense le plus adapté.

Impossible de savoir ce qui se complote en ville contre moi. Peut-être croient-ils qu'il y a chez moi un trésor. En tout cas, je mets la maison en état de siège. Ainsi, le directeur est persuadé que je pars à la retraite l'an prochain ? Ils savent tout, y compris nos pensées les plus secrètes, n'est-ce pas ? Et Madár, qui s'est plaint de moi…

Je viens de me souvenir que je voulais convoquer Madár aujourd'hui. Mais je n'ai pas eu le temps de m'occuper de lui pendant le cours. Demain. Sûrement, demain. Je n'ai même pas pris conscience de son existence aujourd'hui. Je crois que je ne l'ai même pas vu.

B* portait une robe bleu marine. Je ne l'avais jamais vue avec cette robe. Elle est en tissu assez brillant, pas de la soie, mais quelque chose qui ressemble. C'est une robe d'été, avec des manches courtes. J'ai vu ses bras pour la première fois. Ils sont minces et longs, brun clair.

Jamais je n'avais vu autant de son corps dévoilé. Sa robe dénude plus profondément son décolleté. Ses bras étaient nus à partir de ses coudes, qui sont un peu pointus. Elle devait être fatiguée, peut-être à cause de la chaleur, parce qu'elle était assise les coudes sur la table, sa tête penchée en appui sur sa paume.

Elle n'était visiblement pas dans un bon jour. Ses yeux étaient cernés, son visage creusé, ses lèvres gercées et pâles. Elle doit beaucoup travailler. Le bac est dans deux semaines. J'aimerais d'une façon ou d'une autre lui faire comprendre que le bachot est une vaste blague et qu'il est inutile qu'elle se tue à la tâche. Peut-être n'en dort-elle pas de la nuit. Hier soir, je suis passé devant chez eux, il était plus de onze heures, et à droite du portail, où se trouve l'appartement, la lumière était encore allumée. Je voudrais lui dire qu'il est totalement absurde de réviser. Ce n'est pas ça le plus important.

Ce matin, il m'est apparu invraisemblable qu'elle ne se rende compte de rien, rien du tout. Je crois malgré tout que les massages de Venczel ont une certaine efficacité : mes deux rides me semblent moins profondes. Certes, si on y regarde de près, on les retrouve, mais de loin, surtout le matin quand je sors de chez le coiffeur qui me saupoudre le visage de talc après m'avoir rasé, on les discerne à peine.

Il est impensable qu'elle ne s'aperçoive pas de quelque chose. N'importe quoi. Ne serait-ce que le simple fait que j'existe. Si un homme pense à un arbre comme moi je pense à elle, de toutes ses forces, de toute sa vie, de tout son corps, de toute son âme, il est exclu que même cet arbre ne ressente rien. Il est impossible que de temps à autre, ne serait-ce que l'espace d'un instant, elle ne prenne pas au moins conscience que j'existe en dehors du matin de neuf à dix, où je délivre mon cours sur Tacite. Il est incroyable qu'aucun chemin ne se fraie d'un être à un autre. Un chemin ténu, une voie minuscule par où voyagerait vers l'autre une petite pincée d'inquiétude. Une infime miette d'inquiétude, qui suffirait pour troubler son sommeil.

Cette impression que je tombe au cours d'une chute sans fin revient tous les matins. Je me réveille avec. Et ensuite, je reste allongé quelques instants, complètement hébété, dans l'espoir que tout cela n'est qu'un rêve, que je vais me réveiller bientôt, et que tout ira bien, que c'est un cauchemar, B* et Madár et moi et l'école et la ville. Que tout est en ordre, que je n'ai rien à voir avec personne. Je me réveille avec tout ça. Après, je sais bien que ce n'est pas la réalité, mais dans un demi-sommeil, avec effroi, je m'évertue, de toutes mes forces, à me rendormir, dans l'espoir de tout replacer dans le rêve et de le rendre responsable de tout ce que j'écris ici.

Pourtant, dès que je me réveille, je sais qu'il s'agit bien de moi en réalité et que tout est vrai. C'est à moi de découvrir ce qui peut me rendre les choses plus légères. Je suis comme un opéré qui sort de l'anesthésie et qui vérifie la justesse de ses soupçons : on lui a bel et bien coupé une main ou une jambe. Tout est vain, le malheur est là. Il retombe, le visage blême, sur l'oreiller et ferme les paupières.

Je crois que si je partais en voyage, vite, tout de suite, aujourd'hui, maintenant, juste après avoir écrit cette dernière phrase, si je prenais ma valise, ce cahier, l'argent, si j'allais à la gare et si je partais n'importe où, je pourrais peut-être encore guérir. Peut-être pourrais-je m'en sortir. Tout peut se guérir si on se soigne à temps. Il est possible que je me sois à moitié préparé à ce voyage, et que j'aie projeté cette fuite. Je ne sais pas. Peut-être n'est-il pas trop tard. Mais je sais que je n'ai pas la force de le faire. Ce serait en vain que je me sauverais, car je peux encore la voir pendant deux semaines.

C'est déjà l'été, je le sens même à travers la fenêtre fermée. Oui, c'est déjà l'été, dehors, en ville. Beaucoup de gens circulent devant la fenêtre. Parfois, ils ralentissent, comme s'ils marchaient plus lentement en passant devant chez moi. Tout à l'heure, je crois même que quelqu'un s'est arrêté devant ma porte. À chaque instant, je m'attends à ce qu'on sonne. Quelqu'un pourrait venir, on pourrait m'apporter une lettre.

Encore quelqu'un qui s'arrête. C'est l'heure du facteur. Il a fait halte devant la maison.

Une lettre de Timár. Avec un timbre allemand. Elle est épaisse, il me renvoie les dix pages que j'ai déchirées de mon cahier. Je les recolle dedans. La lettre aussi, je la colle, sur la première page, à côté de l'argent. Il m'écrit de Hambourg. Il semblerait qu'il ait écrit couché dans son lit parce qu'il a utilisé un crayon et que l'écriture est très désordonnée.

Il ne m'invite pas. En lisant sa missive, ç'a été ma première déception, qu'il ne m'invite pas. D'une certaine façon, c'était mon seul espoir, qu'il m'invite à le rejoindre. Je réalise que j'avais bâti mes idées de fuite sur cette seule éventualité. Non seulement il ne m'invite pas mais il ne me donne même pas son adresse.

Il m'écrit qu'« il s'occupe d'autre chose maintenant ». De quoi s'occupe-t-il ? Qu'est-ce que cette « autre chose » ? Et qu'a-t-il retiré de la lecture de mes notes, concernant ce dont moi « je m'occupais » ? Peut-on parler d'occupation ? Je ne comprends pas. Il me dit que demain il va partir pour Helgoland. Il écrit ceci et cela, mais il ne répond surtout pas à ma question. Il m'informe qu'il n'est pas en mesure de me rendre les cent couronnes en ce moment mais que je ne m'inquiète pas. Que sa gorge va beaucoup mieux. À la fin, tout au bout de cette lettre embrouillée, d'à peine deux pages, voilà ce qu'il écrit : « … en ce qui vous concerne, je suis très content de recevoir d'aussi bonnes nouvelles. Ne vous enfuyez pas, surtout, comme moi à la pâtisserie.

Quoi qu'il arrive, restez. Vous verrez : tout est préférable à la fuite. »

J'ai relu cette lettre trois fois. Rien. Elle ne contient rien qui puisse m'aider. Timár ne peut pas m'aider non plus. Il m'enjoint de rester ici. À présent, je suis complètement seul. Je ne me souviens même pas du visage de Timár. J'ai collé sa lettre dans le cahier, et je n'ai plus personne maintenant. Il semblerait que dans certaines situations, on se retrouve totalement seul.

Vers sept heures du soir, j'ai fait un tour en ville. Je prends conscience que les visages des gens ont changé. Je vois beaucoup de figures inconnues. C'est peut-être l'été qui veut cela. J'ai marché dans la rue sans chapeau, enfin, plutôt en tenant mon chapeau à la main. J'ai pris grand soin de rendre chaque salut qui m'est adressé. J'ai lancé des bonsoirs sonores et je me suis incliné de toutes parts. « Serviteur, Votre Excellence », me suis-je empressé de crier au préfet, de loin. J'ai croisé Kudlicsek également, il m'a salué bien bas mais ne m'a pas arrêté. Je marchais à vive allure. Depuis que j'ai lu la lettre de Timár, je suis libéré d'un grand souci. C'était ridicule de ma part d'avoir envisagé que Timár pût m'aider. Personne ne peut m'aider.

Dieu lui-même ne peut me secourir. Vers huit heures, je me suis retrouvé sans le faire exprès devant la chapelle de Marie. J'y suis entré sans réfléchir. Le sacristain éteignait déjà les bougies. Seule la lampe du tabernacle était allumée et un peu de lumière parvenait encore des vitraux. Je me suis assis sur le banc du fond, j'ai penché la tête, fait le signe de croix, comme quelqu'un qui prie. Je crois que j'ai essayé de prier. « Mon Dieu », ai-je commencé, « donne-nous notre pain quotidien ». Mais je me suis interrompu là. Ensuite me sont revenus les mots suivants : « Pardonne-nous nos offenses comme nous pardonnons aussi… » Après je ne me souviens plus. À qui dois-je pardonner ? Qui ai-je offensé ? Puis j'ai continué ma prière ainsi : « Mon Dieu, j'ai mal. Aide-moi, que je ne souffre pas autant. » Mais je n'ai senti aucun changement. Après être resté un petit moment, je suis sorti dans la rue. Décidément les gens ont légèrement changé de physionomie.

Au dîner, j'ai beaucoup mangé et beaucoup bu. C'est aussi une façon de passer le temps. Après le repas, on m'a invité à monter au cercle mais j'ai décliné l'invitation. Je suis descendu à la gare et j'ai attendu un train. Maintenant que j'ai lu la lettre de Timár, l'idée de partir en voyage m'a paru ridicule. Pour aller où ? Nulle part : je ne connais aucune adresse.

J'ai vérifié où se trouvait la hache : elle est posée à sa place. Je suis allé contrôler l'argent aussi : il est dans le tiroir, dans son intégralité. J'ai verrouillé les portes et je vais me coucher. J'aimerais tant recommander mon âme à quelqu'un. Je crois que c'est l'usage. Mais à qui ? Dieu ne m'a pas écouté.

16 juin

Cela fait une heure que Madár est parti d'ici. Immédiatement après son départ, j'ai voulu noter toute notre conversation mais je n'ai pas pu : ma main tremblait. Cela me surprend beaucoup car je suis on ne peut plus calme. Pourtant je tremble encore : c'est tout juste si j'arrive à lire les lettres que je trace. Je ne comprends pas pourquoi car je me sens tout à fait tranquille.

Ce matin, en cours, quelques minutes avant la sonnerie, je me suis dit qu'il était temps que j'interpelle Madár. J'attends depuis des jours d'avoir une bonne raison de le faire. Mais comme il ne m'en a pas fourni, je n'ai rien pu lui dire. D'ailleurs, il n'y a pas plus de raison aujourd'hui.

« Madár », lui ai-je dit à la fin de l'heure.

D'abord, il ne s'est pas levé parce qu'il a cru avoir mal entendu. Alors je me suis tourné vers lui :

« Levez-vous », lui ai-je demandé.

Il s'est levé. Il a peut-être été saisi d'un léger vertige parce qu'il a été obligé de prendre appui sur le banc.

« Vous allez venir chez moi cet après-midi. À trois heures et demie.

– Moi, monsieur le professeur ?…

– Oui. À trois heures et demie. Vous avez compris ? »

Il a réfléchi puis s'est empressé de répondre :

« Certainement. »

Puis ça a sonné. Je n'ai regardé personne en quittant la classe. La moitié des élèves a oublié de se lever quand je suis sorti. Tous avaient les yeux fixés sur Madár.

… Maintenant que c'est fini, je constate avec stupéfaction à quel point toutes les questions que j'ai posées à Madár ont surgi de moi sans que j'aie eu à réfléchir. Comme si je m'y étais préparé à l'avance, comme si j'avais pris des notes, point par point, question après question.

Pourtant je n'avais rien prévu.

Et même, jusqu'à quelques minutes avant trois heures et demie, je m'étais efforcé de ne pas penser à la venue de Madár. Quand j'ai quitté le lycée, je suis allé au restaurant et j'ai déjeuné. Après le repas, je suis passé chez Venczel pour me faire raser, parce que je m'étais levé trop tard et je n'avais pas eu le temps. Je suis rentré chez moi à deux heures et demie. J'ai fermé les fenêtres et je me suis étendu tout habillé sur le lit. Je sentais monter ce mal de tête qui comprime l'arrière du crâne, vers le cervelet. Je suis resté allongé pas loin d'une heure. Je ne pensais à rien. Rien sinon qu'à présent je pourrais m'endormir mais que c'était impossible car Madár allait bientôt arriver.

À trois heures et demie précises, on a sonné à la porte.

Lentement, je me suis levé, j'ai bu un verre d'eau. J'ai arrangé mes cheveux. Puis j'ai ouvert une persienne pour laisser entrer la lumière dans la pièce. Tout ça, je l'ai fait très lentement dans l'espoir secret, je crois, que Madár en aurait assez d'attendre, qu'il allait s'imaginer que je n'étais pas chez moi, et qu'il partirait.

Mais il a sonné à nouveau, cette fois plus timidement.

J'ai ouvert la porte. Madár se tenait debout sur le seuil, sans chapeau. Je l'ai dévisagé :

« Entrez », lui ai-je dit.

Je ne l'ai pas salué. Le plus remarquable, c'est qu'il ne m'a pas salué non plus. Je l'ai précédé, il m'a suivi sans mot dire. Nous avons traversé la salle à manger et je suis retourné fermer la porte du couloir. L'idée de la fermer à clé m'a vaguement traversé l'esprit, l'espace d'un instant. Mais Madár se trouvait derrière moi et il se serait peut-être ému de me voir verrouiller la porte. Il aurait peut-être appelé au secours. On ne sait jamais. Les gens sont bizarres. C'est pourquoi j'ai juste repoussé la porte.

Nous sommes passés dans ma chambre. La pénombre y régnait car je n'avais ouvert qu'une des persiennes. Je me suis dirigé vers mon bureau et je me suis assis. Madár attendait debout, à la porte. Je me suis retourné :

« Approchez-vous. »

En lui adressant ces paroles, je crois n'avoir été ni sévère ni aimable. Je suis resté tout à fait neutre. J'avais la gorge sèche. Madár s'est rapproché avec une lenteur que j'ai ressentie comme excessive. Il s'est arrêté à un pas de moi. Malgré la pénombre, je me suis rendu compte de sa pâleur.

Enfin, je pouvais le regarder à ma guise. Je me souviens d'avoir éprouvé comme une sorte de contrainte à cet instant, une curiosité grossière et une joie effrontée de pouvoir enfin le détailler de près. Jusqu'ici j'avais toujours évité, dans la mesure du possible, de le dévisager de façon appuyée. Enfin, je l'ai regardé, en détail, en prenant mon temps. Ses cheveux, ses oreilles. Ses yeux, sa bouche. Sa bouche, je l'ai observée longuement, minutieusement. Il portait des chaussures basses, noires. Sa veste était trop étroite pour ses épaules et ses manches trop courtes.

Je me souviens avec une précision exacerbée de la moindre bribe de notre conversation : c'est comme si j'avais pris des notes. Le silence régnait dans la chambre ; il faisait très chaud. La rue était déserte.

Au cours de ces premiers instants, Madár présentait tous les signes de la pétrification. Il se tenait debout, raide, les épaules légèrement voûtées et la tête projetée vers l'avant, dans sa posture habituelle. Il avait les deux mains plaquées sur les coutures de son pantalon, comme font les soldats.

« Quel âge avez-vous ? lui ai-je demandé.

– Dix-huit ans passés, monsieur le professeur. »

Ses réponses étaient formulées à voix basse, mais calmement.

« Depuis quand ?

– Depuis mars.

– Votre mère habite à Kóród ?

– Oui.

– Elle est veuve ?

– Oui.

– Elle vous aide ? »

Il a réfléchi. Puis a répondu d'un ton incertain :

« Oui. »

Je me suis tourné vers le bureau comme pour y chercher des notes, et ce faisant, je lui ai demandé :

« Vous comptez aller à l'université après le baccalauréat ?

– Oui. » Comme je ne réagissais pas, il a ajouté : « À Budapest.

– D'après ce que j'ai entendu dire, ai-je continué, il est question d'une certaine bourse. Que vous pourriez obtenir si vous avez une mention bien au baccalauréat et si le corps professoral vous recommande. Bien entendu, cette recommandation dépend en tout premier lieu de moi, en ma qualité de professeur principal. Vous comptez sur cette bourse ?

– Si c'est possible… monsieur le professeur.

– Si c'est possible, ai-je répété. Vous avez tout à fait raison de faire cette remarque : si c'est possible. La question est de savoir si ça l'est. C'est pourquoi je vous ai convoqué ici.

– Monsieur le professeur, je vous en prie, a-t-il commencé, à présent tout à fait doucement, je ferais n'importe quoi… Une fois, j'ai eu le courage de… Monsieur le professeur a été bon pour moi…

– Laissez cela », ai-je dit. J'ai dressé mon crayon en l'air et je l'ai regardé, comme je fais pendant les cours. « Est-il vrai que vous vous soyez plaint de moi auprès de monsieur le directeur ? »

Madár m'a regardé fixement sans répondre.

« Du fait que je ne vous interrogeais pas ?… »

Toujours pas de réponse.

« Une plainte ! Contre moi ! Contre votre professeur. Vous êtes allé moucharder. Naturellement monsieur le directeur vous a jeté dehors. Est-ce vrai ?

– Oui, c'est vrai, a-t-il répondu en continuant à me fixer.

– Tenez-vous pour vraisemblable, lui ai-je demandé, que dans ces circonstances je vous recommande pour l'obtention d'une bourse ? »

Silence. Madár ne me regardait pas. Il contemplait ses pieds.

« Répondez, lui ai-je ordonné.

– Monsieur le professeur, je vous en prie, a-t-il dit, oui, c'est vrai, mais j'étais désespéré.

– Vous étiez désespéré ?

– Oui.

– Pourquoi ? Suis-je jamais injuste avec quiconque ? Ne vous ai-je pas accordé la mention très bien pour le semestre ? N'ai-je pas corrigé chacun de vos devoirs ? Vous ai-je empêché de progresser ?

– Vous ne m'interrogiez pas, dit-il d'une voix geignarde. J'étais au fond du désespoir, monsieur le professeur. J'ai tout fait pour m'attirer la bienveillance de monsieur le professeur. Pour moi, tout dépend de cette bourse, monsieur le professeur. Si monsieur le professeur me donne de mauvaises notes... J'avais perdu tout espoir. Vous ne m'avez pas interrogé depuis plusieurs mois. Je me suis dit que vous me haïssiez, monsieur le professeur. Que pour une raison ou une autre, vous en étiez venu à me détester. Je ne savais pas pourquoi. Et je ferai tout, monsieur le professeur, pour mériter votre pardon... »

Il s'est passé la main sur le front. Il parlait du nez.

« Pourquoi parlez-vous ainsi du nez ? lui ai-je demandé involontairement.

– Pourquoi ? a-t-il répondu avec étonnement. J'ai une déviation de la cloison nasale. »

J'ai sorti un cigare que j'ai allumé.

« Vous prétendez, ai-je repris lentement, que je vous hais. D'où prenez-vous ça, mon pauvre ami ?

C'est un sentiment puissant, la haine. Haïr quelqu'un, c'est lui accorder une existence. Vous êtes bien trop minuscule pour mériter que je vous haïsse, mon pauvre ami.

– Certainement, a-t-il obtempéré, presque avec reconnaissance.

– Ensuite vous dites, ai-je continué en prenant mon temps, que vous feriez n'importe quoi – dans l'hypothèse où je vous haïrais – pour obtenir mon pardon. Voyons, vraiment n'importe quoi ?

– Monsieur le professeur, je vous en prie..., a-t-il répondu lentement, ce que je voulais dire, c'est...

– Attendez, ai-je dit. Par exemple, vous mettriez-vous à genoux et me baiseriez-vous la main pour me demander pardon ?... Hein ?... »

Sa bouche s'est mise à trembler :

« Me mettre à genoux...

– Et me demander pardon... demander pardon à la vieille rosse enragée ? Hein ? »

Il m'a regardé fixement dans les yeux.

Je me suis levé. J'ai fait quelques pas vers la fenêtre.

« Qui chasse sur d'autres territoires, ai-je cité à nouveau. Mais mon petit ami, peut-être ai-je chassé à l'endroit qu'il fallait ? Qu'en pensez-vous ? »

Il s'est penché en avant et m'a fixé avec des yeux exorbités. À présent, sa bouche tremblait vraiment.

« Qu'est-ce que c'était, cette lettre ? ai-je demandé.

– Ça... c'était... une lettre... monsieur le professeur..., a-t-il répondu.

– Qui est cette Bébi ? »

Il a courbé la tête.

« Margit Cserey.

– Pourquoi Bébi ? C'est quoi, Bébi ? Qui lui a donné ce nom ? »

Il a penché la tête de côté.

« Moi.

– Quand ?

– À une certaine occasion.

– Quelle occasion ? »

Il n'a pas répondu.

« Et pourquoi avez-vous justement choisi ce nom-là : Bébi ? lui ai-je demandé après avoir secoué la cendre de mon cigare.

– Je ne sais pas.

– Vous avez trouvé que ça lui allait bien ?

– Oui, a-t-il dit d'un ton hésitant.

– Vous ne l'avez pas appelée autrement ? ai-je continué.

– Non.

– Bien. »

Nous nous sommes regardés. J'étais assez calme. Le fait qu'il ne lui ait jamais donné d'autre nom m'a apaisé.

« Reprenons depuis le début, ai-je repris. Je vous signale que seule une sincérité totale pourra vous venir en aide. Vous vous rendez compte que si je mentionne cette lettre au corps professoral, vous êtes renvoyé ?

– Certainement, a-t-il acquiescé péniblement.

– Bien. Reprenons donc du début. Quand l'avez-vous connue ? Où ? Dans quelles circonstances ?

– Mais… monsieur le professeur…, a-t-il bégayé, en classe.

– L’année dernière ?

– Oui.

– Et auparavant, vous ne la connaissiez pas ?

– Non.

– Vous ne l’aviez jamais vue ? Dans la rue ? Non ?

– Non… je ne me souviens pas.

– Quand est-ce que ça a commencé ? »

Il a reculé d’un pas.

« Mais quoi… monsieur le professeur, s’il vous plaît ?

– L’an dernier, déjà ?

– Non, a-t-il répondu à voix basse.

– Cette année alors ?

– Oui, a-t-il dit en hésitant.

– À l’automne ?

– Non… monsieur le professeur, je vous en prie…

– À Noël ? »

Silence. J’ai réitéré ma question.

« À Noël ?

– Avant Noël.

– Où ?

– Je ne sais pas… monsieur le professeur. »

Là, j’en suis resté stupéfait.

« Comment ça ? Vous ne savez pas où ça a commencé ?

– Je ne sais pas.

– C’est impossible, ai-je dit. Attention, je vous le rappelle encore une fois : la règle est la sincérité absolue. Reprenez vos esprits, Madár. Ici, c’est comme au confessionnal. Répondez. Où est-ce que ça a commencé ?

– Je crois que… sur la glace, a-t-il répondu péniblement.

– Sur la glace ?

– Mais oui.

– Bien. Sur la glace, donc. »

Ça, je ne l'avais jamais envisagé. Sur la glace ? C'est tout juste s'il a gelé trois semaines cet hiver. Cela ne fait que deux ans qu'il y a une patinoire en ville. Que ça puisse commencer aussi sur la glace, voilà qui ne m'avait jamais effleuré l'esprit.

Je me suis levé, et j'ai fait le tour de la pièce à deux reprises.

« Faites attention, Madár, lui ai-je dit ensuite. Maintenant vous allez tout me raconter. En toute honnêteté. Comme au confessionnal. C'est la seule attitude qui vous sauvera. Vous allez tout me dire, vous allez répondre à toutes mes questions. Où, quand, comment ? Allons, je vous écoute. »

Je me suis rassis à ma place.

« Vous voulez vous asseoir ? » ai-je demandé.

Je craignais qu'il ne soit pris de vertige. Mais il n'a pas voulu s'asseoir.

« Monsieur le professeur, s'il vous plaît, a-t-il commencé d'une voix tremblante, il n'y a rien à raconter. Cette lettre… ce qui est terrible, c'est que vous l'ayez trouvée. C'était juste le genre de lettre qu'on écrit pendant les cours. Ne le prenez pas mal, monsieur. Pardonnez-moi. Je ne pense pas vraiment ce que j'ai écrit, monsieur le professeur. Ce ne sont que des expressions que les élèves ont l'habitude d'utiliser.

– Ah oui ? ai-je rétorqué. Vraiment ? Depuis quand les élèves se servent-ils entre eux de formules telles que “Ma chérie” ? Vous avez une réponse à ça ? Cette fois, ne tournez pas autour du pot ! Alors, qu’en est-il de “ma chérie” ?

– Je n’ai rien à en dire, monsieur le professeur. Rien de plus que… j’ai donné des cours à Cserey. »

Quelqu’un est passé devant la fenêtre. Après qu’il eut prononcé son nom, nous nous sommes tus tous les deux. Nous avons attendu que les pas s’éloignent.

« Répondez à cette question : qu’y a-t-il entre vous ?

– Rien, monsieur le professeur.

– Donc, vous ne voulez pas répondre ?

– Mais monsieur le professeur, il n’y a rien… Cserey…

– Ne prononcez pas son nom, l’ai-je interrompu. C’est inutile. Je sais que ce n’est pas de Puliszka dont nous parlons. Alors, que se passe-t-il avec elle ?

– Avec qui ?

– Avec elle. Répondez : qu’y a-t-il entre vous ? »

Il se balançait d’un pied sur l’autre :

« Nous sommes de bons amis.

– Des amis. Bien. Vous l’avez embrassée ? »

La main qu’il porta alors à son front tremblait. Il avait le front trempé de sueur. Il a réfléchi. Puis, à voix basse mais posée, il a dit :

« Oui. »

Nous nous sommes tus pendant un long moment.

« Combien de fois ? lui ai-je demandé ensuite, d’une voix aussi calme que la sienne.

– Je ne sais pas, a-t-il répondu.

– Vous ne savez pas ? Combien de fois l’avez-vous embrassée ? Tous les jours ?

– Oui.

– Depuis combien de temps ?

– Cet hiver… depuis cet hiver. »

Il m'a regardé d'un air assez étrange. Résolu, déterminé. Je lui ai rendu le même regard. Nous nous sommes mis à parler sur le même ton calme à présent :

« Où l'avez-vous embrassée pour la première fois ?

– Sur la glace.

– Quand cela ?

– Le 17 janvier.

– Combien de fois ?

– Une fois.

– Qu'a-t-elle dit ?

– Rien.

– Elle n'a pas dit un seul mot ?

– Non, rien.

– Elle n'a pas pleuré ?

– Non.

– La deuxième fois, c'était quand ?

– Le lendemain après-midi… Pendant mon cours.

– Combien de fois ?

– Je ne sais pas.

– Plusieurs fois ?

– Oui. »

À cet instant précis, comme dans un rêve, j'ai éprouvé une sensation de chute vertigineuse. C'est alors que j'ai réalisé que mes mains se mettaient à trembler.

Je dois noter – car je m'en souviens avec une grande clarté – que jusqu'ici je jouais le rôle de l'attaquant et Madár, celui de la victime qui tremble et se défend. C'est à partir de ce moment que je me suis senti contraint d'abandonner ce rôle. Madár a dû le sentir aussi : il m'a répondu de façon plus résolue.

« Vous avez embrassé sa bouche ? ai-je repris.

– Oui, sa bouche aussi.

– Et ses yeux ?

– Aussi.

– Et ses oreilles ?

– Oui. »

Mes mains n'avaient pas cessé de trembler. Nous parlions si bas qu'il nous était difficile de comprendre les paroles de l'autre.

« Quand vous avez embrassé ses lèvres… vous avez aussi embrassé ses dents ? »

Je me suis clairement rendu compte qu'il avançait une de ses jambes et se posait plus confortablement. Jusqu'ici, il s'était tenu comme au garde-à-vous. Il a même esquissé le geste de mettre ses mains dans ses poches. Il a très visiblement repris son souffle. Sa voix est devenue plus nette. Je l'ai regardé avec attention.

« Bien sûr », a-t-il dit de façon inattendue, très calmement, presque normalement.

Ma sensation de chute s'est accentuée, plus forte que jamais auparavant. Cette sensation était si violente que j'ai tendu une main pour la poser sur la table comme pour y chercher un appui. Je me suis rendu compte que Madár avait observé ce geste.

« Et son cou, vous l'avez embrassé ? ai-je repris.

– Quelquefois.

– À quel endroit ? Jusqu'à l'échancrure de son corsage… ou au-delà ?

– Jusque-là.

– Jusqu'où ?

– Là où vous dites. »

Il a prononcé ces dernières paroles d'une voix différente. Il a soulevé ses mains, les a frottées l'une contre l'autre et les a replacées sur la couture de son pantalon.

« Et vos mains... ai-je dit, que faisiez-vous avec vos mains pendant ce temps ?

– Quand ? a-t-il demandé de façon succincte, à la limite de l'insolence.

– À ce moment-là, ai-je rétorqué.

– Avec mes mains ? » Il a baissé les yeux vers ses mains. Tous les deux, nous sommes restés là, à contempler ses mains qui reposaient passivement le long de son pantalon.

« Vous la serriez entre vos bras ?

– Oui, bien sûr, répondit-il, comme en passant.

– Et elle ?

– Comment ça, elle ?

– Elle ne protestait jamais ?

– Si, quelquefois.

– Quand ?

– Quand... quand nous étions chez moi.

– Chez vous ? Dans votre chambre ?

– Oui.

– Combien de fois est-elle allée chez vous ?

– Pas beaucoup. Deux fois peut-être.

– Elle protestait ?

– Oui.

– Pourquoi ?

– Comme ça. Comme font les filles d'habitude. »

Je me souviens qu'en arrivant à ce point de la conversation, cela faisait déjà un bon moment qu'il ne m'avait pas dit une seule fois « monsieur le professeur ». Il l'a alors prononcé pour la première fois à nouveau, en arborant un sourire familier :

« Monsieur le professeur pose des questions particulières.

– Particulières ? » ai-je dit. Je me suis levé. « Mais vous-même… vous me donnez des réponses particulières. Ne trouvez-vous pas ? »

Je me suis avancé d'un pas vers lui.

« N… non. » Il a reculé d'un pas.

Nous sommes restés ainsi.

« Qu'y avait-il entre vous, ai-je alors demandé, quand vous lui avez écrit cette lettre ? Un problème ? Pourquoi lui demandiez-vous pardon ?

– C'est que… Monsieur le professeur, je vous en prie…

– Pourquoi ?

– Je l'avais frappée, a-t-il répondu simplement.

– Vous l'avez frappée ? Mais… mais enfin, c'est une jeune fille assez fragile. Pourquoi l'avez-vous frappée ? Quand cela s'est-il passé ?

– Monsieur le professeur… nous étions chez moi, dans ma chambre. Elle… elle n'est pas si faible que ça…, a-t-il précisé pour se défendre. Et… alors… Elle ne voulait pas, a-t-il ajouté.

– Elle ne voulait pas quoi ?

– Mais rien, a-t-il rétorqué brutalement.

– Oui », ai-je dit alors sans le faire exprès, comme si j'étais d'accord, comme si c'était lui qui m'avait posé une question. Puis j'ai continué, parce que je ne pouvais rien dire de plus sur le sujet :

« Dites-moi donc, Madár, et maintenant ? Que se passe-t-il ? Aujourd'hui par exemple ? Vous l'avez vue ?

– Oui.

– Maintenant... avant de venir ici ?

– Seulement dans la rue.

– Seulement dans la rue ? Elle vous a accompagné jusqu'ici ?

– Jusqu'au coin.

– Et en partant d'ici... vous allez vous rencontrer ?

– Sur le corso, monsieur le professeur. »

Silence.

« Et de moi, ai-je repris avec lenteur, péniblement, vous ne parlez jamais entre vous ?

– Rarement, monsieur le professeur.

– Mais seulement comme d'un professeur... hein ? »

Madár a levé les yeux vers moi.

« Oui, a-t-il répondu d'une voix forte.

– Bien », ai-je dit très vite.

Il a de nouveau eu un rictus. Il s'est balancé d'une jambe sur l'autre.

« Monsieur le professeur, si vous permettez, ce n'est pas tout. Si vous le souhaitez, je vais tout vous dire.

– Ça suffit, ai-je répliqué.

– Je possède une photo aussi, s'est-il empressé d'ajouter. Si vous voulez, je vous la montre. En maillot de bain. C'est un élève de première qui l'a prise, l'été dernier, quand ils se baignaient dans le fleuve.

– Ça suffit », ai-je répété, et je me suis assis.

Madár s'est rapproché.

« Si vous le désirez, je vous la montre, et… monsieur le professeur… j'ai été tout à fait sincère, n'est-ce pas ? Est-ce que je peux compter sur vous, monsieur le professeur ? » Et comme je ne répondais pas : « Pour me recommander, pour la bourse, monsieur le professeur, s'il vous plaît ?… »

Il s'est penché près de mon visage. J'ai levé la main.

« Ça suffit, fut tout ce que je réussis à dire.

– Merci beaucoup » a-t-il dit et il s'est courbé en deux.

Nous nous sommes tus pendant une minute. Madár ne me quittait pas des yeux. Puis, d'une voix complètement différente, il m'a demandé avec déférence :

« Puis-je m'en aller, monsieur le professeur ?

– Vous pouvez, ai-je répondu.

– Serviteur », et sur ces mots, il s'est dirigé vers la porte.

Arrivé dans la salle à manger, il s'est arrêté encore une fois.

« La porte… a-t-il demandé. Souhaitez-vous venir la fermer ?

– Vous pouvez partir », ai-je répété.

Là-dessus, il s'en est allé. Je l'ai entendu claquer la porte d'entrée. Je me suis immédiatement allongé sur le lit, comme avant son arrivée, et je me suis endormi. J'ai dormi une demi-heure. Je viens de me réveiller et j'ai transcrit toute notre conversation. Ce soir, je ne sortirai pas.

Ma sensation de chute vertigineuse s'est effacée il y a quelques minutes. J'ai l'impression que la chute est arrivée à sa fin, que j'ai atteint la terre ferme et que je m'ébahis de n'avoir mal nulle part.

19 juin

Ainsi, ils vont chasser Madár hors de l'institution. Dommage. C'est un garçon très doué. Je m'étonne qu'il ait pu se laisser emporter ainsi. Il semble qu'il ait perdu la tête. Ce qui compte, c'est que je lui ai confisqué la photo. Je crois que c'était mon devoir. Il se peut qu'il l'ait montrée à d'autres. Je suis convaincu qu'il était de mon devoir d'accomplir ce que j'ai accompli.

Déjà hier et avant-hier, la classe a ricané pendant les deux heures de cours. La moindre de mes paroles déclenchait des éclats de rire. À l'évidence, Madár avait dû leur raconter quelque chose. Maintenant, ça n'a plus aucune importance. Hier, si Madár s'était levé tout de suite quand je l'ai interpellé, s'il s'était exécuté poliment et m'avait donné la photo, il aurait peut-être évité que je m'en empare par la force. Mais, hélas, il n'a rien fait pour empêcher quoi que ce soit.

Il n'a pas pu y échapper parce que lorsque je l'ai sommé de me donner la photo, la classe a immédiatement réagi, bruyamment. Je n'avais pourtant pas mentionné de quelle photo il s'agissait, ni qui elle représentait ; la classe savait. Quand Madár s'est levé, il a sorti une photo de son portefeuille, l'a agitée de loin dans ma direction et a dit :

« Cette photo ? Pas question, monsieur le professeur ! » Alors, je suis désolé, mais il ne me restait pas d'autre choix que de me diriger vers lui et de lui arracher la photo des mains.

L'incroyable est qu'à ce moment-là Madár m'a asséné un coup sur la figure. Assez violent. Je n'aurais jamais imaginé qu'il était aussi fort.

Je crois avoir bien fait d'interrompre immédiatement le cours et de m'être dépêché d'aller au bureau du directeur. Si je me souviens bien, c'est Puliszka qui a retenu Madár, dont le visage était complètement déformé et qui grinçait des dents ; son corps se tordait entre les bras de Puliszka. Mais Puliszka est un jeune homme vigoureux. Madár ne pouvait pas me courir après.

Le directeur a tout de suite décrété qu'ils allaient renvoyer Madár. Dommage pour lui. C'est un garçon très doué. Je ne peux plus rien faire pour lui à présent.

La seule chose qui importe maintenant, c'est de me montrer très prudent dans mes déplacements. La photo est ici, chez moi. Il se pourrait que Madár veuille la récupérer. Pour l'instant elle est à l'abri, dans le tiroir fermé à clé, à côté de l'argent.

Je ne comprends pas la lettre du directeur. C'est Kudlicsek qui me l'a apportée ce matin. Le directeur me demande de suspendre mes cours jusqu'à la décision de la commission de discipline.

Cela m'est égal, complètement égal. Je dirais même que ça me convient de ne pas être obligé de sortir de la maison. Dans la rue, on peut être l'objet de mauvaises surprises. C'est bien volontiers que je demeure à la maison.

Aujourd'hui, j'ai demandé à ma femme de ménage de m'apporter du pain, du vin et du jambon fumé. Je vais rester chez moi quelques jours. Comme ça, je ne serai pas obligé de sortir dans la rue.

J'ai interrogé Kudlicsek sur ce qui se passait en ville :

« Madár est à la recherche de monsieur le professeur, a-t-il répondu.

– Où me cherche-t-il ? lui ai-je demandé.

– Au Bastion. Sur le corso. Là-haut au cimetière. Partout, monsieur. Puliszka ne le lâche pas d'une semelle, ainsi que plusieurs de ses camarades de classe.

– Pourquoi ? Je ne comprends pas. Pourquoi le suivent-ils ? »

Kudlicsek s'est penché vers moi.

« Parce qu'ils ont peur pour lui, dit-il d'un air mystérieux. Il transporte un pistolet à air comprimé sur lui, monsieur. Ils craignent qu'il n'attente à sa vie. Ou à celle de quelqu'un d'autre. On dirait qu'il a perdu la tête.

– Vous croyez ?

– Oui, je crois », a dit Kudlicsek.

Mais je ne fais aucune confiance à Kudlicsek. Il jacasse beaucoup et inventer de fausses nouvelles l'amuse.

20 juin

Trois jours que je n'ai pas mis les pieds dehors. J'ai bien réfléchi à la situation : si Madár vient me trouver ici, je le recevrai. Je le ferai entrer. Je discuterai volontiers avec lui. Mais la photo, je ne la lui rendrai pas. La photo, maintenant, elle va rester chez moi.

Hier et aujourd'hui, j'ai verrouillé la porte. Il me semble préférable que pendant ces quelques jours, je ne laisse même pas entrer la femme de ménage. Hier, je l'ai renvoyée. Plus tard, j'en embaucherai une autre.

Je n'ai pas ouvert les persiennes qui donnent dans la rue. Ces deux derniers jours, beaucoup de gens sont passés par ici, sous la fenêtre. Inutile qu'ils voient à l'intérieur.

Je crois qu'en ville, on complote quelque chose contre moi.

Hier après-midi, à travers l'ouverture des persiennes, j'épiais ce qui se passait dans la rue quand j'ai aperçu Madár. Il marchait sur le trottoir opposé, sans chapeau, et il s'est arrêté en face de mes fenêtres. Il est resté planté là assez longtemps. Puis il est parti.

J'aurais volontiers une petite conversation avec lui. Je ne peux pas lui en vouloir de m'avoir frappé au visage. J'ai encore des choses à lui demander. Mais la photo, je ne peux pas la lui rendre. Elle n'est pas pour lui. S'il exige que je la lui donne, je serai contraint de me défendre.

J'ai pensé que je pourrais pousser la grande armoire devant la porte pour me barricader. Mais si Madár vient, il faudra que je puisse le faire entrer. C'est pourquoi j'ai ouvert la porte palière, tout en laissant les persiennes des fenêtres fermées.

Ce matin, quelqu'un a sonné. C'était Kudlicsek. J'ai vu que c'était lui à travers les rainures des volets. Je n'ai pas ouvert, parce que les nouvelles qu'il pourrait m'apporter ne m'intéressent pas pour le moment.

Pour le moment, c'est à Madár que je veux parler.

Je suis certain qu'il viendra cet après-midi. J'ai laissé la porte extérieure ouverte.

J'ai tout préparé. Je vais refermer ce cahier et je n'écrirai plus rien dedans. Je vais le poser à côté de l'argent et de la photo.

Il est trois heures ; Madár peut surgir à tout instant. Hier aussi, il est passé par ici à la même heure.

Quoi qu'il en soit, j'ai posé la hache sur la table, avec l'argent et la photo. J'attendrai le temps qu'il faudra. Je ne bougerai plus d'ici, pas tant que je n'aurai pas mis les choses au point avec Madár.

REMERCIEMENTS

La traductrice tient à remercier Jérôme Cartier de sa lecture attentive.

C. F.

Du même auteur aux Éditions Albin Michel :

Les Révoltés
La Conversation de Bolzano
Les Confessions d'un bourgeois
Les Braises
L'Héritage d'Esther
Divorce à Buda
Un chien de caractère
Métamorphoses d'un mariage
Mémoires de Hongrie
Libération
Le Miracle de San Gennaro

Sándor Márai dans Le Livre de Poche

Les Braises n° 3378

À travers la dramatique confrontation de deux hommes autrefois amis, *Les Braises* évoque l'inéluctable avancée du temps. Livre de l'amitié perdue et des amours impossibles, où les sentiments les plus violents couvent sous les cendres du passé, tableau de la monarchie austro-hongroise agonisante, et redécouverte d'un immense auteur.

Les Confessions d'un bourgeois n° 3369

Avec cette grande « histoire de famille » inspirée par la vie des siens, Márai écrit sa *Confession d'un enfant du siècle*, tout à la fois itinéraire personnel et description subtile de la bourgeoisie hongroise au début du XXe siècle. Il se souvient de ses ancêtres, riches artisans, des traditions et des idéaux qui ont pétri un milieu épris de démocratie et de modernité avant que son accession au pouvoir et l'oubli de ses devoirs ne le condamnent au déclin.

La Conversation de Bolzano n° 3361

Casanova, à peine échappé des « plombs » de Venise, se réfugie à Bolzano. Aux prises avec Francesca et l'inquiétant comte de Parme, son vieil époux, il rencontre et finit par vaincre à sa manière la tentation de l'Amour. Inspiré d'un épisode de la vie de Casanova, une aventure troublante du séducteur vénitien.

Divorce à Buda n° 3386

Deux hommes se retrouvent après de longues années pour un face-à-face nocturne. L'un est juge, l'autre médecin. Anciens camarades d'école, c'est le divorce du médecin, que le juge s'apprête à prononcer, qui les réunit. Autour de la figure d'une femme, la réminiscence du passé fait émerger peu à peu un secret enfoui.

L'Héritage d'Esther n° 3374

Une femme déjà vieillissante voit soudain ressurgir le seul homme qu'elle a aimé et qui lui a tout pris, ou presque, avant de disparaître vingt ans plus tôt. La confrontation entre Esther la sage, ignorante de ses propres abîmes, et Lajos l'insaisissable, séducteur et escroc, est l'occasion d'un face-à-face où le passé semble prêt à renaître de ses cendres.

Mémoires de Hongrie n° 3430

Rédigés vingt ans après les événements évoqués, ces *Mémoires* composent une fresque saisissante de la Hongrie à une époque cruciale de son histoire et mettent en lumière le trajet bouleversant de l'auteur des *Braises*. Avec verve et sensibilité, Márai raconte l'entrée victorieuse des chars soviétiques en Hongrie en 1944, et l'instauration du régime communiste.

Métamorphoses d'un mariage n° 31076

Ilonka, Peter, Judit confient « leur » histoire. L'épouse amoureuse et trahie. Le mari cédant à la passion. La domestique ambitieuse qui brise le couple. En trois récits-confessions qui cernent au plus près la vérité des personnages, Sándor Márai analyse avec une finesse saisissante sentiments et antagonismes de classe.

Paix à Ithaque n° 3411

Márai nous transporte parmi les héros d'Homère, au milieu des dieux, des demi-dieux et des nymphes, dans la vie cossue des Phéaciens, dans la simple atmosphère rurale du royaume d'Ulysse... Une grande fresque sur les démêlés des dieux et des hommes, sur les passions humaines, sur l'amour et la jalousie, sur la vie et la mort.

Les Révoltés n° 3370

Tandis que leurs pères sont au front, des adolescents découvrent leur indépendance. Livrés à eux-mêmes, ils inventent des jeux qui leur permettent de renverser le monde des adultes, d'échapper à l'autorité de leur famille. C'est l'apprentissage de tous les dangers, de toutes les déraisons. Sur fond de guerre, la découverte de la vie, de la sexualité, le passage du rêve de l'enfance aux réalités du monde ne vont pas sans danger.

Un chien de caractère n° 3406

C'est une petite boule de poils qui gambade et aboie. Il n'est pas beau mais semble avoir de l'esprit et bientôt, grâce à ses maîtres, de bonnes manières… Tchoutora est le nom de ce chiot joyeux que Monsieur a décidé d'offrir à Madame en ce Noël 1928 assombri par la crise économique.

Composition réalisée par NORD COMPO

Achevé d'imprimer en septembre 2010 en Espagne par
LITOGRAFIA ROSÉS
Gava (08850)
Dépôt légal 1re publication : octobre 2010
Librairie Générale Française – 31, rue de Fleurus – 75278 Paris Cedex 06

31/2969/9